韦名 著

老街

百花洲文艺出版社
BAIHUAZHOU LITERATURE AND ART PRESS

图书在版编目（CIP）数据

老街 / 韦名著. -- 南昌：百花洲文艺出版社,2020.6
ISBN 978-7-5500-3678-9

Ⅰ.①老… Ⅱ.①韦… Ⅲ.①小小说－小说集－中国－当代
Ⅳ.①I247.82

中国版本图书馆CIP数据核字(2019)第295214号

老　街

韦　名著

出 版 人　章华荣
责任编辑　胡青松
书籍设计　张诗思
制　　作　周璐敏
出版发行　百花洲文艺出版社
社　　址　南昌市红谷滩新区世贸路898号博能中心一期A座20楼
邮　　编　330038
经　　销　全国新华书店
印　　刷　江西千叶彩印有限公司
开　　本　710mm×1000mm 1/16　印张 20.75
版　　次　2020年6月第1版
　　　　　2020年9月第2次印刷
字　　数　160千字
书　　号　ISBN 978-7-5500-3678-9
定　　价　36.00元

赣版权登字 05-2019-472
邮购联系　0791-86895108
网　　址　http://www.bhzwy.com
图书若有印装错误，影响阅读，可向承印厂联系调换。

目 录

第一辑

红 姐

红姐带着男人和女儿回到两河两山的娘家时，娘坐在屋子里，阳光洒在娘身上，满身灿烂。

"想好了，真不走了？"三叔出出入入，进了几次屋子，再三向红姐确认。

"好好的，回来干吗？"二婶进屋后说得恨恨的。

"嫁出的女，泼出的水，还能回来？"三婶嗓门大，在门外嚷叫。

屋里屋外，吵吵嚷嚷。

红姐却像无事一样，指挥男人，把肩上背的，手里提的，一一放置好。

收拾妥当，红姐不慌不忙，从屋子角落里找出炭炉，放上木炭，点火，烧水，洗杯。完了又指挥男人从行李袋里取出一个小铁罐，打开，倒出珍藏的茶叶，沏茶：悬壶高冲，刮沫淋盖，关公巡城，韩信点兵——娘早年爱喝工夫茶，红姐早早学会泡茶，动作熟练优雅。

瞬间，三个工夫小杯装满了黄澄澄的茶水，顿时茶香盈室。

"三叔，喝茶。"

红姐端了杯茶给三叔。三叔犹豫了一下，接了，端着却没喝。

"二婶，喝茶。"

红姐又端了一杯茶给二婶，二婶不想接，红姐端着的茶却已到了跟前，二婶只好讪讪地接过茶杯。

"烫死我了。"二婶茶杯刚碰到嘴，就喊叫。

"红啊，你既然回来了，叔就要给你立些规矩……"三叔看着红姐，说。

"娘，你也喝茶。"

红姐没接三叔的话，端起最后一杯茶，递给娘。一直没吭声的娘，颤抖着手接过红姐的茶杯。

"三叔，二婶，我和男人商量好了，我娘没人养，我们回来养。丫头的姓也改过来啦，随我。"红姐站起来，算是商量，更像通报，"你们放心，我只要娘名下的东西，其他的，我一概不要。"

茶很香，满头白发的娘却喝得泪水涟涟。

"至于规矩，三叔，你慢慢立吧，我要干活去了。"红姐拉着男人，出门下地干活了。

红姐是独女，父亲早逝，从小和娘相依为命，凄苦。二叔早年过番，家里却人丁兴旺。三叔三婶无后，却守财。

为了娘，红姐一次次推迟出嫁，可女大不中留，最终还是嫁出去，离开两河两山。

女儿嫁了，娘更凄苦。看着腰日益弯下去，眼睛日益模糊的娘，红姐和男人做了无数次的斗争，最终一起回来两河两山。

原本想着红姐的回归会有一场风波，却不料在红姐四两拨千斤的巧力下，轻松化解了——三叔立下的规矩，用红姐的话说，"你守就是规矩，不守，啥也不是。"

红姐一家回归后，尽管娘的眼睛很快啥也看不见，出不了门；尽管一家人的日子过得十分艰辛，但娘每天都是幸福的。

"幸福嘛，很简单，有家有爱。"娘说这话时，红姐蓬头垢面，忙完地里活后，正在厨房里给一家人料理晚饭。

红姐听到了，咧了咧嘴，笑。

四个女儿四张嘴，还有一个在家的白发老娘，红姐和男人不管怎么勤快，每年生产队分的口粮总是寅吃卯粮。

"把三丫送人吧，人家日子好，不饿肚子。"在最艰辛的日子里，红姐和男人商量，"大丫二丫能帮忙干点活了，不舍得送人。小丫太小没人要。就三丫，人家也喜欢。"

"不行，要饿一起饿。"男人不舍得女儿送人，"我不卖女儿。"

一句卖，把红姐的泪说出来了。说是送，说穿了是卖——女儿送出去，不再来往，人家只给两担番薯一担谷子。

"那会饿死人的。"红姐抹了抹眼泪，"娘已经三天只喝粥水了。"

一说到娘，红姐的泪如珠般掉。

男人不吭声了。

"让他们明天把三丫带走吧。"红姐果断地说。

三丫走了，番薯和谷子来了。

"红，今天的粥怎么这么稠，还有番薯块？"娘久不见天日，骨瘦如柴，斜靠在床上，红姐把一碗稠粥端给娘，娘吃得高高兴兴。

"娘，有稠粥不好吗？"红姐故作轻松，"你吃完我再给你盛。"

红姐离开娘的床边，泪流满面。

娘吃了三大碗稠粥。

"饱了吗？娘。"红姐问。

"……"娘咂了咂嘴，想说还想吃，却改了口，"饱了，饱了，要天天这样多好！"

天天有稠粥喝，确实好。可去哪里找啊？在那艰难的日子里，红姐每天第一个给娘盛粥，每次都把稠的捞给娘。

在到处饿死人的岁月里，原本骨瘦如柴，每天看着撑不过第二天的娘，不仅活过来了，脸上还有了血色。

娘活过来了，男人却落下了病根，几年后走了。

大丫18岁时，红姐和娘商量，"好花趁时开，好果赶紧摘，得给大丫找户好人家了。"

"你今后怎么办？"娘忧心忡忡。

"不是还有二丫小丫嘛！"

"二丫小丫也会嫁人走啊！"

红姐没吭声。

"再说，你这病身子，要有三长两短，我咋办？"娘吓唬红姐。

"大丫二丫，还有小丫，都有孝心。"红姐何尝没想到，自己这破身子，要是万一走在娘前头，可咋办？但红姐对三个女儿心里明镜似的，相信她们孝心满满。

"姥姥老了，你身体又不好，我不嫁人。"大丫听到了红姐和姥姥的话。

"傻丫头！"红姐笑着骂。

"我要娶人家进门。"大丫跟着父母从外面回来两河两山，有自己的想法。

"好人家不上门。大丫。"红姐一把揽过大丫。红姐说这话的时候，恍惚回到了当年，自己在挑人，人家在挑她，酸甜苦辣。

"不会的。"

"大丫长大了。"红姐把大丫揽得紧紧的，心里却是又喜又愁。

正如红姐所愁，好人家一个个托人上门提亲，但一听大丫要人家上门入赘，又一个个没了下文。

"你还是挑一个，走吧。"红姐劝大丫。

"娘，我不嫁人，没人上门，我一辈子不嫁，我给你和姥姥养老。"

那一刻，红姐一如当年，自己带着男人和大丫回来时的娘一样，泪流满面。

18岁的大丫一直坚守到25岁，终于守来了姻缘——同村一退伍老兵回乡后，苦于兄弟多，屋无一间，瓦无一片，又欣赏大丫的聪慧能干，答应上门，"反正小孩一个姓！"

大丫结婚那晚，操劳了一天了的红姐来到娘的房间，和娘一直在唠嗑，鸡啼了好几遍，还在唠。

"幸福嘛，很简单，有家有爱。"红姐把娘当年说过的话又搬了出来。

红姐确实是幸福的，大丫结婚后，二丫小丫相继找了好人家，出嫁了。大丫结婚后第二年，就给这个家带来了久违的男声。

男孙落地第一声啼哭，红姐当即泣不成声，急忙张罗着拜祭先祖。

几年间，争气的大丫连着给家里添了三个男孙，让红姐每天笑不拢嘴。常年病恹恹的红姐也像吃了灵丹妙药，身体一日日好转，带孙子从不疲倦。娘却日渐油枯灯灭，终于在那年隆冬腊月，闭上眼，安详地走了。娘走时，享年88岁。

大丫和红姐说，要给姥姥风风光光地办丧礼。

"厚葬不如好养。人死如陶瓷罐碎了，扔了就是。"红姐止住了大丫，"姥姥很知足了，姥姥不计较。"

送走了娘的那天晚上，红姐等大家都睡下，独自一个人在娘睡了几十年的床边，坐了一夜。

第二天，大丫起床煮早饭，发现红姐还坐在姥姥的床上。

太阳出来了，金黄的阳光从窗户洒进来。

红姐一身灿烂。

数星星

　　阿公爱干净。下地干活回家，必先沐浴更衣，齐整穿戴，理梳须发，才上桌吃饭，再晚再累，也是如此。

　　阿嬷骂阿公这是怪癖，穷讲究。阿公只是憨憨一笑。

　　阿嬷说，三年大饥荒时，每家每餐分的粥几乎不见饭粒，个个饿得绿头青。就是在这么艰苦的日子里，阿公还穷讲究。

　　阿嬷说，有一天，她从大队食堂里打回一家三口的晚饭——一盒清可照人的粥水。阿嬷把粥水分成了三份，因心疼阿公干活累，悄悄捞了几粒饭粒到阿公的大碗公里。人大嘴阔的阿公把碗一端，碗就见了底。阿公发现碗底的几粒饭粒，赶紧拿起筷子扒给五岁的女儿和阿嬷。阿嬷不接，一粒饭粒掉到了地上。

　　饭粒掉地，这要是村里其他人，保证立马连尘带土捡起送回嘴里。阿公却不然，看着地上的饭粒愣了半天，直到看到阿嬷准备蹲下，才赶紧抢着捡起饭粒。

　　阿公捏着饭粒，不是马上送进嘴里，而是小心翼翼地放到嘴边，轻轻地吹了又吹，确信饭粒没了灰尘，才送到阿嬷嘴里。

　　"都是穷讲究！"阿嬷说时一脸幸福。

　　阿嬷是幸福的。阿嬷的幸福不只是阿公一辈子没对她大声呵斥过，一辈子对阿嬷呵着护着爱着疼着。更重要的是阿公让她在村里赢得了所有人的敬重。

话说阿嬷是独女，阿嬷三岁时阿父去世。阿嬷和阿母孤儿寡母，相依为命，受尽欺侮，一肚苦水。

阿嬷的叔伯早盼着阿嬷嫁出去——阿嬷一嫁，这一房便从此断了根，祖产祖屋可归叔伯家。叔伯婶母尽催阿嬷早早嫁人，而且嫁得越远越好。阿嬷担心自己一嫁，可怜的阿母更受欺凌，因此任叔伯怎么催促，阿嬷迟迟不肯嫁人。

"妮，走吧！迟早都要走！"阿母担心女儿成了大姑娘，嫁不出去，也劝阿嬷。

"多陪阿母一天是一天！"阿嬷说，"大不了不嫁！"

阿母拥着阿嬷哭泣，"阿母会照顾好自己的！"

"阿母！"阿嬷抱着阿母哭泣。

秋日的橘子好价钱，箩底的橙子无人寻。这一来二去，阿嬷真变成了大姑娘，少有人问津了。

"阿母命苦，阿女的命咋也这般苦呢？"再抱着一起哭泣，阿母便哀怨。

"阿母莫哭，自古姻缘一线牵，五百年前月下老人早牵好线了！"阿嬷安慰阿母，从此不再哭泣。

不再哭泣的阿嬷和村里男人一起下地干活，犁地、耙地、插秧、割稻、施肥、打药、除草、排水，样样干。

阿嬷是在28岁这一年，在地里干活时遇到来村里走亲戚，高高大大的阿公的。

阿公是邻村人，大阿嬷整一轮12岁。阿公兄弟多，生活苦，个赶个，赶来赶去，就被落下了，40岁还未成婚。

阿嬷看中了阿公的高高大大和兄弟众多。

"兄弟太多，生活凄苦。"阿母担心阿嬷嫁后生活苦。

"竹笋多，易成林，不受欺。"阿嬷自有想法。

阿嬷的想法是对的，阿公家生活苦是苦，却是兄弟多，势力大，无人敢欺。

阿嬷嫁后，阿母却更受欺负。阿嬷每次回家看阿母，走时都是一把鼻涕一把泪。

一年，两年，三年，年年次次如是。

那次，阿嬷只身回来照顾摔断腿在家卧床的阿母，却是人在曹营心在汉——阿嬷出门时，不满周岁的女儿正发着烧。

三天后，阿公带着退了烧的女儿过来，和阿嬷一起照顾阿母。

月光下，窗外星退云隐，虫鸣蛙叫。拥着阿公和女儿，躺在做姑娘时睡的床上，幸福着的阿嬷却不时涌过忧伤，"阿母老了，怎么办？"

一想到阿母会老，阿嬷的心就揪紧，就紧盯窗外数星星，像小时候一样，和阿母一夜一夜地数。

阿公带着女儿回家了，阿嬷一个人睡在床上，还在数星星，整夜整夜地数。

星星永远数不完。

"妮，别数星星了，睡吧！"夜深了，隔壁屋的阿母知道阿嬷还在数星星，轻轻敲着墙喊。

"阿母，我还想和你一起数星星呢！"阿嬷知道阿母也还没睡着，也在数星星。

"你自己数吧！阿母不数！"阿母说得十分决绝。

……

数不完的星星把阿嬷的心里话捎给了独自带着女儿，夜晚同样在数星星的阿公。

最后还是阿公捅破了那层窗户纸，"你定吧，我和女儿随你去！"

那一刻，阿嬷眼含泪花。

阿公说到做到，带着阿嬷一起跪在了父母面前，郑重地磕了三个响头，"阿父阿母，我们下去过活！"

尽管阿公的阿父阿母千万般不同意，但阿公阿嬷去意已决，只好放虎归山——阿公的阿母说，这一去就没了一脉！

阿公成了村里唯一一个姓黄的男人——村里除了嫁进来的女人外，清一色姓林。

"娘，我和阿蝉回来陪您晚上一起数星星！"穿着齐整，须发干净的阿公端稀粥给卧床的阿母。

阿母老泪纵横。

阿公却从此很难有机会再数星星。

"忙里忙外，又穷讲究，每晚头落枕就呼噜不断，哪有空数星星！"说起阿公后半辈子爽约，没再陪阿嬷和阿母数星星，阿嬷说得恨恨的却又幸福满满。

阿嬷说，阿公最后一次数星星是阿母走的当天晚上。那天晚上，星星满天，爱干净的阿公把自己收拾得干干净净，和阿嬷陪阿母数了一个晚上。

星星好多好多，永远也数不完。

阿嬷说，她和阿公辛苦了一辈子，最大的成就就是建了两间房子。建房子时，从做泥砖到下地基，从起墙到上梁，阿公无不亲力亲为。每天干活时，泥一身水一身，但只要回到家，必先沐浴更衣，齐整穿戴，理梳须发，干干净净了才上桌吃饭。

房子建起来了，阿公把自己的床——和阿嬷分开睡后把一块旧门板当床，直接扛到新房子，重新搭起，开始在新房子守夜。

"那时日，他应该可以天天数星星了！"阿嬷嫉妒地说。

阿公一个人在新房子睡了几年，忽然有一天，自己把门板扛回来，又自己清理老屋侧面一间堆柴草的小屋，重新搭了个床。

"好好的新房子不住，折腾什么？"阿嬷不解，质问阿公。

"人要干净，新房子也要干净！"阿公说得云淡风轻，"新房还没入伙，要干干净净留给儿孙。我老了，还是回来住吧！"

阿嬷瞬间明白了阿公的用意，泪流满面。

阿公搬回小屋住了12天，无疾而终，和他平日里一样，干干净净地走了。

更干净的是，阿公走前，交给阿嬷一本账本，那是阿公建房时就开始用的：欠东家10块钱，已还8块；借阿叔3块砖，已还；借大伯杉木一根，折算6元，未还……

"你阿公说，账如尘，要一点一点还清，人才干净！"阿嬷说。

阿嬷陪着干干净净的阿公，独自一个人数了一个晚上的星星。

抽烟的父亲

　　父亲烟瘾特大。母亲说，嫁给父亲一辈子，就没见父亲睡过一个安稳觉，他一个晚上不起来抽三五支烟保准天不会亮。放在白天，常常是烟一根连一根，父亲管这叫节约火柴。

　　母亲去世后，父亲进城里来住。父亲的烟瘾还是很大，常常抽得满屋子乌烟瘴气。十岁大的孙子管爷爷抽烟叫陋习，成天嚷着要爷爷"改陋习，重新做人！"。

　　夏天家里开空调，父亲只好自个儿每隔十几分钟就从舒舒服服的屋子溜出去，到阳台上去过瘾。对着炙人的太阳，叼着烟的父亲那陶醉的样子，真像是拾了金元宝。

　　烟抽多了，痰自然多。父亲咳得相当厉害。可对着光彩照人的抛光砖铺就的地板，父亲不敢像在家里一样随地吐痰，于是老跑卫生间。

　　因为父亲有这老改不掉的不良习惯，在城里，我一般不敢带父亲出门。父亲来住了三个多月，老嚷这边不舒服那里不痛快。

　　那天，刚好我有空，我想带父亲去医院检查身体。医院离家较远，坐公共汽车要一个小时。出门前，我又交代父亲不能在公共汽车上抽烟吐痰。父亲一听一个多小时要忍这么多事，便不想去看医生。

　　百般哄劝，父亲才同意出门。

　　上车时，人多。我和父亲都站着。

　　一路上，我一直担心父亲会随时忍不住抽烟吐痰。

几次，见父亲清了清喉咙，我便赶紧拉了拉父亲的衣角。

父亲回头望望我，"嘿嘿"笑了一下，极不自然。

终于忍到车站，父亲刚下车站稳，右手便伸进口袋掏烟。

烟叼上了，父亲的陶醉又写到了脸上。突然，父亲咳了一下，我意识到父亲的一口痰要迫不及待地飞流而下。对着满街的人群，我窘了，赶紧往口袋掏纸巾给父亲……

可是，父亲还没从我手中接过纸巾，一口浓痰已经吐出来了……那口浓痰却落进了父亲空了一半的烟盒子里。

我愣了一下，对父亲笑。

父亲望着整洁的街道，也"嘿嘿"地笑，"吐下去可惜了。"

父亲把沾满黄痰的半包烟扔进垃圾箱时，一脸却是讪讪的。

回来时，车站里很多人在挤一辆刚靠站的公共汽车。父亲忽然拉着我朝人堆里挤。

我最讨厌人家不排队没秩序乱哄哄挤公共汽车，我冲父亲嚷"挤啥挤"。

"不挤，位子光了。"父亲不满地对我说。

让年过花甲的父亲和我一道站一个多小时的公共汽车，我突然生出一丝愧疚……

这时，父亲已和蜂拥着的人群一起挤上了公共汽车。上了车，父亲迅速在车厢里抢座位。父亲在一张双人凳子上坐下时，还不忘把右手放在另一个座位上，为我也霸一个座位。可说时迟那时快，父亲的右手还没在座位上放稳，一个小伙子已一屁股坐到父亲的右手上，痛得父亲"哇"的一声叫唤。

车一站站停，人一茬茬上，车厢内人越来越多，我被挤到了车厢尾部。

站在车厢尾部，我担心坐着的父亲"条件"宽松了会做出不合时宜的事来，一直张望着父亲，一颗心也一直悬着。

车摇摇晃晃又到一站时，一位白发苍苍的老妇人艰难地挤进车厢。尽管老妇人友善地朝着她身边坐着的人笑，可就是没人站起来为她让座。

这时，我见父亲倏地站了起来，粗着嗓门用不大标准的普通话喊老妇人，"这便（边）坐！"

几乎所有的目光都投向了父亲。父亲那头几乎和老妇人一样花白的头发在车厢里异常耀眼。

父亲和我站着到了家门口。父亲刚下车站稳，右手又伸进口袋掏烟。一包新买的红双喜在医院已被父亲抽了大半。

烟叼上了，父亲的陶醉又写回脸上。还没听到父亲的咳嗽声，我已把纸巾递到父亲手中……

"爸，你这么大年纪让座，想搏人家喝彩？"我调侃父亲。

"你没见那老女人站都站不稳。我可比她硬朗多了。"

"那你既然要让座，上车时何苦要抢座位？"

"……"父亲沉默了一阵，"嘿嘿"笑，"让别人悠着坐着，还不如自己坐着。这不，我搏人喝彩了！"

父亲一脸的得意。

父亲住了不到半年就回乡下了。半年里，在孙子的监督下，父亲烟少抽了，痰少吐了，可就是浑身这不舒服那不爽。

父亲走时怕我误会，悄悄说："都好，就是这憋气。"

父亲指了指口袋里的烟。

我一脸苦笑。

父亲的味道

"向阳，向阳，一心向着红太阳！"在向阳镇，这是稍有政治觉悟的人每天挂在嘴边的话——那时候，向阳镇每个人的政治觉悟都很高。

长到八岁，身高却不足一米的小向阳不懂啥叫一心向着红太阳，只知道每天肚子饿——向阳家人口多，劳动力少，夏秋两季生产队按工分计粮食，只分回可怜的一点。粮食不够吃，向阳一家三餐只能吃稀得照人影的粥水——尽管这样，还得寅吃卯粮。

"大州家晚晚有干饭吃！"一群妇女在闲聊，有人说到村东头的大州家劳动力多，每回分粮食一担一担挑个没完。粮食多了，每天晚上都有干饭吃。妇女们说大州家每晚吃干饭的时候，先是羡慕，而后是妒忌，最后变成了仇恨。

听妇女们说大州家每天晚上吃干饭的时候，向阳正把中午吃的粥水化成最后一泡尿——肚子空了，眼睛绿了，看到石头都当成了包子。

"我去小叔家！"向阳回家告诉了母亲一声就朝村东头走去——大州是向阳的小叔，尽管平时吝啬，打小就没给他留下什么印象，但那干饭的诱惑还是让向阳的脚停不下来。

就像一块橡皮泥，从下午两点多，向阳就赖在小叔家……小叔几次皱眉头，催促向阳出去玩，向阳不为所动，边和堂弟玩，边瞄小叔家厨房的动静……

三点多，四点多……时间过得真是慢啊！向阳瞄了无数次小叔家的厨房，小叔催促了无数次向阳。

五点多了，村东头的炊烟次第飘起，向阳莫名地兴奋起来。

"阿弟啊，回去了！"几乎家家户户都烧火做饭了，小叔不再催促向阳出去玩，而是直接撵他回家。

"……"向阳不作声。

"阿弟，我们今晚不煮干饭，煮粥。"小叔似乎看透了向阳的心思，直接告诉向阳，你赖在这里也只能喝粥。

"粥？！"向阳像触了电一样，霍地站了起来，"吃粥我才不在你们家吃！"

向阳说完噙着泪水离开了小叔家。

"小弟，你到你小叔家吃饭了？"向阳磨蹭了很久才回到家，到家时，一家人已吃完了，妈妈故意问，"咱家今晚没煮你的粥哦！"

"哇——"的一声，一路磨蹭，委屈到极点的向阳终于忍不住大哭了。

这时，妈妈端出了一盆粥还有不知从哪里来的半碗干饭："孩子，别哭了，吃吧！"

看到那半小碗干饭，向阳马上止住了哭，两口就把饭扒进了肚子……这是向阳长这么大以来吃到的最好吃的饭。

妈妈却在一边偷偷抹眼泪。

父亲听说了向阳到小叔家蹭饭的事，回家看着瘦弱的小向阳，久久不语。后来，父亲便在向阳学校放假时，带向阳到食品站住几天——父亲是向阳镇食品站的厨工。在食品站，父亲人老实，没文化，干的又是厨工这种下等活，很多人瞧不起他。到了食品站，向阳是子随父贱，很多人不待见他，把他当小猫小狗呵斥。站长的儿子周波和向阳年龄相仿，长得白白胖胖，个头高出向阳一大截。没人玩时，周波既要来找向阳玩，又瞧不起向阳是个乡下仔。

那天，因一件小事向阳和周波争执起来，恼羞成怒的周波猛地一拳把向阳打个鼻血直流，受了欺负的向阳血也没擦就和周波打起来……打架的后果是父亲一遍又一遍地向站长赔礼道歉——尽管是周波先动的手，尽管周波根本没受到什么伤，瘦弱的向阳吃了大亏。父亲向站长承诺，当天就把向阳带回家，以后再也不带他来食品站了。

那天中午，父亲把自己那份饭几乎全给了向阳吃。吃完饭后，父亲推出一辆浑身都响就是铃不响的28寸永久牌自行车，极不情愿地搭着向阳回家。

回到家，父亲用凉鞋帮向阳敷额头上被周波打出的包，默默流泪。

"叫你不要生事，你偏要生事。今晚食堂包饺子，你一生事，就得回家来。"敷了头后，父亲忽然唠叨起来——看得出来，父亲是多么不舍得带向阳回家！

一听到饺子，就像之前听到小叔家有干饭吃一样，向阳的馋劲又来了："吃饺子？！"

"是啊！你不回来就有饺子吃了。"父亲一脸可惜。

"我要去吃！"

"不能去了，不能去了！"

"我要去，我要吃饺子！"向阳坚决要去食品站。

……

最终，父亲又用那辆浑身都响就是铃不响的永久牌自行车搭着向阳到食品站。远远看见食品站的大门，父亲就让向阳下车，并告诫向阳，不要进食品站大门。

就像那次在小叔家等干饭一样，在食品站的大门外菜地里，向阳一边玩土坷垃，一边瞄着食堂——食堂离得太远了，啥也看不到，向阳只好坐等到炊烟起……袅袅炊烟终于起来了，向阳聚精会神地看着，炊烟一会儿变成了油渍渍的肉馅，一会儿又是在锅里翻滚的圆鼓鼓的饺子……冬日的太阳短，向阳还没分辨出锅里的饺子滚了几回，是否熟了，炊烟就在黑暗中消失了。看不见炊烟，没了想象，向阳夸张地动了动鼻子，想闻一闻饺子的味道，可闻到的都是菜地里刚浇过的粪水味。

天完全暗了下来，看不到炊烟，闻不到香味的向阳感觉到了冷。寒风中，向阳就像书里边卖火柴的小女孩，盼望着父亲早点来找他……

黑暗中，终于有人朝菜地走了过来。向阳不用看，就知道那就是父亲——果然，父亲端着饺子朝向阳走了过来。

"阿弟，慢点吃，慢点吃！"摸着向阳冰冷的手，看着黑暗中狼吞虎咽的向阳，父亲哽咽了。

这是向阳平生第一次吃饺子，尽管为吃这顿饺子，向阳冻病了，那场病还差点要了他的小命。至于饺子的味道，多年后，向阳感觉那就是父亲的味道。

父子约

猛一听父亲去世，浩子居然十分平静，一点也不悲伤，就像春节期间家里摆放的蝴蝶兰，花开久了，谢就谢了。

收拾好行李，交代好公司事务，浩子开车回乡下。

浩子的乡下在一个山窝里，紧挨着一个没落古城，地狭人多。村人自古脸朝黄土背朝天，过得艰辛。父亲读过几年书，在村里算是文化人，却也一辈子窝在农村侍弄土疙瘩。

车子在宽阔的马路上奔跑，头上蓝天白云，两边青山绿水，浩子开动脑筋，想在豁达的心胸里极力搜索父亲留给自己的一丝丝柔情，早已谢顶的油光脑袋涌出的却全是一幕幕心酸……

小学三年级升四年级，学校按成绩分快慢班。成绩中等的浩子被编在了慢班。校长放话，如果浩子的家长愿意来学校当面表态，家校配合，共同督促浩子尽快提高成绩，可以让浩子到快班。浩子是多么想到快班啊！战战兢兢地把校长的意思转告父亲，得到的却是父亲冷飕飕硬邦邦的一句："自己的事自己解决，我不会去学校求情！"就这样，浩子一直在慢班中当壮丁。

快慢班事件后，父亲交代母亲：凡事要浩子自理！

也就是从那以后，浩子自己洗衣服、补衣服，自己上街买大白纸回来切成练习本，做作业做练习。

一次，浩子的冬裤脱了线。浩子自个儿在光线暗淡的屋子里缝补。

冬裤原本很厚，双层叠起来更厚。浩子拿着针怎么也穿不透裤子，便将针眼那头顶在大腿上，隔着自己厚厚的衣服压顶。压了几次，针没穿过去，针眼倒是在他的腿上留下几个血印，疼得浩子直流泪……瘦小的浩子急了，把针眼对着墙壁顶，"嘣"的一声针断了，断开的针一头扎进了浩子的大拇指，鲜血直流……母亲发现了，接过浩子的裤子，泪花在眼眶里闪。

"自己的事自己解决，浩子不会自己补衣服啊？！"不知什么时候，父亲回来了，浩子和母亲温馨的时光像影子一样一闪就不见了。浩子委屈地接过母亲补了一半的裤子，含着泪回自己房间继续补。

那一刻，浩子对冷酷的父亲只有怨恨。

的确，打从记事起，浩子就没在父亲脸上读到温情。从小到大，父亲在浩子心里没有温度，就像家里的铁门，出去关门，回来开门，门把手永远冷冰。

倔强的浩子凭着"凡事靠自己"的信念和比别人多付出几倍的努力，考上了县里最好的中学，又以优异成绩考上名牌大学……山窝里飞出金凤凰，兴奋了一村人。冷酷的父亲脸上却一点喜庆也没有，好像考上大学的人与他不相干。浩子只好一个人默默收拾整理行李。临出门头一晚，父亲冷冷地把浩子叫进房间，严肃地说："浩子，你读大学了，长大了。我想和你签份合约……"浩子不记得怎么和父亲签的合约，永远记得的是当时自己怎么强忍着不让挂在眼角的眼泪掉下来。

浩子带着那纸合约走进大学校门。看着同学的父母从遥远的新疆、东北送他们来花城上学，看着同学的父母在宿舍里挂蚊帐、铺被子忙碌的身影，浩子的眼睛潮湿了……

在学校里，浩子每天早早为教工送牛奶，每月挣20元生活费。那天，送完牛奶回来，浩子肚子一阵一阵地痛。强忍着疼痛，浩子去上课。第二节课时，浩子肚子疼痛难受晕了过去……醒来时，浩子发现躺在了医院里——浩子得了急性阑尾炎，需要做手术……同学们告诉浩子，已朝他家发了两次电报了，可已三天了，还没见家人回音……直到做完手术出院，浩子的家人也没在学校露面。

汽车远离了喧嚣的都市，浩子摇下了车窗，凉风拂面，浩子感觉脸上湿湿的，一摸，竟是泪！

刚毕业时，浩子在一家公司跑业务。那时，浩子每月定时给父亲寄50元，父亲也每月来信。信几乎千篇一律，平淡无奇。后来，浩子自己开了公司。公司越做越大，生意越来越红火，有一段时间，浩子一忙，连着三个月忘了给父亲寄钱。

父亲来信了：

浩儿：

八年前签的合约记否？现重申：

1. 乙自考入大学，宣告成人，诸事自理。

2. 甲赞助乙大学期间学习生活费2000元，分四次付，每次500元。

3. 乙毕业后，每月付甲赡养费50元。

……

父已履约，望你履约！

父字

信的最后那加了粗的大大感叹号使浩子又气又笑。浩子马上叫秘书到邮局，把一年的600元一次寄给父亲。

没隔多久，浩子收到父亲来信，浩子似乎看到了父亲的愤怒："……上次提合约，难道还要不断提？多付的钱已退回，查收！"

汽车开进了坑坑洼洼的乡间小道，家就在不远的前面。

办完了父亲的丧事，浩子想接母亲到城里一起住。母亲不肯，递给浩子一封信。

浩儿：

凡事自理，活一世，无悔！

子是子，父是父。爱不能多施，不能多索。养之成人，用其养老，适可而止。

望每月继续按约寄50元给你母亲。

父字

悄悄摸了摸口袋里发黄的"父子合约"，浩子突然有心痛的感觉，泪流满面。

蓝蓝的天空下起雨

警车呼啸着开进山重水复的小村庄时，蓝蓝的天空忽然暗了下来，紧接着就下起了毛毛雨。

失窃的是村支书琼亮。据说，他一辈子辛辛苦苦攒下的2万元不翼而飞，留下被撬开了的门和柜子在静静地向大盖帽诉说。

大盖帽在小村庄里驻扎了下来。

嫌疑对象一个一个被排除。最后，大盖帽把嫌疑落到了琼亮儿子景的身上。

"这不可能！"琼亮相信儿子景。景虽是螟蛉子，但琼亮视为己出，对其不薄。

"况且，失窃的前一天，他就到镇上办事了。"琼亮证明景没有作案时间。

大盖帽相信自己的判断。

两个大盖帽在镇上找到了景和他的女朋友娥。但景身上并没有巨款。

景和娥被带回了小村庄。

琼亮不喜欢娥，说娥成天打扮成一只花蝴蝶，中看不中用。琼亮极力反对景和娥往来，并暗中为景物色人选。

老辣的大盖帽硬是怀疑景有盗窃嫌疑。于是把景和娥叫到村委会分开问话。

娥只供认景出去镇上时，约她第二天也去镇上，景头一天就去了。

景也只说失窃的头天到了镇上，他没有作案时间，这，他父亲完全可以作证。

看着景受审，琼亮心痛，一再要求让景回家。琼亮以人格担保景没有作案的时间，是他亲自送景出去的。

大盖帽最终找不到景和娥的作案证据，只好把景和娥放了。大盖帽也在第三天撤离了小村庄，把案子挂了起来。

警车呼啸着离开山重水复的小村庄时，阴暗了好几天的天空又蓝蓝的。

经历了失窃风波后，村支书琼亮最终同意了景和娥的婚事。

村支书儿子结婚，在民风淳朴的小山村是一件天大的事，村里人都来祝贺。

村里人满以为支书会把景的婚事办得热热闹闹。

琼亮没有大张旗鼓张罗儿子的婚事。琼亮答应了儿子景的要求，让他们外出旅行结婚。

景和娥结婚后，一家人和和睦睦。琼亮似乎忘却了先前的失窃，一心一意等着抱孙子。

六月的天，说变就变。刚刚还是烈日炎炎，一会儿就雷响雨大，把小村庄洗得格外青翠。清早琼亮起床还好好的，一不小心，摔了一跤，琼亮就瘫了。

寻医找药，景走遍了整个镇。

琼亮的病没能治好，景却成了颓废的老头。

眼看着琼亮快不行了。景心如刀绞。这天，景跪在琼亮的床前，耷拉着头。

"爸……"景张了张嘴，眼泪顺着脸颊流进了嘴里。

"爸，您还记不记得咱家失窃的那晚……"

"知道，村里放电影，我和你妈去看了，回头就失窃了……"琼亮拉着景的手，目光一片仁慈，"你想给我讲故事？"

"不是故事，是真的。"景轻轻脱开被琼亮握着的手。

"过去的事，就是故事。你不用讲了。"琼亮仍然是一脸仁慈。

"那故事的主角是我啊！"景几乎在喊。

"你和娥从镇上回来的那一刻，我就知道了。"

"可你……"

"傻孩子，好好对娥，我错看了这孩子。"琼亮又轻轻拉过景的手，紧紧握着。

所有的眼睛都在流泪。

琼亮走了，景按村里的风俗，三步一跪把琼亮送上山头。上山头时，蓝蓝的天空忽然下起毛毛雨。

手帕土

　　我从镇上中学拿回了大学录取通知书，也就拿回了一家人的慌乱。

　　先是父亲卖猪粜粮筹备我上学的费用，而后母亲也舍下地里的农活，托人从集市上买回一块的确良布，赶着为我裁剪两件像样的衣服。

　　奶奶，平日里最疼爱我的奶奶却像没事儿一样，一天起床后对母亲说，她要去赶一趟圩。

　　"赶圩？！"奶奶说要去赶圩，一家人都愕然。自从前两年奶奶腿脚不便后，奶奶就再也没到镇上去赶圩了。

　　"是，去赶圩。"奶奶说得异常坚决。

　　"路不好走，你要买什么托人买回来就是。"

　　从我家到镇上，有十里路，都是崎岖的羊肠小道，母亲劝奶奶。

　　"我还能走。"奶奶要去赶圩的决心没得商量。奶奶一贯是有主张的人，谁出勉强不了她。

　　奶奶吃过早饭拄着一段杉木枝就出发了。

　　掌灯时分，一家人忙乱了一天准备吃饭，奶奶还没回来。

　　父亲火烧火燎地出门想去找奶奶。这时奶奶拄着杉木枝回来了。

　　"你瞎折腾啥。"奶奶空着双手，父亲没好声没好气地抱怨。

　　总算平安回来！母亲赶紧打圆场叫吃饭。

　　赶了圩后，奶奶也忙乱开了。

　　奶奶找村里的阿根，央求阿根下井里掏捧泥土上来。

村里就只有一口井，全村三百多人全部喝这口井的水。这井用石头砌成圆柱形，深而宽，石头上长满绿茸茸的青苔，一般人都不敢下井。

阿根起初不愿意下井，耐不住奶奶的再三央求，阿根下井了。

阿根从井里提出半水桶泥土时，奶奶千恩万谢。

奶奶从水桶里掏出一捧泥土，放到平时装糕点用的簸箕里，让我放到屋顶上去晒。

奶奶天天守着那捧土。谁也不知奶奶想干啥。

簸箕里的土晒了三天三夜后，奶奶让我端下来。

奶奶仔仔细细地挑走土里的石粒，就像从花生米里捡走土粒一样。

挑完了石粒，奶奶从屋里找来一块手帕。那是块土灰色的，四周裹有白线边的新手帕。

"奶奶哪来新手帕？"要知道，我们这些读书郎，也轻易用不上手帕，何况奶奶。

"买的。奶奶买的。"奶奶一脸的得意。

奶奶把手帕平铺在簸箕里，接着小心翼翼地把簸箕里的土捧到手帕上。随后，奶奶提起手帕的四个角，把四个角拧在一起，土拢到了手帕中间。奶奶把手帕四角打成个结，奶奶手帕里包着土就像从前官家红布裹着官印子一样。

我临出门时，父亲千叮咛万叮咛我路上小心，看好钱物。母亲则是一会儿把我的毛衣塞进皮箱，一会儿又取出来，眼里始终有泪珠在转。平日里最疼爱我的奶奶却是神神秘秘地把我拉进她的屋子。

"孩子，把这带上。"奶奶抖抖着手把包着泥土的土灰色手帕递给我。

"……"我愣愣地接过奶奶递过来的手帕。

"孩子，把这土带到学校去，撒进学校的水井里。"奶奶一脸的严肃一脸的虔诚，"把土撒进井里，你就永远不会水土不服。"

"奶——奶——"接过奶奶的那手帕土，我似乎明白了许多许多。

"孩子，切记切记！黑黑的是井土。"

到了学校，奶奶的严肃奶奶的虔诚震撼着我，放下行李，我就在校园里找水井。

城里的学校早就喝上自来水，学校里从来没有水井！

我把那捧土，撒在城里的一片草地上。

那片草，多年来长势很旺。

外婆的密语

"莉小时候很可怜！"幽深狭长的屋子里，阳光躲躲闪闪，漂浮不定。轮椅上满头银丝的外婆，正一脸严肃地跟一个男孩密语，讲莉那过去的事。

莉的确是个可怜的女孩。三岁时，父亲跟着一个女的走了，从此再也没回来。父亲走后，母亲疯了，后来出车祸死了。

孤苦伶仃的莉被送回乡下，是外婆的一勺水一勺糊把莉养大，还供她上了大学。

长大了的莉就像外婆院子里那株盛开的鸡蛋花，高雅洁净，引得无数蜂儿围着飞舞。

"孩子，睁大眼睛好好看！"外婆不干涉莉，只和莉约定，结婚前，要把男孩带回来，外婆和他要进行一次密谈。

院子里，阳光明媚。抚摸着秀秀气气的枝干，看着绽开正盛的鸡蛋花，莉时不时朝屋子里张望，一老一少正在低声密语。

外婆和他会谈什么呢？幸福的莉脸带绯晕。

回城路上，原本兴高采烈的男孩却莫名其妙地黯然神伤。回城后，男孩就像断了线的风筝，从莉的视线中消失了。

"婆婆，您和他说了什么？"伤了心的莉回到乡下，头靠在外婆的怀里，哭了。

"孩子，不要伤心。"一缕阳光探进了幽深狭长的屋子，正好落在外婆的脸上，外婆一脸坚毅，"他走了，证明他不适合你！"

夏日的花儿开了谢，谢了开。蜂儿来了走，走了来。

灿烂的阳光下，灿烂的人儿又回到了乡下。

"莉小时候很可怜！"幽深狭长的屋子里，轮椅上的外婆又一脸严肃地跟莉带回来的男孩密语。

与上回如出一辙，回城后，男孩就消失了，毅然决然的。

莉又回了乡下，靠在外婆的怀里。这回莉没哭，只有淡淡的忧伤和些许对外婆的不解和不忿，"婆婆，您究竟和他讲了什么？"

"孩子，这不是你可托付终身的人！"外婆双手轻抚莉如丝般的头发，"相信婆婆！"

淡淡的忧伤随秋风而去。秋叶落尽，莉又带了一男孩回乡下。

事不过三，莉认为这是个与众不同的男孩，挺在意他，不希望外婆和男孩密谈，更不愿意……

"孩子，是驴是马，总要拉出来遛遛。"外婆坚持和男孩进行一次密谈。

"你不是我的菜，我也不是你的菜！"理想很丰满，现实很残酷，回城后，男孩给莉留了这么一句话就走了。

男孩走的那天，莉突然有了心痛的感觉，呆呆坐了一整天，第二天一早回乡下。

"外婆，您究竟说了什么？为什么要这样？"这回，莉没把头靠在外婆的怀里。莉怨恨男孩，也怨恨外婆。

"……"看着莉眼眶里直打转的眼泪，外婆嘴张了张没吭声。

20多年了，莉第一次和外婆红了脸，第一次回乡下没跟外婆吃饭就顶着凄风冷雨回了城。

风雨"感冒"了莉，也冷却了她的春心。莉不再相信爱情，直到遇见了一个特别的男孩。

男孩告诉莉，他来自乡下，家里很穷，是个地道的"屌丝"，但他有智慧的脑袋和勤劳的双手。

担心情到浓时心受伤，莉和男孩约会了一阵后，开始有意有一应没一答。后来干脆放他的鸽子。

男孩不生气，也不气馁。总用一双明澈的眼睛看着莉，那份爱慕，那份真诚，仿佛在欣赏一件古董。

男孩也一如既往地关爱莉，刮风了，总会提醒添衣；下雨了，雨伞总会及时送到；病了，端汤送饭，时刻陪伴左右……被虏获了芳心的莉不敢再看男孩那明澈的双眼。

可越是情到浓时，莉心里越是煎熬：从小和外婆相依为命，难道不把他带回给外婆看？可莉又太在意这个男孩了，这仿佛是上天赐给她的礼物，万一……

无数次揪心后，莉最终决定把男孩带回乡下。

幽深狭长的屋子里，外婆还是坐在轮椅上。

……

这是一场旷日持久的密谈，在莉看来，这场密谈仿佛经历了无数年；这也是一场希望和失望在不断纠结和博弈的密谈，莉想了很多很多结果……

终于，密谈结束了。饭桌上，三个人默默地吃饭，莉心里空落落的。

回城的路上，一路无话。

回城后，一天，两天……男孩没了音讯。

希望就像被无限吹涨的肥皂泡，尽管绚丽多彩，却不堪一击。莉的天塌了，心在滴血。莉憎恨外婆的固执，也憎恨自己的软弱——自己的幸福为什么自己不敢把握？！

……

　　第四天，男孩突然开着一辆豪车来接莉。

　　"对不起，我回了趟老家，告诉了爸妈你的情况。"男孩很有风度地下车，诚恳地向莉道歉，"我还欺骗了你，我不是什么屌丝男，我是一家大企业的老板。"

　　莉突然泪流满面。

　　"上车吧，去看外婆。感谢外婆告诉我一切！"男孩帮莉拉开了车门，"外婆是个实诚的人，也是个令人尊敬的人！"

　　快乐的汽车飞奔向乡下。

　　"孩子，你不后悔？"幽深狭长的屋子里，阳光斜照在外婆的脸上。外婆一脸认真地问男孩。

　　"爱一个人，就要爱她的过去、现在和将来！"男孩拥着莉，诚恳地说，"我和爸妈也是这样说，爸妈最终同意我和莉的事。"

　　幸福的莉泪流得更欢了。

　　"把莉交给你，我放心！"外婆慈爱地看着男孩，晶莹的泪珠挂在眼角，在阳光下闪闪发亮，"祝福你们！"

　　暖暖的阳光在幽深狭长的屋子里飞舞，温馨极了。

　　"孩子，为了莉，我说了谎，我向你道歉！"外婆把莉和男孩的手紧紧地抓在一起。

　　莉怔住了，男孩愣了，都睁大了眼。

　　"莉是个可怜的女孩，却是个好女孩！"外婆把莉和男孩的手抓得更紧了，生怕分开了，"莉15岁那年没有遭遇坏叔叔欺负，也就没落下不孕症；莉也没得什么遗传病，更不可能30岁后不能站立……"

　　幽深狭长的屋子里，静极了。

　　"外婆真坏！"片刻的宁静后，莉和男孩异口同声。

　　阳光在幽深狭长的屋子里飞舞，绚丽极了。

三　叔

三叔年轻时过番。

回来时，三叔很风光。大包小包，红的绿的，要啥东西有啥东西。

三叔更风光的是他带回了一个跟城里的女人没啥两样，黑头发，黄皮肤，光光鲜鲜的番妹。

三叔说她不是番妹，她的父母也是唐山人。

三叔回来后跟二婶搭伙。二叔也过了番，二叔过番时留下两个小子和年轻的媳妇。

我讪讪地看着三叔和番妹把大包小包搬进二婶那还算宽阔的家，心里失落极了。

"娘，我爹要还在多好。"

我泪流满面。

娘也泪流满面。

那时，二叔过番了，三叔过番了，我那短命的爹患肺病两腿一蹬也走了，留下我们母女俩。

番妹会讲本地土话了，番妹却未能给三叔生下一儿半女的，日子过得小心翼翼。

二婶拉着番妹，"三婶，小的那个过给你，两家还是一家。"

番妹就用番语跟三叔窃窃私语，愁眉苦脸的三叔脸上绽出了不易察觉的笑容。

"二嫂，二哥过了番，我回来了，俩小子就该我照料。"

二婶执意要把二小子过继给三叔，"三叔，养儿防老，积谷防饥，二小子过继到你名下，实打实。"

二婶找来乡亲，硬是白纸黑字把二小子过继给了三叔。

小心翼翼的日子融洽了起来。

二婶的大小子日渐大了，三叔带着他风里来雨里去地里刨食。二婶的二小子上学堂，三叔读过书，三叔说，读书辛苦，读书费神费劲，于是三叔每回把好的吃食塞满二小子的衣兜。

二小子读完书，部队来招兵。二小子背着二婶三叔报了名。

二小子要走时，二婶在房子里哭哭啼啼。

三叔却涨红脸，挥舞着一根木棒，抖抖擞擞地威胁二小子，敢走出大门，就打断他的腿，让他当不了兵。

二小子最终还是去了部队，三叔被戴帽子和不戴帽子的长官训了一顿。

二小子走时，三叔整个人软软地靠着门框，望着穿军装威威武武的二小子，一句话不说。

二小子走后，三叔就跟二婶讲，"大小子大了，能刨食了。"

腾出了一间闲房，砌了个灶，两块门板一合，三叔和番妹自立门户了。

三叔过番时带回的大包小包早就不见踪影了。三叔和番妹东凑西拼了些钱，在村里做起了小买卖。

三叔小买卖的全部家当就是摆在村东头的一担箩筐。

三叔是村里第一个做小买卖的人。

三叔做买卖特倔，现钱交易，包括二婶、大小子在内，少一个钱东西也甭想拿走。

做买卖的三叔经常把我叫过去，塞一些东西给我吃。

我不吃，三叔不说话。

我跟三叔说，小本买卖不容易。

三叔定定地看着我，还是不说话。

在三叔做买卖的日子里，我真的没吃过三叔一块糖。

我要出嫁时，我告诉了三叔男方的情况。

无父叔为大。我得尊重三叔。

三叔又一次定定地看着我半天，"大秋，三叔错了。"

泪水四溢。我积蓄了十几年的泪水终于像决堤的水一样。

自小无父，无父叔为大，三叔过番回来那时，我甭提多高兴，可是……

"大秋，那时，三叔没给你和你母亲留一块糖一块布。"三叔眼里也泪花闪闪，"这是三叔的一点心意，当嫁妆吧！"

三叔塞了一个利市袋子给我。

我不想接也不愿接。可那深陷的眼眶里，浑浊的老泪在转。我想起了爹，想起了爹临走时拉着我的手时同样有浑浊的泪在眼眶里转……

我平生第一次接过了三叔的礼物。

我出嫁了。

若干年后，我拖家带口回来了。年迈的娘没人照料，我于心不忍。

我回来时，三叔和三婶（我第一次认为应该叫她三婶）苍老了，那小买卖没能挑到村东头去摆，一担箩筐摆在了家里。

三叔把我叫过去。

"你娘苦得值！"三叔的老泪又在眼眶转。

那时，谁都想年轻的我娘会带着我改嫁。

我娘没走！

三叔三婶卖不了东西时，就靠着屋子晒太阳，从早晒到晚。后来，三婶走了，三叔就一个人晒太阳。

那天，我从地里回来，三叔叫住我。

进了三叔的屋，三叔把几张纸币塞给我。

"大秋，你孩子多，日子凄惶！"

我没接三叔的钱。日子再苦，可有双手刨食。

三叔发了火，平生第一次对我发火，"你想饿死那几个小子？"

我的泪在眼眶里打转。

我接过三叔钱的第三天，三叔就走了，走得很安静。

大小子出了门，二小子远在海南。我独自主持了三叔的丧礼。

三叔的丧礼很风光，在那艰难的日子，就像三叔过番回来一样。

二　婆

二婆是二叔公自己相中的，在镇圩上。

高高挑挑的二婆和二叔公一前一后进了镇上的布店。二婆和二叔公不约而同地拿起了一块桃红的布。

布只有一块。二婆和二叔公两个都是犟脾气。

"我看中的。"二婆埋头在布里。

"我急着用。"二叔公说啥也不让。

"一个大男人买花布，敢情是送相好，我不让！"二婆不甘示弱。

在我们那里，相好是贬义词。二婆这样一说，二叔公急了，"我这是给我要过门的媳妇儿买的！"

"这么说，还是个善茬。"二婆放下了手中的布，望着二叔公，白白净净的二叔公英气逼人。二婆望着望着就抿嘴笑了，"敢情是这样，我成全你。"

二婆的一颦一笑弄得二叔公不好意思了。二叔公抬头回望二婆，二叔公的眼顿时直了：眼前绾着髻的女人，细细嫩嫩，瓷雕般的脸上嵌着一双乌乌黑黑的大眼睛。二叔公感觉，那双乌乌黑黑的大眼睛像是两个深深的水潭，望不到底，潭面绿波荡漾，让人心旷神怡。

这回轮到二婆不好意思了。

"你们究竟谁买这块布啊？"店主催问。

"他（她）买！"二叔公和二婆异口同声。

最终，谁也没买成这块布，反促成了二叔公和二婆这一对子。二叔公是挨过了父亲的三大棒之后退掉了原来的亲事，把带着托油瓶的二婆娶回家的。那时，二婆的丈夫死去不到一年。

二叔公原来是放荡才子，娶了二婆后平静了一阵子。后来，二叔公慢慢恢复了本性——好赌。二叔公虽好赌，但二叔公有才气，写得一手好字和好文章，举凡乡里写对联写状子搞诉讼，都少不了他。因此，二叔公平日里肉照吃，酒照喝，场子照去。一出门，三天五天不回家打个照面是常事。

那时的二婆，哭过，骂过，闹过，上过吊，跳过河，女人所有能用的都用了，可就是管不住二叔公。

久了，二婆也习惯了。二婆嫁过来一年生下一个儿子。二婆临产的日子，二叔公连影子也不见。二婆是自己用剪子铰下儿子的脐带的。

二婆生下儿子第十天，二叔公醉醺醺地回来了。二叔公一回来就想和二婆亲热，二婆又踢又打无济于事，二婆最终含着泪把儿子踢得哇哇大哭。

二叔公的儿子周岁那年，乡里发洪水。二叔公已经是一个礼拜不着家了。眼看着家里米缸空了，二婆强忍着泪水，把两个孩子关在屋子里冒雨去找二叔公。二叔公是在赌场上找回来了，可二婆走后不久，一阵更大的洪水冲过来，二叔公的两间瓦房随洪水走了，可怜的两个孩子也随洪水走了……

二婆足足病了有半年，那半年里，二叔公脸上写满了愧疚，寸步不离陪着二婆。据二婆后来讲，那半年里，虽然是病着痛着，可日子却是温馨的。

二婆病好后，二叔公该赌时还是去赌。忽然有一天，二叔公半夜回来了。一进门，二叔公就把二婆抱得紧紧的，然后流下了两串泪，"莲，我走了，你若生下来的是女的，掐死她改嫁吧！"二婆望着二叔公那双同样乌乌黑黑有如两个深潭般的眼睛，心里直打战。

那时是1949年秋。二婆怀了6个月的身孕。二婆怕二叔公走，把他的东西都藏了起来。该走的还是走了。二叔公过番去了。一去不回。

二婆在那年腊月生下一个6斤重的女儿。望着哇哇叫的女儿，二婆没有改嫁，一心一意抚养着女儿。

在最艰难的日子里，二婆忽然收到来自马国的钱单子，那是一笔在当时可救活一村人的大钱。

女儿五岁时，二婆的公公婆婆提出分家。二婆听来听去，公公婆婆只想把家产分成两份，没有二婆的份。

二婆叫女儿到公公婆婆面前问，"爷爷奶奶，玲玲是不是爸爸生的？"

公公婆婆老泪纵横，最终把家产分成了三份。

二婆守着分来的那份家产，一直在等二叔公回来。

二婆却把钱单子压在柜子底下。后来，这笔钱又来了两次，二婆照样把钱单子压在柜子底下。

"妈，您这是何苦呢？"十多岁的女儿眨巴着乌黑的大眼睛问。

"人都不见，要钱干啥？"二婆第一回在女儿面前流下了泪。

钱单子来过两回后就不来了。

女儿嫁了又拖家带口回来。女儿舍不下母亲。

二叔公在大家的记忆里慢慢消失的时候忽然回来了。光光鲜鲜的，女儿认不得父亲，二婆却一眼洞穿了站在眼前的人就是曾经白白净净、英气逼人的二叔公。

二叔公回来几天后就想走。二婆又哭又闹，后来，二婆把自己和二叔公反锁在屋子里。

二叔公还是在半个月后悄悄走了。二婆没哭没闹，二婆深潭般的乌黑眼睛干枯了。

二叔公走后没多久，钱单子一张一张地从马国寄来。二婆还是把钱单子压在柜子底下。

二婆弥留之际，央女儿喊二叔公回来。

二叔公回来了，二叔公带回来了一个大家族，有十几口人。

二婆最后的愿望是要二叔公抱着她。二叔公在马国太太的默许下，抱住了二婆。二婆干枯的双眼闪了一下，二叔公又捕捉到了两个深水潭，潭面绿波荡漾。

二婆走了，走时双手嵌入二叔公的手，任二叔公怎么掰也掰不开。众人七手八脚来帮忙时，二叔公止住了。

一串热泪滚落到了二婆冰冷的手上，二婆的双手竟然缓缓地松开了。

二叔公泪流满面。

苦树不苦

　　屋前有块空地，不大。爷爷给空地填上塘泥，围成一个四方形的"瓜庄"。春一过，爷爷便把"瓜庄"里的塘泥翻起，晒干，敲碎，再搭上瓜架子，然后把在小盆子里育好的嫩嫩的瓜苗种上。

　　"爷爷，这是什么瓜？"嫩嫩的瓜苗，哲分不清品种。

　　"苗长大了你就知道。"爷爷卖起关子。

　　瓜苗一天天长，先是两片肥厚的圆叶和一片细叶，往上又长出三片叶，三片三片叠加往上长，甚是快速。长到尺把长，爷爷便找了一根竹子，插在瓜苗附近，把苗蕊绕在竹子上。

　　苗蕊像蛇信子，一吐一吐的就往上长，很快就爬上了瓜架子。

　　"这是什么苗？"那天，爷爷在给瓜苗施肥时，发现了"瓜庄"周遭有一圈绿苗子。苗显然刚移种过来，嫩绿的叶子没舒展开，全都耷拉着。

　　"苗长大了你就知道！"哲学着爷爷的口气，卖起关子。

　　"嗤——嗤——！"爷爷笑了，伸手想拔小苗。

　　"爷爷别拔！"哲拦住爷爷伸向小苗的手。

　　"这竹签一样的苗，长不大。"爷爷又朝小苗伸出了手。

　　"会长的！"哲恳求爷爷。

　　"嗤——嗤——！"爷爷经不住哲的恳求，最终没拔小苗。"瓜庄"周遭的一圈绿苗子得以保存下来。

往后，爷爷给瓜苗浇水施肥，哲跟在爷爷身后，也给小苗浇水施肥。

小苗在哲的精心照料下居然全活了下来。小苗的小叶卵逐渐长大，先是长成椭圆形，随后叶子的前端渐渐变尖，继而，叶子四周长了深浅不一的钝尖锯齿……

"爷爷，你知道是什么苗了吧？"上了架的瓜苗，虽还没长出瓜，但哲已凭阔大的叶子认出，那是秋瓜。哲狡黠地反问爷爷。

"嗞——嗞——！"爷爷会心地笑了。

"这株是爷爷，这是妈妈，这是我。"哲把"瓜庄"里的三株苗一一和家人对应。

"嗞——嗞——！"爷爷慈爱地摸了摸哲的头。

架上的秋瓜开花了，结果了，细长的秋瓜娃越长越粗，越来越长。

"爷爷，瓜熟了！"看着越吊越重，很快像要掉下来的秋瓜，哲提醒爷爷。

奶奶不用提醒，第一次踏进"瓜庄"，收成来了。

"莫摘，莫摘。"爷爷不让奶奶摘瓜，爷爷说，第一季最先结成的瓜，要让它在瓜架上自然长。长熟了，长老了，再摘下来，晒干留下瓜籽，留待来年做种子用。

"种什么苦楝树！"摘不到瓜，正悻悻想离开"瓜庄"的奶奶，突然注意到"瓜庄"周遭的三株小苗，便质问爷爷，"种苦树吃苦果。"

奶奶要爷爷拔了苦楝树苗。

爷爷没应。爷爷从不和奶奶顶嘴，每天只顾在地里干活，从不过问家里的琐事，柴米油盐，红白喜事，全是奶奶一个人操持。

"奶奶，不能拔。苦楝树长大了正好可做沙发。我们家要有套沙发多好！"哲见过镇上同学家里的沙发，宽宽大大，有靠背有扶手，羡慕得不得了。

"你们爷孙在瞎闹！"看着孙子哀求的眼神，奶奶心软了。奶奶看了看爷爷，口气却不软，转身走了。

三株苦楝树苗得以继续茁壮成长，就像哲和他的两个弟弟，一个赛一个地长。

这是种卑微的树种，只要给点阳光雨露，它就灿烂。三株苦楝树苗，经过两个瓜季的生长，俨然长成了一排雄赳赳、气昂昂的"瓜庄"卫士，忠诚地围着护着"瓜庄"。

苦楝树喜阳好暖。不料，第三个瓜季过后，那年的冬天特别冷。在阴冷的寒冬里，三株苦楝树，病恹恹的。常年在地里干活，全身落下毛病的爷爷也在那年冬天整天蜷在床上，喊叫疼痛。

三九那天，滴水成冰，很多人看到了百年不遇的雪。

冰雪把那株爷爷苦楝树冻蔫了。开春后，爷爷苦楝树长不出新叶，一寸寸开始枯了。哲心痛了很久——更让哲心痛的是，那年开春后，爷爷下不了地，种不了瓜了，没过清明，在三月三那天，带着他对哲永远的"嗤——嗤——"声走了。

爷爷走那年，哲十二岁，正考上镇中学。

爷爷走了，父亲在外地干活，家里包产到户的五亩多地，没人犁——在哲的乡下，女人下地，啥活都能干，就是不会犁地，不能犁地。

正当母亲一筹莫展之际，哲自告奋勇，拉着母亲的手说，"我和爷爷学过，我会犁地。"

母亲摸着哲瘦弱的肩膀，泪水四溢。

从此，哲每天放学回家，放下书本，扛起犁，赶上牛，就出门——一个瘦弱的身影自此定格在乡间田野里，或午间，或晨昏。

树若有情树亦老。哲没有时间照顾苦楝树，苦楝树却蓬勃生长：五月，细碎的淡紫色花开满庄；十月，圆卵形的青果变成淡黄色满庄。

哲无心观花赏果。那天，犁地归来早，哲走过"瓜庄"，发现满地的黄果籽，顺手捡了一颗，在手里摩挲了很久，然后放嘴里尝——苦涩无比，就像生活。

苦涩的日子里，一场台风把那株被哲叫妈妈苦楝树的，生生刮断，砸塌了"瓜庄"。

母亲也在那株妈妈苦楝树折断后不久，积劳成疾，倒下了。

求医治病，最终也未能留住母亲年轻的生命。

哲在"瓜庄"里仅存的一株苦楝树下，偷偷地哭泣了一回又一回。

高大挺拔的苦楝树，仿佛听到了哲的哭泣，翠绿的叶子沙沙作响，应和着。

哭过，地却是还要继续耕种，哲就像家里那头小黄牛，不知疲倦地在学校和田野里奔走。

那年春天，高大的苦楝树花开正盛，一团团，一簇簇，淡紫色的小花，在青翠的绿叶中若隐若现，引来无数彩蝶纷飞。

忙完了地里的活，哲全力冲刺中考，全然没留意"瓜庄"里的苦楝树。

夏天来了，苦楝树的绿叶中长出了一串串青翠的苦楝子，硕果累累。

考完了最后一门课，哲在苦楝树下，抚摸着暗褐色、裂开一道道口子的树干，一直喃喃自语。

"瓜庄"里仅存的一株苦楝树成材了，哲长大了。

就在那年夏天，哲亲手锯下苦楝树，请人做了一套沙发。

散发着清香的光板木沙发在家里摆了三天，就被哲卖了——哲这套光板木沙发卖了个天价，在当时。

哲用卖沙发的钱到城里读书——哲以全校第三名的成绩考上了省城的中专。

若干年后，哲用同样天价的价格，从邻居那赎回了那套光板木沙发。

第二辑

茶乃天然香

　　老陈头好茶。晨起一泡，餐后一泡。白天杯不离手，夜晚茶伴梦。自诩"无由持一碗"，快乐活神仙。

　　好茶的老陈头有几个相交甚密的茶伴。茶伴们每天约好了般，早晨洗漱后便直奔老陈头家——老陈头也是早早洗好茶具烧好开水候着。一日的街谈巷议，奇闻逸事，品茶评事，就从第一杯茶开始。多少年了，风雨无阻。

　　儿子央老陈头进城，老陈头的唯一要求就是"要有茶喝！"。

　　进了城，老陈头依然是晨起一泡，餐后一泡，每天杯不离手，却不再茶伴梦——夜深人静的城里，喝了茶的老陈头躺在宽大的床上，居然像个新茶客一样，眼睛睁得大大的，盼不来周公。

　　夜晚老盼不来周公的老陈头再喝茶，就感觉茶的味道与先前在乡下喝的不一样。水尽管不是山泉水，却也是纯净好水，一瓶二十几元，贵着呢！茶是从乡下带来的凤凰单枞茶——儿子拿回家的茶，老陈头喝过一次后坚决不再喝，也坚决不让儿子带回家。老陈头说茶太好了，太昂贵不说，喝了还养刁了嘴。

　　怎么就味道不一样了呢？！老陈头很是纳闷。

　　"看来是没茶伴！"儿子难得回家，有一天和老陈头一起品尝了一泡入口略有点苦涩，却回甘无尽的凤凰单枞茶，十分肯定地说。

　　老陈头看了看儿子，笑笑没吱声。

说茶伴，茶伴到。三天后的下午，老陈头一个人在家喝茶，门铃忽然响了，开门一看，门外站着的居然是乡下两位老茶伴。

"喝茶吧！走了一路没茶喝！"一茶友在门口催促。

"喝茶！喝茶！"老陈头高兴得半天没反应过来，赶紧迎客进屋，换茶、烧水、烫杯。取茶叶时，老陈头拿起平日里喝的单枞茶，犹豫了一下没打开，放下，拿过儿子带回来的只喝过一次的茶。

一套潇洒的冲泡动作下来，三个洁白晶莹的小茶杯里，黄澄澄的茶汤上面，白烟氤氲，香气四溢。

"好茶！"一茶伴点头称道。

"老陈头鸟枪换炮了！"另一茶伴惊叹。

春意渐浓的屋里，茶香缭绕，笑声盈庭。

老陈头发现，尽管不一样的茶，味道却一样熟悉。

熟悉的味道只持续了三天，老茶伴回乡下了。

老茶伴回去后，隔三岔五的，常有城里的客人上门看望老陈头，和老陈头一起喝茶，一起聊天。来的都没空手，或带茶或带其他，一喝就是大半天。

来的都是客，好客的老陈头全都热情招待。客人带来的东西，老陈头却在客人走时一样不落地让他们带走。

礼多人见外。老陈头有一天和儿子喝茶时，抱怨了几句。老陈头一抱怨，客人再来和老陈头喝茶，都空着手来了，这让老陈头很高兴，冲起茶来，也更来劲：高冲低洒、刮沫淋盖、关公巡城、韩信点兵……看得客人一惊一乍！

客人有懂茶的有不懂茶的，有真懂的有假懂的，老陈头一看就知道。但客人众口一词称赞老陈头的工夫茶好喝。

来的众多客人中，有两位和老陈头年纪相仿，一高一瘦，高的姓李，瘦的姓叶，都在机关退了下来，见多识广，很会聊天。这两人和其他的客人不一样，用老陈头的话说，起码懂点茶——当然了，至于他们爱不爱喝工夫茶，那是另一回事。

这两人来得勤，几乎每天都会来，有时上午，有时下午。刚开始也是带着茶或其他东西，被老陈头退了几次，就空着手来了。

来多了，又能聊，老陈头心里慢慢认可了他们——或许还算不上伴，却与他们慢慢喝出了熟悉的味道。

一日，高的老李带一年轻人过来一起喝茶。老李介绍年轻人是自己的小儿子，也爱喝茶，平日自己喝的茶，都是他鼓捣来的。

年轻人见到老陈头，一口一个叔把老陈头叫得心里舒坦。

老陈头泡茶待客。

冲好的单枞茶，茶香袭人。

"叔，您这茶好。初闻清香，入口纯滑，喝后回甘绵长，齿颊生香！"年轻人一观二闻三品。

老陈头望着年轻人笑。

"叔，这茶细品，清香中略带焦味，纯滑中有丝涩苦，如若不细品，感觉不出来。"年轻人谦虚地向老陈头请教，"敢情是做茶人炒茶时，火候过了些许？"

"年轻人，你懂啥？这茶纯着呢！"瘦的老叶对年轻人口无遮拦，随便评论，很不高兴。

老李在一旁紧张地看着老陈头。

"年轻人，说真话，好啊！"老陈头哈哈一笑。

老陈头一笑，紧张的老李顿时轻松了下来。

年轻人喝了一泡茶后告辞先走。年轻人一走，老李便向老陈头道歉，"初生牛犊，不识货，一通乱讲，扫了兴，下次不带他来了！"

老陈头看着一高一瘦的两位茶客小心翼翼的样子，没吭声。老陈头心里倒希望这位真正懂茶又敢说真话的年轻人常来喝茶。

是夜睡前，独自喝茶，老陈头刚刚找回的一点熟悉的味道便荡然无存。夜深人静，愈加想念乡下的几个老茶伴，想念有时为一泡茶的山高、火候、香气争个面红耳赤。

又一日喝茶。老李又带年轻人一起过来。

"好茶！"品完一杯，年轻人称赞。

"还有焦香苦涩否？"老陈头笑着问年轻人。

"火候把握得十分精准。多一分焦，少一分生，这师傅不简单！"年轻人尽管还是满脸谦虚，自信却满满的。

老陈头心里在偷笑，乡下茶伴寄茶过来时专门说，这茶是顶级师傅亲手炭焙，好不容易才弄到几斤。

老陈头看着年轻人，目光满是欣赏。

品了一泡茶，年轻人又先行告辞了。

"好茶需要懂茶者品，好马须有伯乐相！"老李捕捉到了老陈头看儿子的目光，十分谦恭地说，"陈市长就是小儿的伯乐！"

陈市长是老陈头的儿子。

老陈头心里咯噔了一下。

"这年轻人的确不错，老陈，给市长嘀咕嘀咕。"瘦的老叶很直接明了。

嘴里的一口茶，明明很甘纯，老陈头顷刻间感觉到苦涩。

送走了老李老叶，老陈头一直在品咂嘴里的一口茶——好好的茶，咋就苦了呢？

再一日，年轻人单独来看望老陈头，陪老陈头品茶。

再次见到年轻人，老陈头欣赏的目光不见了，心里很复杂。

"叔，好茶！"年轻人细细品茶。

老陈头没吭声，心里却如炉上铜壶里"咕咕"响的水一样波澜起伏。

"叔，这是我专门从凤凰山上找来的春茶，留着您自己品。"年轻人指了指带过来的两包东西，"这茶海拔起码过1000米。"

"喝茶吧！"老陈头看也不看年轻人带来的东西。谁带东西来，老陈头都不出声，客人走时让客人一件不落地带走。

"感谢陈叔关心！感谢陈市长栽培……"年轻人欲言又止。

老陈头端着一杯茶，正在细细闻香。袅袅上升的香气，老陈头居然闻出了别样的味道。再一细品，老陈头皱了皱眉头，好好的茶，怎么又变苦涩了呢？！

"……"年轻人看着在皱眉头的老陈头没接话，一时心慌，端起的一杯茶，竟喝也不是，不喝也不是。

黄灿灿的铜壶里，水快烧干了，老陈头提壶进厨房加水。

"叔，我回去上班了。"趁着老陈头进厨房，年轻人逃也似的离开了。

"哎！哎！哎！你的茶叶！"老陈头拎着两包东西赶到门口，年轻人早已跑得无影无踪了。

望着手里的两包东西，老陈头怔怔地坐了许久，做出一个决定。

"茶乃天然香，不沾他香，不占他韵，本色最正道。"老陈头把决定告诉儿子，"沾占了他香杂韵的茶，不喝也罢！"

老陈头从此不喝茶。

品　茶

　　老宋喜喝茶。饭前饭后，睡前醒后，工余闲暇，必独斟独茗两杯。"宁可一日无肉，不可一天无茶！"一天喝不上茶，老宋失魂落魄。

　　老宋喝茶有讲究。多年来只钟情一种茶——大红袍，其他茶一概不入口；人家时兴茶三酒四旅游二（即喝茶要有三人，喝酒四人，旅游二人），老宋偏喜独斟独茗。

　　先前，老宋还是小宋时，单位办公用茶很杂：张领导喜欢铁观音，办公用茶肯定是铁观音；换成喜欢普洱的李领导，茶叶自然换成了云南普洱……不管办公用茶怎么变，老宋喝大红袍不变，独斟独茗习惯不变。

　　老宋准备当领导，办公用茶悄悄换成了武夷山大红袍。当上领导后，单位里一夜间，多出很多热衷喝茶品茗的。

　　"茶起源于中国，西汉时便传到国外发展成为一种世界饮品。目前，全世界有一百多个国家和地区的居民喜欢喝茶。世界著名科技史家李约瑟博士还将中国茶叶作为中国四大发明之后对人类的第五个重大贡献！"平时喝水都用酒替代的小侯不知什么时候也改喝茶了，"喝酒伤身误事，喝茶健康高雅！"

　　"茶叶中含有咖啡碱、可可碱、蛋白质和氨基酸，还有钙、磷、铁、氟等将近500种的成分，对人的好处海着呢！"坚持每天空腹一杯白开水，多年不沾茶水的老郑喝起茶后，洋洋洒洒列举了喝茶的14大好处：

第一是提神增强记忆；

第二是抑制肿瘤生长；

第三是延年益寿抗衰老；

......"

"大红袍茶树受过皇封呢！"跟着前任领导喝了无数普洱茶的办公室主任喝过大红袍后，不仅对大红袍的色、香、味、型大加赞赏，还挖掘出大红袍的故事传说，"相传，某朝某皇后生病，久治未愈，太子遵母命到民间寻找仙草秘方。武夷山上天心和尚把用九龙窠壁上的茶树芽叶制成的茶叶送给太子，太子带回医治好了皇后的病。皇帝大喜，赐大红袍一件，每年寒冬为茶树御寒。红袍盖在茶树上，将茶树染红了，大红袍由此得名......"

"古人喜吟咏茶诗，唐代诗人元稹写过一首别具一格的《一字至七字诗·茶》。"新来的博士高声吟咏：

茶，

香叶，嫩芽，

慕诗客，爱僧家。

碾雕白玉，罗织红纱。

铫煎黄蕊色，婉转曲尘花。

夜后邀陪明月，晨前命对朝霞。

洗尽古今人不倦，将至醉后岂堪夸。

老宋单位里喝茶的人越来越多，且清一色喝大红袍，对茶的研究也不断上水平上档次。老宋却和原来一样，每天自个儿独斟独茗两杯。

"领导，喝茶的人越来越多了，是不是按惯例成立个品茗会，组织一些活动？"领导喜欢读书，单位成立了读书会，一时读书蔚然成风；领导好喝两盅，单位组织过品酒会，大家大碗喝酒，豪气干云；领导爱打球，一时间羽毛球队、网球队、高尔夫球队如雨后春笋半冒尖，各种比赛乐此不疲……办公室主任顺应民心，及时向老宋建议。

老宋坐在茶几上，一壶热茶刚泡好，茶盘上三个晶莹剔透的乳白小杯里，蓄满三小杯金黄的茶。老宋端起疑杯，旁若无人地闻香、啜茶、细咽、回味，头也没抬。

领导不反对就是同意！办公室主任急急忙忙去操办品茗会。

一杯热茶下肚，荡气回肠，余香绕梁，神清气爽。老宋美美地喝下三小杯茶，忽然发觉办公室主任匆匆进来后又匆匆出去了，"什么事啊，小李？"老宋对这门外喊。

"没事了，领导！"办公室主任忙着交代办公室秘书起草成立品茗会文件，生怕断了思路！

五月中旬，老宋出了一趟国。回来看到办公室里摆着两罐极品武夷山大红袍，眼睛亮了一下，顺手拿起一看，一行"XX单位品茗会成立留念"让老宋心里咯噔了一下。

烧水、烫杯、泡茶，三小杯热茶下肚，老宋顿时神清气爽。

"领导，您外出活动这段时间，单位成立了品茗会，大家一致推选您当名誉会长！"办公室主任适时进来，送上烫金的大红证书。

老宋看了一眼证书，"抬举我了！抬举我了！"

"打球有球友，喝酒有酒友，品茶自然也有茶友。大伙说，既是品茗会的茶友，希望领导能拨冗光临指导品茗活动。"办公室主任一脸诚恳和认真。

品茗会活动频繁，老宋却一次也没参加。

邀不到领导参加活动的茶友们带着茶叶、杯具络绎不绝地来老宋办公室或家里谈茶论道。

只喜独斟独茗的老宋直皱眉头，立下规矩，不得约请，不要上门。

上门谈茶论道的却不因老宋的规矩而却步。

忽一天，单位里风传老宋涉嫌经济问题，纪委早晚要查他。

单位里的人愕然，茶友们更是慌乱。一时，大家唯恐避之不及，品茗会作鸟兽散！

老宋托品茗会会长把先前大家"带"来品茗的好茶好工具——退回大家。

老宋恢复了先前独斟独茗的清静时光。

如是三月，纪委未上门；三年，无事，老宋安全软着陆——光荣退休。

退休前夕，老宋请单位里几位茶友品茗——这是他工作30多年的第一次，"喝茶乃君子之交，君子之交淡如水。君子之情就如茶，而时间是水，水泡淡了茶，时间冲淡一切！"

退休后的老宋还是喜喝茶，却不再独斟独茗，多了几个茶友。

品　石

斋不大，名曰雅石斋。斋里按奇石来源分山石、平原石、溪河石三个展厅。展的奇石或秀美，或峻立，或富贵，或文雅，都很灵秀。

斋的老板矮胖，长着两片厚厚的嘴唇，却巧舌如簧，人也异常灵醒。

"收藏石头，收藏的是文化，是高雅的收藏。" 两片厚嘴唇转得很快，一壶敬茶沏上，他就介绍了奇石的17种雅称：文石、巧石、艺石、雅石、贡石、灵石、采石……

朋友喜收藏，对石头更是情有独钟。午饭后，提议到石斋喝茶赏石。农村出来的我感觉石头一个样，生冷坚硬，只是有些光滑点，有的奇巧些罢了。对石头，说心里话，我没多大兴趣，但觉得斋里的茶非同一般。

"其实，藏石、赏石、玩石自古有之。宋代米芾就是有名的石痴。文人墨客对各种石头都留有诗文——宋代诗人方岩赞叹灵璧石'灵璧一石天下奇，声如青铜色如玉'；元朝诗人张雨赞美昆石，'孤根立雪依琴荐，小朵生云润笔床'……"朋友对石头很痴迷。

朋友姓张，性情中人，手中有很大权力，乐意为朋友办事。经人介绍认识他几年，帮我办了不少事。心里记着朋友的好，一直想答谢他，可见他清澈不容玷污的双眼，几次想送钱送物的念头都打消了。朋友说，混到这般程度，还缺啥？缺的不就是友情么？

朋友说得令人感动！

"新来了一块石头！张老板慧眼评点一下！"石斋老板指着石斋正中一块色彩纷繁的彩石说。

"我一进来就留意到了！"朋友喝了口茶，站起来，"走近看看！"

"好石，好石！"走近彩石，朋友轻轻抚摸着石头，两眼放光，大声惊呼。

"看石就看其形、质、色、纹、意五个方面。这石，怎么看都是块好石！"朋友两眼不眨地盯着石头。

"状如宝斗，上圆下方，文雅大方，浑然天成，未加雕琢，这石首先胜在形上。坚硬无比，触之却温润如玉，其次是材质十分好。还有，这色彩，通体艳丽，如图如画，如绘如织，清新靓丽；这纹路，清晰明了，该繁则繁，该简则简，纹线和色彩搭配和谐一致……"朋友如学者，侃侃而谈。

"最最精彩的是这石上图画，你看，画中秋水、秋荷、秋池构成了一幅完整的水彩画。画中的秋荷干枯了荷叶，荷秆无奈地低垂下了高傲的头，却孕育出了莲子……栩栩如生，神韵十足啊！"朋友沉醉了。

"张老板果真慧眼！这石头，名曰《秋荷》，入选西安世界园林博览会石头展，我可真是花了九牛二虎之力才弄到！"石斋老板两片厚嘴唇又转个不停，"张老板要是相中，我让人送过去。价钱？好说，好说！"

我低头看了看标价：彩石《秋荷》38万！

"你的石头不错，茶也不错！"朋友不置可否，笑笑，"喝茶，喝茶！"

茶一直喝到下午4点多，天南地北地聊，朋友没再提石头的事，喝茶却漫不经心，眼睛不时瞄着那块石头《秋荷》，生怕被人买走了般。

石斋老板也没再鼓动朋友买石头，只是殷勤地泡茶。

"陈总，您好！我是雅石斋老李啊！"对石头没兴趣，一走出石斋，我就忘了奇石。两天后，石斋老板打来电话，约我去喝茶，鉴赏《秋荷》。

一说起《秋荷》，我就想起了朋友站在石头前的侃侃而谈，想起朋友对《秋荷》的恋恋不舍，还有离开时没带走《秋荷》的落寂神情……

尽管对石头没兴趣，我还是应约来到石斋喝茶。还是天南地北地聊，聊人生、聊世情、聊朋友、聊仗义，石斋老板一字不提石头。

"《秋荷》呢？"喝了好一会茶，没见着通体鲜艳、色彩斑斓的《秋荷》，我问老板。

"张老板很喜欢《秋荷》，我怕被买走，摆角落了。"老板尽管说得轻描淡写，却给人感觉很仗义。

来到《秋荷》前，我细细观察石上的图画，寻找秋水、秋荷、秋池，还有荷叶、荷秆、莲子……

"要不，买了送他？"老板轻声说。

"送？！"一语点醒梦中人，朋友仗义，送钱送物说见外，不收——可人情欠海着呢！送他心爱的石头，也许他……

"我随口说说，张老板这朋友可仗义了！"老板欲言又止。

"我买！"我让老板找来一张纸，写下朋友的住址，"帮我送到这个地方！"

买了石头几天，找朋友办事，朋友依旧很仗义，却没提石头的事。我心里嘀咕，敢情朋友还没收到石头？我悄悄去了趟石斋，伙计说《秋荷》前几天就送走了。

如是很久，朋友一直没提石头的事。几个月之后，我再到石斋，赫然见《秋荷》绽放在石斋正中央，标价依旧是38万。

"怎么回事？"我质问石斋老板，老板支支吾吾。

"敢情没送到？"我突然有上当受骗的感觉，逼视着老板。

"该送的早送去了，这是另一码事！"老板显然不高兴了。

"送到了？谁签收了？怎么又在你这里了？"我连珠炮追问。

"我有我们的职业道德。我能平白无故昧你三十多万？"老板转动着两片厚嘴唇，好像受到了侮辱，"难为张老板替你办了这么多事，你送钱，他能收吗？带你来看石头，你又不灵醒，要人提醒；送了石头，还要来跟踪。你这点气魄，能成什么事？谁敢帮你？！"

"……"看这石斋老板两片越说激动的厚嘴唇，我心怯了。

"告诉你吧，这石头走了一圈又回到了我这里！"老板的两片厚嘴唇转个不停，"这石头现在跟你、跟张老板没关系！明白了没？"

一丝从屋顶玻璃窗射进来的阳光突然隐去了，我一阵晕眩，手触到彩石《秋荷》。

石头奇冷奇硬！

品　味

口味是一个人的印记，生活成长环境不一样，口味往往也大相径庭，有的喜欢甜，有的好酸，有的爱辣。

农村长大的小宋口味自是特别。据说，年少时农村生活苦，有小宋说的"三味真菜"——番薯叶、厚合菜和芋头梗，天天吃餐餐吃，吃得眼泪汪汪，吃成了小宋的魔魇。

早先刚结婚那阵，妻子未谙小宋食性，一天下班，从市场上买了把绿油油的番薯叶，并按照菜谱上的步骤洗净，起油锅，放蒜爆香，倒入薯叶炒至熟，加入鸡精和盐调味拌匀起锅。一盘碧绿软绵的蒜炒薯叶让妻子忍不住的用纤纤玉手捏了一根放进嘴里。

妻子吃得一脸幸福。

幸福着的新婚妻子甜蜜蜜地等小宋回来共进晚餐。却不料喜滋滋进门的小宋，一见到了饭桌上那盘蒜炒薯叶，脸上顿时晴转多云……从此之后，番薯叶成了小宋家里的禁忌。

人自是怪，越是得不到的东西，越想要。家里吃不着番薯叶，妻子只好在外面吃。小宋却是敏感得很，不仅吃不得，闻也闻不得，弄得妻子若是在外面吃了番薯叶，回家前必刷好牙。一次，小宋出差了。妻子连着三天买回薯叶，蒜炒薯叶、辣炒薯叶、水蒸薯叶、白灼薯叶……第三天晚上，妻子正大快朵颐时，原计划出差五天的小宋提前回家了——原本想给妻子惊喜的小宋，见到了白灼薯叶，立马如霜打了般……从此之后，番薯叶彻底退出小宋和妻子的世界。

工作中的小宋和生活一样，喜怒写在脸上，喜欢的东西，好得不得了。不喜欢的，听都听不得。磕磕碰碰了几年，小宋依然是小宋。

小宋大学老师的同学从外地调来小宋单位当领导，有因缘加上欣赏小宋的才气，领导对小宋关爱有加。

在领导的言传身教下，小宋就如单位苗圃里青涩的梅子，春天来了，有阳光雨露滋养，一日不同一日，渐渐长大成熟。

一年后的一天，小宋的老师来小宋的城市出差。恩师来了，小宋自然要尽学生之谊，请老师吃餐饭。约好吃饭时间，小宋一家人早早到饭店作安排。没想到，老师来时，小宋的领导也来了。受宠若惊的小宋赶紧悄悄找服务员多加几个菜。

饭店上菜甚是讲究，先汤再主菜后青菜最后才上主食。喝过汤后，主菜一盘盘上，酒一杯杯干，美酒伴佳肴，老师和领导都吃得很高兴。上青菜时，一盘碧绿的番薯叶上晃动着几滴紫红的酱油，令人垂涎欲滴，却让一桌人神态迥异。

妻子惊得不知所措，不敢动筷，不断用眼神探询小宋，怎么上了白灼薯叶？

小宋看着慌乱的妻子，瞬间红了脸，低了头。

"江南薯叶，鲜嫩滑口，我的至爱！"老师举着筷子，却像对着一件艺术品般，只顾欣赏，忘了动筷。良久，老师才高兴地问小宋，"小宋，记得你从没跟我在外吃过饭，你咋知道我最爱薯叶，又且是白灼后淋酱油？"

"……"小宋抬了抬头，脸又红了一下，转身看着领导，诺诺着。

"薯叶正当季，小宋知道你我都爱吃！"领导欣慰地看了一眼小宋，夹了一大筷子薯叶放进老同学的碗，也夹了一大筷子放到自己的碗，"赶紧趁热尝尝！"

"鲜！嫩！滑！"老师把一大筷子薯叶塞进嘴里，就像旧时人们挑草入城门一样狼狈，吃得一脸满足。

"薯叶贱生，早年是猪食，现在却是舌尖上的美味！"一大筷薯叶入口，领导也是一脸满足，"研究表明，薯叶的蛋白质、维生素、矿物质元素含量高，仅维生素就达到了每公斤41.07毫克。"

"嗯…"老师迫不及待自己又夹了一大筷子薯叶塞进嘴里，没空应老同学。

"薯叶也有提高免疫力、止血、降糖、解毒、防夜盲、治便秘等等功效！"小宋看看老师，又看看领导，却不敢看妻子，说完微微低着头，"谦让"着一筷子没动薯叶。

"另一味菜点了吗？"看着老同学的馋劲，领导问小宋。

"点了。点了。"小宋赶紧抬起头。

正说着，服务员在每个人面前放了一个乳白色的精致小盅。打开盅盖，里面装着碧绿如翡翠的羹汤。

"这是什么？"老师看呆了，惊讶地问。

"这是扶国菜！"领导用汤匙盛起一点，尝了一口后咂了咂嘴，兴奋地为老同学介绍扶国菜的典故。

相传公元1278年，南宋最后一个皇帝赵昺被元军追杀，一路南逃，经福建至广东潮州，又饥又饿的少皇帝一行夜宿深山古庙。僧人想招待逃亡中的少皇帝，却苦于战乱一无所有，只好到庙前地里摘了些番薯叶，经出水后去除苦涩味，制成汤肴。饥肠辘辘的少皇帝吃到这碧绿清香、软滑鲜美的羹后，顿时神清气爽，便大加赞赏，追问菜名。僧人如实相告，少皇帝感动，赐名"扶国菜"……领导的典故未讲完，桌上所有人的这道"扶国菜"早见底了——小宋那一盅却是趁人不注意让服务员撤掉了。

一次其乐融融的晚餐拉近了小宋和领导的关系，不久，小宋成了单位办公室的宋主任。

成了宋主任的小宋每回安排领导吃饭，番薯叶必不可少，或蒸或炒或灼或入羹或作点心。

一而再，再而三地陪领导品味番薯叶的小宋，慢慢地也对番薯叶不那么抗拒了——当然，转变是有过程的，小宋由最初的听都听不得变为听得可闻能吃番薯叶，过程也蛮艰辛的。

到领导离开单位时，小宋的"三味真菜"已然少了番薯叶一味。

另一领导入主单位，小宋的"三味真菜"又少了一味——新领导喜欢吃肥厚脆口的厚合菜，当办公室主任的小宋自然为领导安排吃饭时常常点这一菜。陪领导品味多了，小宋也自然吃得了厚合菜。

多年后，品遍各种美味的小宋成了宋领导，曾经的魔魇——"三味真菜"一味也没了。宋领导却常常用"三味真菜"的事来说事。

品　烟

老李这几天心情不错，走路都哼曲子——老李一高兴，就哼曲子，局里的人都知道。

老李心情好不是他遇上什么好事，而是单位换新局长；新局长也不是与老李早就相识或有什么因缘，只听说新局长好烟。

老李也好烟。

老李刚大学毕业还是小李时，不仅不抽烟，闻都闻不得。那时，单位里抽烟的人多。老局长烟瘾尤其大，饭可一天不吃，烟却不能不抽，上衣和裤子的四个袋子都装有烟。从起床到睡觉，他一根接一根，四包烟抽完了，一天才算完。见到他的人，看他永远在吞云吐雾。

好烟的老局长走到哪，烟叼到哪，大伙的烟也敬到哪。

单位里一群同样好烟的常常和老局长在一起品烟。

"名人都是香烟点亮的！"老局长蜡黄的食指和中指夹着烟往嘴里送，"马克思一生酷爱吸烟，《资本论》是烟熏出来的；斯大林抽烟斗指挥斯大林格勒战役，扭转二战局面；毛泽东烟不离手，打赢三大战役，解放全中国；鲁迅的'生命'是写作，香烟陪伴他走到了生命的终点；邓小平倡导的改革开放是与熊猫香烟联系在一起，与中外朋友见面，他经常是从抽烟开始的……"

老局长的"名人与烟论"说得单位里喜欢抽烟的人心里乐呵呵的。

老局长也不避讳，那些经常和自己在一起抽烟的，该用该提拔的，一刻也不容缓。

"英国首相丘吉尔是二十世纪初的世界三巨头之一，他嗜吸雪茄烟如命。手下任何时候看到他，他不是手指上夹着一支雪茄，就是嘴巴上叼着一只雪茄。1955年，他辞去首相职务走出唐宁街10号首相府邸时，尽管背驼了，还拄拐杖，却优哉游哉地叼着雪茄烟……同是世界三巨头之一的美国总统罗斯福，也是个大烟鬼，他惯用的是长杆烟嘴，经典动作就是噙着这种烟嘴，以露齿的笑容咬住烟嘴向上翘。他临终前，还一面和女友说笑，一面把一支烟装在烟嘴里，点燃，吸上……"

老局长再次讲他的"名人与烟论"，讲完，嘴上的烟刚好抽完，便拆开桌上的一包香烟，优雅地——抛给屋子里的各位部下。

老局长向来烟酒不分家！

来听"名人与烟论"的小李也接到了老局长的烟。

小李愣了一下，便用食指和大拇指紧紧地捏着烟，拙笨地点火往嘴里送。

激动人心的"名人与烟论"听多了，焦煳的烟味经意不经意闻久了，小李不仅不再抗拒香烟，而且还慢慢地学会了抽烟。

那时的办公室没空调，大家抽烟要多潇洒有多潇洒。后来，好烟的老局长调走了，办公室又装了空调，舒服是舒服了，但在办公室抽烟，门窗紧闭，不抽烟的人便觉得乌烟瘴气，诸多怨言。于是，原先热热闹闹的抽烟队伍日渐式微，能不抽的先后不抽了，能戒的也渐渐戒了。老李却认认真真抽上了，怎么戒也戒不了。戒不了烟的老李和其他烟民一样，实在忍不住，就偷偷跑到洗手间或楼层的天台上去抽，甚是凄惶。

在洗手间抽了几年烟后，老李当上了副局长，有自己独立的办公室，不用像先前一样跑洗手间抽烟。

烟抽多了，副局长当久了，老李慢慢养成了说一不二的习惯。

那天，女局长上任后召开第一次局办公会。

女局长年轻，又是空降兵，在老李心目中属于嘴上没毛的一类。

那次办公会议题多，大家讨论又热烈，会议开了两个钟头，议题还没过半。

刚开始，老李忍着一直没抽烟，也没出去抽。中途有个议题很棘手，争论不下。老李托着下巴，冥思苦想。想着想着，老李习惯性地把手伸进了裤袋——思考问题，老李必抽烟，美美地吸上两口，再透过缥缈的烟雾，抓住稍纵即逝的灵感，解决问题。

手一触香烟，老李又习惯性地把烟掏出来，叼上，点火，美美吸上一口，长长舒出一口气。

真是赛过活神仙！

"我宣布，现在休会！请抽烟的出去抽完了，再回来继续开会。"女局长忽然打断正在发言的另一副局长，蹙着眉，重重合上笔记本。

一屋子的人都愣了。

一屋子的目光又都齐刷刷看着老李。

"不好意思。不抽了！不抽了！"老蒙了，反应过后赶紧掐灭烟头。

女局长看了一眼窘态百出的老李说，"小谢，开开窗，透透气。"

办公室主任小谢赶紧把会议室所有的窗户都打开了。

一阵冷风吹进来，老李打了个寒战。

"继续开会吧！"女局长环看众人，打开本子。

会议顺利进行。

会后，局里的人都知道女局长讨厌抽烟，抽烟的人一下锐减。

"千山鸟飞绝，万径人踪灭。吞云吐雾中，物物皆湮灭。"

"无烟世界，清新一片。"

"烟缈缈兮肺心寒，尼古丁一进不复还。"

……

　　办公室主任让人张贴的禁烟广告更是让单位里少数的抽烟死硬分子成了过街老鼠。

　　老李虽还在自己的办公室抽烟，但说一不二的习惯却慢慢不见了。

　　花开花谢，叶落叶长。年轻的女局长也变成了老局长走了，新局长来了。

　　这不，一听说新局长也喜欢抽烟，赶上和领导有共同的爱好，老李竟有种莫名的兴奋，走路都哼曲子。

　　新局长到位，老李应约第一次到新局长办公室谈工作。刚坐下没多久，新局长问，"我抽烟，不介意吧？"

　　"我是老烟枪。"对新局长的客气，老李心里十分慰帖，赶紧伸手进裤袋，想掏烟敬新局长。

　　新局长却敏捷地掏出烟，潇洒地把火点上——新局长其实就随口问问。

　　老李却僵住了——刚刚走得急，忘了带烟，裤袋里空空如也。

　　老李望着坐在对面的新局长一吞一吐，闻着迎面飘来焦香扑鼻的熟悉味道，心里爬满了蚂蚁。

　　老李多想也抽上一根烟！

　　新局长却只顾和老李谈话，全然没让根烟的意思。

　　谈着谈着，新局长又掏烟。

　　这回，老李眼睛一眨不眨地看着新局长从口袋里掏出的扁平小铁盒。盒子很精致，盒里装着满满一盒烟，烟没有印任何商标，像是自家卷的。

　　新局长又把烟叼上了。

　　老李又习惯性地把手伸进裤袋，然后讪讪地笑着说，"走得急，忘了带烟！"

　　新局长没接话也没让烟。新局长像老李平时抽烟，透过缥缈的烟雾审视别人一样审视着自己。

领导喜下棋，自然多些棋友；领导爱打球，业余球赛方兴未艾；领导好喝酒，很多部下酒量大增……知道新局长抽烟，烟民们不再是过街老鼠，单位里的烟民如雨后春笋般冒出。

"不好意思啊！"新局长和副手们都谈完话后召开第一次局办公会，开着开着，新局长掏出烟，叼上，点火，对大家歉意地笑笑。

闻到了熟悉的焦香味道，老李也掏出烟，把烟叼上。

就连平时不大抽烟的老张老赵也跟着新局长夹着烟，享受缥缈的感觉。

屋子里充满了焦香味。

一个棘手的问题讨论了许久，新局长伸手准备再掏烟。

坐在新局长边上的老李眼明手快，迅速掏出烟，递一根给新局长，"局长。新品。试试。"

"谢谢！"新局长没接老李递过去的烟，掏出自己精致的铁盒子，夹起一根，叼上，点火，侧身对老李歉意笑笑，"我习惯抽这！"

"嗯。好。"老李不自然地笑了笑。

会议继续进行。

会后，局里的人都知道新局长抽烟只抽自带的烟，很多想给局长递烟送烟的便逐渐打消了念头。

老李该抽烟时还抽烟，但老李在单位从此不接人家敬烟也不收人家送的烟。

花开花又落。新局长领了几年风骚又变成老局长，调走了，老李成了局长。

成了局长的老李在办公室足足抽了三根烟才起身，大步朝会议室走去。

老李主持的第一次局办公会召开了。

品 酒

领导没什么爱好，就是喜欢喝两杯。对这两杯，领导要求甚高。

人走多成了路，酒喝多成品酒师。什么酒，只要经领导一品，就能断出高下，真的假不了，假的骗不了。

大凡请领导办事，不用折腾，趁领导高兴，弄上两瓶好酒，把领导灌乐了，事情没准能成。

这不，在开展全党先进性教育时，领导在剖析会上自我批评，一针见血："我的问题，只有一个字——酒"。

私下里，领导开玩笑，自己的问题就是好喝酒，原因是酒好喝，今后努力方向当然是喝好酒。

这都是笑话，但从此之后，领导一般不喝酒，重要的是不喝一般酒，但只要喝起来，绝对不一般。

"领导，阿甘说最近弄了两瓶30年茅台酒，是真货。找个时间去品一品？"最近忙着准备向上面汇报工作，领导带领大家加班加点，好多时日滴酒未沾。副手看汇报材料已准备妥当，领导心情不错，便怂恿领导喝两杯。

领导意外深长地看了一眼副手，没吭声。

甘是下属单位的一个副手，据说水平高，能力强，人活络，善交际。单位里准备进行人事调整，几位副手不约而同推荐甘上来当办公室主任。

"要不，以后再说。"副手投石问路，看领导没表态，赶紧改口。

"别，别。择日不如撞日，就今晚。"领导又看了一眼副手，"好东西不要独占，干脆叫上班子成员一起。这不，大家这段时间都辛苦了！"

"好。我去通知甘准备。"副手应着马上办。

甘盯着办公室主任的位置很久了，一直想请领导好好喝两杯。原想请一个，没想请一窝。甘甭提多高兴了。

金碧辉煌的大包间里，茅台一开，酒香四溢。大家兴高采烈，跃跃欲试。

"近期大家辛苦了，今晚，借小甘的酒犒劳一下大家，感谢大家的支持！"领导举杯提议。

领导敬酒，没人含糊，都一饮而尽。

酒香话稠。一杯好酒下肚，大家情绪高涨，却发现领导的酒杯满满的，第一杯酒没喝完。

这不是领导的性格啊！怎么啦？大家面面相觑，没了声响。

"这酒——"领导咂了咂嘴，"你们再品一品！"

难道是假酒？领导向来最憎恨假酒。

酒桌上，空气凝固了。

每个人杯里又都续上了酒。

有的整杯喝进去品，有的抿一抿，有的只是闻一闻……个个都很认真。

"这酒不大对！"领导又品了一小口，盖棺定论。

"有点点苦！"

"年份不够！"

"假冒茅台！"

……

众说纷纭，千口铄金。

甘嘴张了张，尴尬至极。

"我车上有瓶六斤装的轩尼诗，要不，我去拎上来？"一位副手打破沉默。

"换吧！"领导点头。

白酒杯换成了洋酒杯，洁白的茅台换成了殷红的洋酒。

"领导，您是专家，品鉴一下。"拎酒上来的副手诚惶诚恐。

"正宗的92装轩尼诗。"领导品了一小口，"你们也试一试。"

"口感细腻如丝绸。"

"色泽黄金般灿烂。"

"香味浓郁纯正。"

……

兴高采烈又回到了酒桌上。

甘恨不得地下有条缝钻进去。

喝酒过后没多久，单位里进行人事调整。因领导一句话，"品酒如品人，连瓶酒都弄不来真的，怎么当办公室主任？"没人推荐甘出任办公室主任。

"这两瓶茅台酒，我可是花了牛鼻子劲才弄到的，真金都没这么真！"呼声很高的甘没当办上办公室主任，十分郁闷，约了两位私交甚好的副手领导喝酒。

"的确是好酒！"一位副手领导连喝了几杯被领导断定为"不大对"的茅台酒。

"领导是个品酒师，这么好的酒，怎么会品不出来？！"甘百思不解。

"醉翁之意不在酒。"另一位副手领导嗜酒如命，生怕好酒被喝完了，喝了一杯后马上又朝自己的杯续上酒，大着舌头说，"领导借你的酒说事。"

……

"好酒！"两瓶茅台酒很快见底了。

领导还是喜欢喝两杯，但一般不喝酒，不喝一般酒。

品 画

学而优则仕的领导张向喜画。工作再忙再累，也要抽空去画廊品画。张向常去的画廊不大，却有仙则名，常有真迹品赏。

一日，画廊老板约张向到画廊品鉴白石老人的《荷花蜻蜓图》。

白石老人出身贫寒，傲骨铮铮，一生传奇，诗、书、画、印皆精。他的画作，大凡花鸟虫鱼，山水人物，无一不精，无一不新。白石老人是张向最为敬仰的大师。

画廊正中的《荷花蜻蜓图》为纸本设色，纵39厘米，横35厘米，与上海博物馆藏版相仿。画中，一荷横逸，蜻蜓追舞。荷，红花墨梗，寥寥数笔，生动逼真。最令人赞叹的是那追荷而来的蜻蜓，翅膀极其透明，纹理及爪清晰精致。蜻蜓在飞舞，折翅能见动，振翅如临风。画的左端，"九十三岁白石"题款让人如晤大师。

凝视画作，张向如痴如醉。

"这是一藏友暂寄在此的画作，领导慢慢品鉴。"画廊老板乖巧，取下《荷花蜻蜓图》，半铺在案儿上。

"真迹否？"现如今，造假水平越来越高，假画赝品盛行，张向品赏半天，不得要领。

"本人眼拙，实在辨不出真伪。据藏友讲，此画请教过一些专家，有说真，有说假，莫衷一是。"老板狡黠地望着张向，"领导您是方家，请品鉴！"

"且不论真伪，此画出神入化，令人叹为观止！"张向和老板熟稔，不藏着掖着，坐下喝茶，侃侃而谈。

"真迹赝品，价格天壤之别。"老板给张向续茶。

画廊里茶香四溢。

又一日。画廊老板告知张向，一鉴赏大师路经，藏友想请大师鉴别《荷花蜻蜓图》，以求真伪。藏友和老板邀张向一同品鉴。

品赏过《荷花蜻蜓图》，爱画的张向念念不忘此画，遂爽快应约。

画廊里，藏友把《荷花蜻蜓图》缓缓平铺在案几上，恭恭敬敬请大师品鉴。

大师拿起放大镜，仔仔细细观察，一会双眼发亮，一会神情黯淡；一会低头沉思，一会抬头冥想。

半个钟头后，大师放下放大镜，久久不语。

"大师，但说无妨。"藏友很年轻，尽管内心在翻江倒海，表面上却纹丝不动。

张向惊叹年轻藏友的沉稳。

"那老朽就直说了。现如今，市面上流通的白石老人的真迹不过几千张，而赝品却不下十万！"大师把放大镜靠近画上的蜻蜓，"白石老人画蜻蜓的翅膀，必是先勾出两个翅膀的主筋，用的笔法是有来有去，画的主筋瘦硬秀挺，有如铁骨钢筋。此画的蜻蜓翅膀，尽管透明精致，却未见筋骨。这是其一。"

藏友脸由红转青，由青转白。

"其二，白石老人从87岁开始，为防造假，有意在落款上设陷阱，那就是把'石'字下边的'口'写成圆圈。此画是白石老人九十三岁所作，落款'石'字下边的'口'却为方形。"

藏友额头上渗出了密密的汗珠。

"综上所述，老朽认为，此画应为高仿赝品。"大师一锤定音。

众皆无语，屏声静气。

"感谢大师教诲！学生学浅眼拙，权当交了回学费。"藏友回过神后，迅速拿起《荷花蜻蜓图》，准备撕毁，"去伪存真，免得祸害别人！"

"撕了可惜！"第一眼见藏友，张向就觉得气度不凡。现在见他如此有气量，甚是欣赏，"刚才大师讲了，此画非真迹，却也是高仿赝品，不如转卖与我，如何？"

"既是赝品，不值一文，收藏它干吗？"画廊老板一脸的惊讶。

"假作真时真亦假。能画出如此逼真的画，此人也不俗。"张向很懂画，更懂理，"张大千仿石涛、八大，鬼手海霞仿张大千，都是几可乱真，虽是赝品，艺术价值也颇高。"

"既蒙领导厚爱，愿相送！"藏友顺势把画呈给张向。

"送不敢承受，愿按市场价购买。"张向的前任曾经是官场的风云人物，前程似锦，意气风发，不料却栽倒在腐败上。前车之鉴，张向小心翼翼，举凡给他送钱送物，不仅被拒之门外，还遭其严斥。张向素有清廉美誉，又怎么会收受藏友的画？赝品也不例外。

"若论市场价，此赝品不值500元。"大师一言九鼎。

最终，张向以500元购得《荷花蜻蜓图》。

此后，张向与藏友成了朋友，经常相邀品画。

当然了，藏友在张向的呵护下，全方位发展，几年间竟成了本城的风云人物。

"很多人知道，白石老人从87岁开始，为防造假，有意在落款上设陷阱，把'石'字下边的'口'写成圆圈……"成为风云人物的藏友还是喜欢收藏字画。一日，在鉴别白石老人书画时，藏友说，"很多人却不知道，白石老人的这一小动作后来被造假者发现。无奈，白石老人92岁后又把'口'字恢复成方形……"

　　那日回家品画，张向对着《荷花蜻蜓图》的落款"九十三岁白石"，嘴角闪过一丝不易察觉的笑。

画 说

领导喜画。

喜画的领导这些年收藏了不少画。

画是用来品的。藏画不品，废纸一卷。

"独乐乐不如众乐乐！"工作之余，领导常常招呼三五新朋旧友，到家中书房品画。

论品画，领导绝对是行家。

"一品神韵。"在领导偌大的书房里，三五新朋旧友围坐品茗品画，领导开讲，"古人谢赫在其六法论中，首论即是气韵生动。神韵，乃是一幅画的精气神，是灵魂所在。"

书房里，茶香袭人，众皆洗耳恭听。

领导从书柜里随手拿出一幅画，在桌面上轻轻展开。

画上，一匹英姿飒爽、威风凛凛的骏马宛如从纸上迎面奔来。

"大家看徐悲鸿的这幅《奔马图》，马首迎风高昂，精神抖擞，无所畏惧；马鬃浓密舒展，自由奔放，豪气勃发……画面大气磅礴，令人惊心动魄！"领导指点画作，激情澎湃。

众皆屏气凝神。

"二品笔墨。"领导侃侃而谈，"这《奔马图》的笔墨，可以说，一个字，绝！徐老先生用饱醮奔放的墨色，勾勒出奔马的头、颈、胸和腿。马腿的直线遒劲有力，如钢刀，似裸岩，力透纸背。马腹和臀的弧线圆润饱满，如凝脂，似墨玉，弹性动感；鬃尾以干笔扫出，浓淡干湿，浑然天成……"

领导仿佛身临万里沙场，策马驰骋。

众皆如痴如醉。

"三品构图。"领导完全沉醉其中，"就说这《奔马图》，骏马昂首扬尾，四蹄腾空却又稳如泰山，飞行瞬间定格画中，构图前大后小，险中求稳，透视感十足，冲击力十足。"

"领导乃方家也！"回过神来，有人感叹。

"叶生，你谦虚了，你才真正是品鉴方家。"领导看着说话之人，笑笑说。

"不敢，不敢！在领导面前，我是小学生！"叶生感受到了领导暖心暖肺的笑，点头哈腰，一脸谦恭地说。

领导笑笑推开窗。

窗外，皓月当空，照得大地一尘不染。

飘进书房的明月，给桌上这匹"骨力追风，毛彩照地"的骏马披上了银光。纸上的骏马奋鬃扬蹄，似要破纸而出，趁着月色，飞奔而去。

叶生眼睛一刻不离桌上的画。

"喝茶。喝茶。"领导招呼众人，眼角余光一刻不离叶生。

"好画！好茶！"有人闻香啜茶，由衷赞叹。

"月下茗茶品画，好景好茶好画，夫复何求！"说者望月低吟。

叶生眼睛还是一刻不离桌上的画，好像生怕画上的骏马一不留神，飞奔跑了。

"叶生，喝茶。"领导端起茶杯，招呼叶生也喝口茶。

"好画。好画。"叶生眼睛从画中暂时收回来，急忙端起茶，"领导喝茶。"

一杯好茶来不及细品，叶生一口喝进肚子。热茶烫嘴，更烫心。

叶生借机夸张地伸了伸舌头，调皮地对着领导笑。"初次见识，领导见笑。"

领导看着叶生，笑笑。

书房里，茶香满室，笑声盈庭。

谈笑间，叶生的眼睛一直瞄着桌上的画，领导的眼角余光也一直跟着叶生。

叶生心里知晓领导的眼角余光，更加专注桌上的画。

"老叶莫不是盯上了领导的《奔马图》？"有人打趣叶生。

叶生憨憨一笑，不作声。

"换茶。换茶。"领导笑笑让人换茶叶，随后轻轻卷起发黄的《奔马图》，放回书柜。

书柜里字画虽多，却收拾齐整。

见不到《奔马图》，叶生脸上难掩失望之色。

到领导家中品画不久，在自己的主动争取下，叶生再获机会到领导家中品画。

一回生，两回熟，叶生很快成了到领导家品画的旧友。

熟人不生分。一天，叶生单独到领导家品画。叶生央领导再品《奔马图》——叶生每回来，必品《奔马图》，必如痴如醉——领导每回看在心里。

再次品完《奔马图》，叶生向领导提了个不情之请：把《奔马图》转卖给他——什么价位都可以，以解痴迷之苦，"自打见第一面，我就迷上了，而且不能自拔，一日不见，茶饭不香，夜不能寐。"

领导笑笑看着叶生，不说话。

"夺人所爱是不义，可我饱受煎熬！"叶生恳求领导，"望领导成全。"

领导还是不说话。

虽碰壁未成交。叶生走时，领导却一改以往，把他送出大门外，对他笑笑——领导的笑依旧暖心暖肺。

就像一块橡皮糖，沾上了就甩不掉。没过几天，叶生又登门品画，求画。

领导依旧不出声，品完画依旧笑笑把叶生送出大门口。

如是三番五次，领导感其诚意，忍痛割爱，"看样子，你比我更喜欢它！"

叶生点头如鸡啄米。

"祝你马到功成！"把画递给叶生时，领导意味深长地对叶生说。

叶生千恩万谢。

叶生万万没想到的是领导卖画，却不肯收钱，"爱画之人，谈钱，既伤感情，又亵渎了画作！"

叶生怎敢白拿领导的画？

"领导，画改日我再来取。"叶生把手中的画轻轻放下。

数日后，叶生又登门品画。

"这是我收藏的一幅画，请领导品鉴。"叶生郑重其事地把一幅画平铺在桌上。

画中四匹马，两匹背向，后面又配一匹侧向，还有一匹在右边低头觅食。

"徐悲鸿的《群马图》？"领导眼睛闪闪发亮，许是激动，一向沉稳的领导居然颤着声问。

"是的。早年收藏，不知真赝，请领导品鉴。"叶生看着领导，一改先前的谦恭，笑笑说。

领导拿起放大镜，仔仔细细地看：马首、马颈、马胸、马腹、马腿、马鬃、马尾、马鬃，题跋、落款，还有印章……

领导俨然像个大教授，看得一丝不苟。

叶生抽着烟，侧身望着领导。烟雾缭绕下，叶生脸上的表情高深莫测。

"好画。好画。好画。"足足一个钟，领导带着颤音说。

"领导若喜欢，群马换奔马，可好？"叶生赶紧正襟危坐，恢复谦恭说。

领导咳了一下，平静了心情，恢复了常态，没了颤音，却还是忍不住又赞道，"好画。好画。"

"好马配好鞍，这《群马图》，领导请收起。"叶生又侧身望着领导，学着领导笑笑。

领导从书柜中取出《奔马图》，看着叶生，一丝复杂的神情在脸上一闪而过，"给！"

"感谢领导！"叶生嘴里恭恭敬敬，脸上却掠过一丝不易察觉的笑。

叶生的确需要感谢领导。叶生在领导的呵护下，诚如领导所言，事业马到功成——当然，这是后话。

叶生换了《奔马图》回家，随手把画丢在书画堆里，再也不闻不问。领导却是把《群马图》小心翼翼地锁进书房的保险柜里——柜里还有一幅和换给叶生的一模一样的《奔马图》。

喜画的领导还是常常招呼新朋旧友，到家中品画，但领导的《群马图》从不示人。

好　酒

书记好酒。

没到县里之前，我就听说书记喝酒如喝水，大杯小杯，白酒红酒，来者不拒，从来不倒。

书记经历丰富。当过兵，扛过枪，从乡镇办事员一步步上来，穷的、富的，正的、副的，都干过。

书记人豪爽，认识的都这么说，干活是，喝酒更是。

书记在豪爽中一路高歌猛进。

到县里挂职前，我听得最多的是书记的酒。文人嘛，平时也好两杯，对喝酒的书记，我多了几分亲切。

到县里第一次和书记喝酒，是全县经济工作会议后聚餐。县委招待所偌大的大厅，十几张圆桌团团围着主台。金融危机对以贸易出口为经济支柱的县里冲击很大，书记很是着急。

酒桌上是各乡镇的书记镇长和县里各部委局的头头。都知道书记好酒，规规矩矩三杯后，书记镇长们换了大杯奔书记来——他们也不容易，县里要保增长目标，压力都转到他们身上了！

有的借酒诉苦，有的恳求降低增长数……书记一一和书记镇长们喝酒——你喝多少书记陪多少，可增长数一个子也甭想少。

我亲眼领略了书记的酒量！

酒阑人散，勉强撑着的书记让县里其他领导先走，只留下县委办主任陪着他。

上面千条线，下面一根针。县里来人多，省、市领导，省厅、市局领导，处长、科长、校长，专家学者、文人记者，部队的、港澳的、国外的……来的都是贵客。一日三餐——中餐、晚餐加夜宵，书记常常连轴喝，常常还得跑场。

我这个挂职的副书记，省里来的，又能喝几杯，经常被书记拉去陪客人喝。

书记家在外地。好酒的书记喝出了一身的病，家属严管其喝酒。一日，随书记陪完客人，一同坐车回宿舍楼。书记家属来电话。

"喝了没？"家属查岗，声音挺大。

"没。"书记大着舌头，很干脆。

"没喝酒怎么有酒味？"家属下圈套。

"喝了一点！"书记一愣，酒醒了大半，如实说。

……

又一日，喝完一场，正赶下一场，书记的家属又来电话。

"这么晚，还没回，去哪？"家属显然打过电话到宿舍。

"去吃饭。"书记每回都很干脆。

"哪里吃啊？"家属追问。

"前面！"书记不假思索。

……

在县里，流行一句"摆平就是水平，没事就是本事"。

县里清理整顿安全生产事故频出的小煤窑，先是分管安全生产的副县长出面，打了东家，西边又冒出。后来县长挂帅，又是大会又是专项检查，还严打，依旧收效甚微。书记只好亲自出马，一番明察暗访后，书记一个人在招待所设席宴请大大小小的煤窑主。

那天，酒桌上摆了特制的一两装小玻璃杯，酒是好酒——两瓶六斤装的进口轩尼诗。

书记不说打，也不说关，只说煤窑主们辛苦，不容易，请大家喝酒，并且规定酒桌上只能说酒。

煤窑主们不知书记葫芦里卖啥药，面面相觑。

书记果真一句不提煤矿，和煤窑主们玩起了喝酒游戏：喝一满杯，每人从台上取一粒花生米放在自己面前的骨碟上，不满杯不算，最后数数论输赢……

这真是一场没有硝烟的战争，煤窑主们把积怨、不服、担心和苦闷都发泄到酒上。

这一场酒，书记得到25粒花生米，最多。煤窑主们有的十几粒，有的十粒八粒，最不济的也有六粒……

书记的这场酒把煤窑主们征服了。煤窑事件摆平了。

两年挂职，我和书记结下了很深的情谊。挂职结束离开县里头一天，书记单独请我吃饭。

"兄弟，你是个想干事能干事的人，要离开了，有点舍不得啊！"书记端起酒杯，"这一杯是感谢酒，我敬你！"

书记一饮而尽，我也不甘落后。

"嗯……"我皱了皱眉。

"酒是个好东西，也不是东西。这两年，累你了！"书记给两个杯子又倒上，"别介意，只有我们俩在，我把酒换成了水。水好啊，纯洁，喝了没负担！"

书记和我都一饮而尽。

清凉的水，甘甜无比。

"一个年轻人陪领导接待上级来人，闹了笑话。那天，酒席高潮，上级提议每人半杯，曰'打炮'，主客各出一人，一个个来……轮到年轻人时，大家发现他不见了……不善喝酒的年轻人躲进了厕所——直到散席。"书记端起酒杯讲笑话，却一脸严肃，"你知道吗？那是个真实的笑话，那个年轻人就是我啊！"

第三杯"酒"书记又一饮而尽。我却端着酒杯，眼睁睁看着书记，一遍又一遍问自己，那个年轻人就是喝酒如喝水的书记？

"都说我好酒，可有些酒我不喝，行吗？"书记又往两个杯子倒水。

我发现，书记的眼圈红了。

书记好酒。到县里出差回来的都这么和我说。

相　马

马伯会相马。相传，早年马伯因相中一匹个小、赢弱、貌差的枣红马是千里马而名噪江湖。

会相马的马伯常常游走于产马的大草原为大公司相好马参加马赛。淳朴的草原马主敬重马伯——草原里流传，再差的马只要马伯相中，立马身价暴涨；而再好的马，马伯要是对着它轻轻叹气，顷刻间金砖变瓦砾，只落得个卖肉卖骨价。

一大公司在香港上市，拟高价求购一国产千里马，代表公司参加香港马会比赛，重金委托马伯到北方大草原相千里马。

马伯接了生意，即刻起程，流连于北方各大草原，数月未得一千里马。

一日，马伯到一马场，马主尽遣良驹让马伯挑选，青毛、花毛、黑毛、栗毛，各色良驹济济一堂。马伯瞅瞅这匹，拍拍那匹，始终一言未发，甚是失望。

在一身躯粗壮、被毛浓密的枣红马前，马伯的手还没拍下去，枣红马突然甩起尾巴……马伯的脸被重重地扫了一下。

捂着赤痛赤痛的脸，马伯瞪了一眼枣红马，长长叹了一口气，离开马场，消失在茫茫大草原中。

游走草原，马伯偶遇良。目光深邃的良告诉马伯，自己随便到草原逛逛，天马行空，看落日，看马群……

两人相谈甚欢，结伴同行。转悠了一圈，一日黄昏，马伯一行又到曾经被枣红马扫过脸的马场。

马伯相不中自家的马，只怪自己没福气，挣不了大把大把的票子。对马伯他们的到来，马主因为愧疚，立刻杀马待客。

"古人常云，世上千里马常有，而伯乐不常有，我看未尽然！"对着篝火，吃马肉，喝大碗酒，马伯甚是感叹。

马主忙碌着为客人切肉添酒。

"马头为王欲得方，目为丞相欲得明，脊为将军欲得强，腹为城郭欲得张，四下为令欲得长。伯乐相马，把一匹马的全身比作王、相、将、城、令，这是何等的气魄！"马伯大口大口啃马肉，牙缝里塞满了肉丝，"我相马，一摸牙齿，二问血统，三看肌肉，四察性子，五观行走，二十年多了，从没走过眼！"

主人敬酒，马伯一饮而尽，无比豪爽。

"蹄爪正，前膀宽，后腿弯，前腿能钻狗，后腿可伸手，这样的马，跑得轻，走得快，赛马准能赢。"马伯停下吃马肉，用手揪牙缝里的肉丝。

随马伯一起来的良只顾低头吃肉。

"要说国产好马，蒙古、河曲、伊犁、三河、黑河马各有千秋。"说起国产马，马伯如数家珍，"三河马体大结实，背腰平直，气质威悍，四肢强健，肌肉发达，跑千米用不了一分钟，载重五百半小时可跑10公里；伊犁马体大强健，俊美秀丽，性情温顺，禀性灵敏，擅跳跃，能负重，是优秀的轻型乘用马；西南马头大个小，肌腱发达，蹄质坚实，善走山路，善爬山岭，驮重200斤可日行30～40公里……"

这时，女主人端出一盘马骨，放到客人前。马伯抓起一马骨，边啃边继续点评国产好马："河曲马历史上常用它作贡礼……"

"主人家，哪来的马骨？"一直没吭声的良倏地站了起来，打断马伯的话，急切地问主人。

　　"咱家刚杀的马！"

　　"可惜！可惜！"良深邃的双眼瞪得大大的，神情痛苦不堪，"可惜了一匹千里马！"

　　马伯翻弄着马骨，糊涂了："什么可惜了？"

　　"古人相马不相皮，瘦马虽瘦骨法奇。"良拿起马骨，"你们看，这额骨，宽而大，头大额宽，是典型的蒙古马种；这腿骨，短而粗，四肢坚实有力；这筋腱，厚而实，关节肌腱发达，能跑善跑；这胸骨，深而长，身躯粗壮结实，勇猛无比……"良越说越激动，放下骨头，双手紧紧揪住马主的衣领，逼问马主，"为什么，为什么杀了千里马？！"

　　"它对马伯不敬，尾扫马伯脸，马伯对它长叹息！"马主使劲掰开良的手，喘着粗气，"既然是马伯叹息的马，我就杀它来待客！"

　　良蹲下身子，双手抱着低垂的头，眼含泪花。马伯默不吭声，一直翻弄着马骨，后来也垂下了头。

　　此时，远处马鸣声响起，良站起来，深一脚浅一脚走了，消失在漆黑一片的大草原。

习 惯

人要没些兴趣爱好，那肯定少盐寡味、平淡无奇。

聂森就是这样，没了兴趣爱好，每天无所事事，总觉得度日如年。

一次得了个小病，看了无数医生，未愈。朋友推荐一名老中医，专治久治不愈和未病，有奇效。

聂森慕名前往。

老中医须发皆白，却红光满面。

望、闻、问、切，了解了聂森的病情和状况后，老中医边切脉边问，"抽烟不？"

曾经，高兴时抽，苦恼时抽，工作顺利时抽，压力大时抽，经常是"为节约火柴"，烟一根接一根，后来……唉！聂森摇了摇头，果断地说，"不抽。"

又问，"喝酒不？"

遥想当年，喝酒当喝水，一天数餐，一餐数场。革命的小酒天天醉，怎能不喝？可后来，这也不行了，那也不行了……聂森苦笑着答，"基本不喝。"

再问，"爱女人否？"

当年可是有贼心没贼胆，现在是贼心贼胆和本领都没了，聂森小声说，"不爱。"

老中医沉吟片刻，最后问，"平时有什么爱好？"

聂森年少兴趣广泛，爱交游，善打球，喜读书，好练字……几乎无所不爱，无不略懂一二。后来忙，渐渐的，这不喜欢，那也没空玩……聂森想了想，心虚地说，"没——有。"

"你不用看了，回去吧！"老中医把打开了的病历本合上，一字未落，退还给聂森。

"为什么？"

"啥兴趣爱好都没了，看了又有啥用？活着还有啥意思？"老中医一脸不屑。

……

聂森回去后想想，也是，一个人如果啥兴趣爱好都没了，生活还有啥意思？

第二天，聂森便上街买回纸和笔，还有运动鞋，准备重拾旧爱——书法和运动。

开始练字，聂森学王羲之，临《兰亭集序》。练了一段时间，聂森感觉大有长进，每写一幅满意的字，犹如早年工作受上级表扬，兴奋异常。

运动呢，则是每天万步走，不达目标不歇息。

说也怪，每天走走路，练练字，聂森不再病怏怏了。后来一检查，久治不愈的病居然也好了。

一日，聂森正在练字：

　　永和九年，岁在癸丑，暮春之初，会于会稽山阴之兰亭……

练字的书房，静可聆针。

突然，窗外"呜——呜——呜——"急促响起。

聂森的"修"字刚落笔，手抖了一下，一撇变成一大点。

火警声越来越近，越来越尖利，越来越急促。聂森不仅手发抖起来，心也急促地跟着颤抖。

"火灾了？"聂森放下笔，望了望窗外，好久才回过神来。

火警声渐远渐小。

洗脸。喝茶。大半天，聂森的手虽不抖了，心却还揪着。

字是练不下去了。聂森换鞋出门，去活动活动。

公园里阳光明媚，游人如鲫。

"老聂，出来走走啊！"常打照面的老王头迎面过来，热情地和聂森打招呼。

"是啊，老王早！"一声"老聂""老王"，让聂森倍感亲切，逛公园的脚步也轻松了许多。

一圈公园走下来，微微出汗，聂森回家洗个澡，顿时神清气爽，又练上了字：

夫人之相与，俯仰一世，或取诸怀抱，悟言一室之内；或因寄所托，放浪形骸之外……

一气呵成。

停笔欣赏，远观近视，左看右瞄，聂森越看越高兴：行笔潇洒飘逸，犹如行云流水；点画疏密相间，字体骨骼清秀，如得书圣真传.看得手不释卷。

"吃饭了，老聂。"老伴做好了午饭，催促聂森。

"哎——你过来看看。"聂森叫老伴从来都用"哎"代替。

"不看。你是干啥都入魔！"老伴嘴上说着，脚却听从聂森的召唤，进了书房。

"再练一练，又可上个台阶。"聂森陶醉于书桌上那幅行书。

"可别学人家书圣，用馍馍蘸墨吃。"老伴原是文化人，为支持聂森，在家相夫教子，说起话来一套一套的，"吃饭去了。"

聂森恋恋不舍地离开书房。

又一日，练字、运动后，聂森和老伴早早上床。

"祝你做个好梦！"心情很好的聂森睡前对老伴说。

"you too。"老伴笑着用英语回。

聂森真的做了个好梦。梦里，聂森一袭中山装，满脸红光，在自己的书法展上指指点点，俨然是个书法大家。

"呜——呜——呜——"声音从窗外飘进来。

"着火了？着火了？"聂森从床上一跃而起，手不停地发抖。

"怎么啦？"老伴被吵醒了，睡眼惺忪问。

"你听，火警！"聂森一脸紧张，心也和手一起颤抖起来。

老伴侧耳，果然听到了越来越小的火警声。

"老——聂，有人负责呢，睡吧。"老伴故意把"老"拉长，起床，给聂森倒了杯水。

"是的。有人负责。"接过老伴递过的水，聂森明白了自己的身份，清醒了过来。人一清醒，聂森心里平静了许多，心不再揪着。

再躺下去，梦自然续不上了。聂森没睡着，在床上烙饼，几十年的往事，如烙饼上的芝麻一样，一件件在聂森脑里闪过。

往事如烟，有苦有乐，有激动有苦闷。有两件事，却让聂森不能忘怀——半夜电话和"呜——呜——呜——"的火警声。

聂森总结，半夜的电话大半都不是什么好事，要么哪里出了安全事故，要么哪里出漏子，要么……多少年，聂森电话24小时不敢关机，就在等不想接的半夜电话。自从成了老聂后，老伴每天睡前把聂森的电话关了——其实白天也没多少电话。

"睡吧！"老伴也没睡着。

"嗯。"

夜深了，聂森终于入睡。

"呜——呜——呜——"

风高物燥，深夜，消防车声再次响起。

"哪里着火了？"刚刚入睡的聂森，又从床上一跃而起，喊叫。

"老聂。"老伴再次被吵醒。

"火灾了！"半梦半醒的聂森起床穿衣服。

"老聂，睡你的安稳觉吧，你已经不是书记了！"老伴知道，自那一次在聂森所在的地方发生火灾，塌楼死了十几人后，聂森就对火警声心存恐惧。

"哦。对。"聂森穿了一半的衣服停下来，良久又喃喃自语，"习惯了。"

"睡觉吧！"老伴示意聂森回床上睡觉，"要好好改改你的习惯了！"

聂森望着窗外三辆疾驰而过的红色消防车，久久不语。

火警声响过后，黑夜恢复了平静。

听火警声手发抖，心颤抖的习惯，很长一段时间，聂森却改不了。

第三辑

口水事件

春光明媚的日子里，局里很多人心里的希望就像院子里几株大树的新叶，见风就长。

主政了十年的老局长终于像冬日树梢上的黄叶一样，虽苦苦支撑着，却也无可奈何地随风飘落了。十年里，院子里几株大树的新叶长了落，落了长，可局里除了少数人外，很多干部停留在时光隧道里：十年前是科员，十年后还是个科员；十年前是科长，十年后依然是科长……

哪个公务员不希望自己就像初春的新叶一样迅速成长？

十个春秋啊！

当老黄叶飘落时，在容易伤感的春天里，局里的很多人不仅没人伤感，反而巴不得黄叶快落掉，好让新局长带来似剪刀的二月春风，细细裁剪局里的新叶……

怀着希望，局里很多人驿动不安。

新局长亲切得就像邻家的大哥大叔，挨个办公室走，眯缝着眼挨个问询情况。

希望就像见风就长的新叶，一天一个样！

可正当局里很多人的希望空前高涨时，一件事情把大家震惊了：2月13日上午，局长过来上班的第二天，被人从后窗吐了口水！

发布这消息的是局办公室主任。

"缺德啊！那天，局长正准备进局大门时，一唾口水不偏不倚，飞落在局长亮闪闪的脑门上！"办公室主任讲得绘声绘色，好像他目睹了这一切，"局长抬头向上望，发现很多窗口缩进了脑袋。脑袋虽缩进去了，可窗户来不及关上都开着……"

真是哪壶不开提哪壶！

先前，老局长多年压制一些干部，不提拔不重用，局里的一些干部恨他，除了在民主测评上给老局长制造点小麻烦或者写写告状信外，不知谁从什么时候开始，从后窗看到局长进大院，就朝他吐口水。虽然多年来老局长一次未被口水袭击到，可局里的同志们爱往后窗吐口水却成了习惯。

糙米碰上了空春臼，怎么会这么巧？

"咱局长真有涵养，被吐到口水后，一点也没声张，而是擦干后一间一间办公室去看望大家……"办公室主任意味深长地说，"谁吐的痰，局长心里可清楚呢！"

怪不得那天局长每间办公室都看得那么仔细，有的还摸了摸窗户……大家一时恍然大悟！再回忆局长眯缝着眼的笑就有点不寒而栗！

谁吐的口水呢？

局长会怀疑谁呢？

……

一时间，局里人人自危！

2月13日上午，我没朝后窗吐过口水。有些人开始还很镇定，可看到局长眯缝着眼的笑就不自信了……

2月13日上午我吐过口水了吗？

我的窗户没有关，局长怀疑上我了吗？！

口水事件煎熬着局里的很多同志。有些人甚至到处打探消息——局长究竟怀疑谁吐的口水？

驿动的希望之心被躁动不安的惊慌之心代替了！

备受煎熬的同志们迎来了新局长到任后的第一次全局机关干部大会。那是局长到任后的第16天。

局长在会上讲了口水事件。

同志们诚惶诚恐，忐忑不安！

"我知道谁吐我口水！"局长的开场白让参加会议的人如坐针毡。

"2月12日，我到局里上班，13日我到各科室看望大家，14日，办公室刘主任告诉大家，13日上班时，我被吐了口水……"

台下鸦雀无声。

"14日晚上开始，就有很多同志来找我，说明这一件事。到目前为止，全局50人，除了3人没来找我之外，陆陆续续来了47人。"局长提高了声调，"我统计了一下，47人中，有20人是来慰问撇清关系的，有15人是来检举揭发他人吐口水的，有12人是来主动承认自己吐的……"

台下有人脸红有人脸青，嗡嗡声一片。

"我要告诉大家的是，我根本就没有被谁吐到口水，我是故意让刘主任这么说的！"局长又提高了声调，嗡嗡声不见了，会场错愕、惊慌一片！

"大家被压制了多年，想进步的愿望我能理解。可我要告诉大家的是，要做官，先做人！"局长说完随即宣布散会。

希望像春天里刚刚长出的嫩叶遇到了倒春寒一样，未见长大就掉了。

没有了希望的同志们少了些躁动不安，多了些小心。

新局长与老局长一样，该提拔的人一刻不停地提拔。不一样的是被提拔到的欢天喜地，没被提拔的没有怨言——他们本身就不敢奢想！

牙痛不是病

领导病了。周一上班，领导肿着半边脸，一副痛苦的神情。

领导是一局之长，是单位里的主心骨，领导一病，大家都很紧张。

领导得了什么病啊？严重吗？大家纷纷探听，关心领导的病情。

牙痛。当大家得知领导只是患了常见病，并无大碍时，大家悬着的紧张之心稍稍松了下来。

尽管领导的病情无大碍，可看见领导肿着半边脸，闷闷不乐，讲话时又是一副龇牙咧嘴的样子，大家的心又揪紧了。

"牙痛大多由牙龈炎和牙周炎、龋齿而导致牙神经感染引起的。"办公室主任因为第一个知道领导牙痛，一进办公室就忙乱起来——从网上恶补牙痛知识。

尽管牙很痛，可看着办公室主任的殷勤样，领导心里很欣慰。

"领导，您的脸肿胀严重，赶紧去医院治疗吧！"办公室主任"涨姿势"后，像是自己牙痛了一样，一边吸气，一边痛苦地说。

"牙痛不是病。没事，挺挺就过去了！"领导龇着牙。

"牙痛不是病，痛起来真要命！"办公室主任满脸着急，"领导，您的身体不是您一个人的，是单位的，是国家的！"

"……"真是皇帝不急太监急，领导看看办公室主任，没说什么，算是同意了。

在办公室主任的精心安排和亲自陪同下，医生认认真真给领导做了全面检查。

"没大碍，按时服药，记住别吃生冷的东西！"医生检查后在电脑上开处方。

"医生，晚上牙要痛了，睡眠肯定受影响。是不是开一两片安定片或其他镇静剂，助晚上睡眠？！"接过着医生开出的处方单，办公室主任仔仔细细看，见处方单上只开了阿司匹林、三七片、云南白药等止痛镇痛药物，说是商量却是一副不容置疑的口气。

医生抬头看了看自始至终在陈述病情并忙前忙后的办公室主任，没吱声。

"睡眠好了，牙痛自然轻了！"见医生没添加安定药的意思，办公室主任拿着处方单不依不饶。

医生又看了看办公室主任，取回了处方单，撕了重新在电脑上开处方。

昨晚痛了一晚没睡好的领导看着细心的办公室主任，微微笑了。

许是领导的牙痛较严重，上午医院回来后遵医嘱吃了药，可下午各种镇痛药的药性一过，领导又痛苦不减。

"中医认为牙痛是由于外感风邪、胃火炽盛、肾虚火旺等原因所致！"下午开会，人事部长看着领导的辛苦样，趁着会议间隙心疼地对领导说，"领导日理万机，劳心劳累，牙痛肯定是虚火过旺引起的！"

最近推行人事制度改革，情况杂，阻力大，领导的确是劳累过度，急火攻心。

"西医治标不治本，止痛药一过，又复痛，解决不了问题。"人事部长极力推荐采用中医疗法，标本兼治。

下午的会还没开完，人事部长就说服了领导，带着领导又去了医院。

医院里，人事部长托人找的名老中医很认真很负责，望闻问切，一丝不苟，给领导开了一些外用的中药散剂和一大袋中药，又叮嘱了这叮嘱了那。

周二上班，领导的牙痛未见好，仍然肿着半边脸，一副痛苦的神情。

病在领导身，痛在众人心。看着领导的痛苦表情没减，办公室主任和人事部长羞愧地低下了头。单位里更多的人都想来关心领导的病情。

"我一同学的父亲的学生有治牙痛的偏方！"周一轮不上关心领导病情的政务部长，周二发现领导还肿着脸，赶紧到领导办公室献药方。政务部长告诉领导，尽管这偏方是昨晚打了无数电话，山长水远打听到的，可用过的都说灵验得很！

政务部长的偏方是一道食疗用的汤，名为贻贝苁蓉黑豆汤。即取贻贝、肉苁蓉各30克，黑豆150克，洗净贻贝泥沙，切片肉苁蓉，锅里猛火熬煮1小时以上，每日喝一次，连喝数日，既营养又治病。

"这汤贻贝入肾经，滋阴降火；黑豆补肾，除胸中热痹，散五脏积热，去虚火，治牙痛，效果甚好！"政务部长俨然成了一名老中医，侃侃而谈。

听着政务部长一脸虔诚地引经据典，领导心里甚是安慰，赞许地笑了笑。

得到鼓舞的政务部长这时拿出早已准备好的贻贝、肉苁蓉等食材，急忙到单位厨房找厨工熬食疗汤去了。

……

领导的病就像这几天天上正在下的雨，尽管万民希望雨尽快停下来，可这雨却依然不急不缓地下个不停——中医、西医，偏方、秘方，该看的看了，该吃的吃了，领导的牙痛就是不见好。

领导的牙痛一日未好，一日有人来关心。领导牙痛的日子里，一拨又一拨人来献药方、荐名医、送新药……领导牙痛的日子里，单位里也一下子涌出了一拨又一拨牙科专家、名老中医、营养专家！

像极了这场正在下的雨，在大家都以为雨该停时，雨忽然大起来了。集万千关心的领导的病情在尝试了各种治疗后，原以为要好了，却不料领导的牙痛演变成了口腔癌！

得了口腔癌的领导休养了一段时间后，为一心一意治病，办理了病退手续。

领导一退，关心领导病情的一拨又一拨人也跟着退了。

奇的是，少了一拨又一拨的关心，领导的病却神奇般好了！

一个星期的会

"同志们，开个短会。"

星期一上午，科长召集科室人员开会，让大家认真筹备一次全市会议，贯彻落实全省会议精神。

"这是一次规格高规模大的重要会议，大家一定要高度重视。"科长老办会，经验丰富，会上迅速给大家作了分工：

小张牵头起草会议通知、领导讲话；小李负责下发会议通知、编印会议须知；小王联系参会人员食宿；小孙布置会场、彩排会议；小钱编排会议座位表、印发文件……

星期二下午，正当大家按科长的要求有条不紊地进行时，科长及时抓落实，"开个小会，大家把各自准备的情况汇报一下。"

小张：领导讲话出了提纲；

小李：会议通知已发出去；

小王：谈好会议食宿价格；

……

"大家要把工作往前赶，把事情想在前，把困难估计足，确保高质量地开好这次重要的会议。"科长对大家循循善诱。

星期三中午下班前，科长把大家叫在一起，"开个碰头会。下午4：00我去检查会场、住房以及餐厅，大家要抓紧准备并先做好自查。工作要仔细，多留点心，少出漏子。"

下午4：00，科长带人从会场到餐厅，仔仔细细地检查。

"给主台准备了什么酒水？"在餐厅，科长问小王。

"领导喜欢喝茅台，所以准备了一箱茅台。"

"打开看看吧！"

"我亲自到专卖店买的，没问题。"小王很自信。

科长坚持把每瓶酒都打开，并且都倒出一点点来闻一闻，品一品。科长闻得很认真，品得很专业。

品到第六瓶时，科长脸变了，"这是什么？！"

"怎么可能是水呢？！"小王闻后又品，急红了脸。

"马上通知大家开个现场会！"科长黑红黑红的脸绷得很紧。

"我说过多少次，会务无小事。这瓶水要是没检查出来，万一倒给领导喝怎么办？！"科长紧紧抓住装水的酒瓶，很激动，"大家要认真，认真，再认真；仔细，仔细，再仔细！"

星期四晚上，科长来观摩指导小孙组织的会议彩排。

主席台上坐了一班不太好意思的"领导"，谁都不敢也不愿坐最中间的位置。瘦个子小张被推到了主席台的正中间位置，扭扭捏捏地当起了"主要领导"。

彩排了两遍，科长喊停，"大家坐下来开个讨论会，对彩排工作提提意见。"

七嘴八舌后，科长作了高度概括，然后又彩排了很多遍，直到科长找不出"漏子"了，彩排工作才结束。

星期五上午，参会人员陆续来报到。科长也一大早坐镇现场。

"会场的座位编排得怎么样？"科长这几天忙晕了，忘了过问会场座位编排，这时才想起来。

"主席台的座位编排好了并打上了领导的名字，台下没排座位，发座位票。"小钱赶紧过来跟科长解释。

"这怎么行，没排座位表，到时乱哄哄的。"

"大家拿着票对号入座，没问题的。"

"最起码也要把台下第一排的座位编排好啊，要不，到时电视拍出来不好看！"科长要求要把第一排的票发给各县（区）来参会的主要领导。

"可有的票已经发出去了……"小钱愁眉苦脸。

"通知大家集中一下，开个紧急会。"科长果断地说。

紧急会后，大家按科长的要求分头行动，把发出去的票收回来，重新编排第一排的票。

下午2：30，会议准时开始。领导们在掌声中缓步走向主席台。

胖胖的主要领导走在最前面。他到了自己的座位前，没有立即坐下，很有风度地站着稍等了一下其他领导。服务员早已帮领导们挪好了凳子。

领导们都站到了各自的座位前，主要领导微笑着带头坐下。

"啪——"的一声，主要领导坐的凳子腿断了，胖胖的领导一屁股坐到了地下。

其他领导愣了一下后，纷纷七手八脚来拉主要领导。

没大事，主要领导只是受了点惊吓，站起来后还对身边的领导们幽了一默，"要减肥了，不然连凳子都有意见啦！"

科长目睹了这一切，脸由红变白，由白变青，由青变黑，七彩颜色在科长脸上瞬间变化。

除了这点小插曲外，会议还算顺利，按时完成了各项议程。

星期六一早，小张、小李、小王、小孙、小钱……都还在床上，科长来电话通知，上午9：00开总结会。

"这次会议，要总结，要吸取的经验教训实在太多了。酒怎么会有一瓶是水？主要领导那么胖，彩排时为什么没试一试凳子，还让瘦瘦的小张去坐他的位置……"

科长在总结会上讲得口沫横飞。

大家灰溜溜地从办公室出来时，已是中午12：30了。

"屁大点事，反复开会，真累！"胖胖的小李又饿又困，不满地发牢骚，"明天还要开剖析会，真烦！"

星期天省里通知开会，科长一早上省里了，什么会也开不成了。

不过，大家又要忙了——新一轮贯彻落实全省会议精神的会议肯定又要开了！

1984年的北风

那是1984年的冬。北风那个吹呀，吹得叫人不敢轻易出门。

市委礼堂里，坐满了人。

"中国第一只股票在上海诞生啦！"礼堂主席台上，某科技公司老总郭学激动万分地向台下听众宣布，"11月14日，这是一个历史性的时刻。这一天，人们早早排队购买中国第一只股票，人龙头尾不能相望，盛况空前！"

"今天，我们这里也要诞生一个历史性时刻！"郭学提高了音量，"滨海市第一只股票也将要在这里诞生！"

会场四个角落，有人带头鼓掌，但全场响应不热烈。

"我们发行股票，宗旨就是——"郭学望了望会场，突然站起来，"今天借你一桶水，明天还你一桶油！"

会场四个角落带头鼓掌的也站了起来，掌声十分响亮。

这是滨海市首只股票认购会。台上激情四溢的是发行股票的公司老总郭学——人称"郭大胆"的滨海市前副市长，退休后发挥余热，与人合办了一家高科技公司。

尽管认购会在市委礼堂举行，也坐满了人，可会场里的人各怀心事：有的好奇来看新鲜，有的碍于面子撑台面，有的干脆不屑一顾看笑话……

北风呼呼地吹，从礼堂洞开的木门灌进来。

"上海离我们太远！"

"股票是什么东西？"

"一张纸的玩意有用吗？"

……

台下小声嘀咕着。

要让大家掏出"真金白银"来换一张企业的内部认购纸，很多人舍不得。

"股民投资就是要有回报，给股民最大的利润是我们企业的责任！"郭学慷慨激昂。

正在这时，一个人神色匆匆地从礼堂左边小跑上主席台，递给郭学一张纸条。

郭学停了停，折起纸条，放进口袋。

"我们为什么只发行2000万股？多发行点不行吗？我说，绝对不行！我们要对投资者负责，让投资者有高回报！"郭学顿了顿，"刚才，秘书递给我一张纸条，吓了我一跳，让我很为难！"

台下稍稍安静下来。

郭学眼光扫了扫会场，一脸难为情。

送纸条上去的秘书却一脸煞白！

"刚才啊，秘书告诉我，我们计划发行2000万股，可目前登记认购数量已超过2000万！"郭学掏出纸条，认真看了看，轻轻拍在主席台上。

台下顿时鸦雀无声。

"我们滨海人的创新精神让我感动！"郭学语气高昂，"为了让更多的人能买到滨海市第一只股票，我看只能这样，在认购数量不变的情况下，一律按登记认购数额的80%给！"

会场起了点小骚动。

"把20%留给更多的滨海人！"郭学完全变成了从前的副市长角色。

一阵更大的骚动过后，很多人悄悄离开了座位。

北风还是呼呼地吹，直灌会场。

……

动员讲话结束后，郭学带着三名副总经理从容走下主席台，到礼堂左侧贵宾室休息。

工作人员忙着引导大家到礼堂入口处登记认购股票。

秘书心急如焚，急匆匆跑进贵宾室，"郭总，您看错数了，目前只认购了210万，不是2100万啊！"

"啊？！"三名副总张大嘴，瞪大眼，不知所措。

"我看错了吗？210万股，对啊！"郭学不慌不忙从口袋里掏出纸条，认真地看了看，严肃地说："对外统一口径，就是2100万！"

"可是，到时认购数量不足2000万，股东大会就开不成，意味着我们股票发行失败！"一位副总颤抖着说。

"今天来的都是冲着郭总您的面子，不是真来认购股票的！您还要按照认购数额度来打折，怎么发够2000万股？"负责动员市里方方面面来撑台面的副总先前吃了不少闭门羹，对参会人员会不会认购，心里明镜似的。

"当初就不应该搞什么融资发行股票，这下骑虎难下，搞不好要难堪了！"

……

北风呼呼地吹进来，贵宾室里，三名副总如坐针毡。

"都给我少安毋躁，不到最后一刻，不能轻言放弃！"郭学依旧不慌不忙。

经过极其漫长的三天煎熬等待，210万的认购数量当真变成了2100

万——很多人认为这么多的人抢着买，股票肯定是个好东西，也跟着去买；还有的听说认购数量要打折，生怕买不到，还托关系要求多认购……

周一股东会如期举行。"今天借你一桶水，明天还你一桶油"的标语挂满了市委礼堂四周。

那是1984年的冬。北风那个吹呀，吹生了滨海市的第一只股票，也吹响了一个叫"郭大胆"的人的传奇故事。

重　逢

　　见到他的第一眼，蒋几乎崩溃了。

　　苍白短促的头发，虚肿憔悴的面容，游离呆滞的眼神……蒋不敢相信，几年不见，他竟成这样。蒋更不敢相信，天大地大，和他重逢居然是在这里。

　　带他来的人介绍他时，蒋一直低着头，呆呆站在房间的角落。这几年，蒋习惯性地躲人。他，更是蒋这几年心里最常念叨，最想见却又最不敢见的人。

　　早年，蒋毕业到单位，他是单位里另一个部门的头。那时的他意气风发，能干肯干实干，深受领导赏识，群众支持。而初出校门的蒋，满脸新鲜和好奇。得知他是老乡，蒋对他的关注多了起来，与他单独照面时，也有意无意讲家乡话。每回，他只淡淡地看蒋一眼，从不搭腔，让蒋很是受挫。

　　那年春节前单位聚餐，初出茅庐的蒋尽管喝了不少，却一直远远关注着他：豪爽义气的他几乎成了这酒席的主角，敬上敬下，大杯小杯，一律干杯。

　　蒋想过去单独敬他，可一想起每回和他单独照面时，他一副拒人千里的样子，蒋很纠结。

　　当他笑着来到蒋这一桌敬酒时，蒋看到了他有点晃，可他照样酒杯一沾唇即干。

"严经理,这是新来的大学生,你老乡啊!"蒋的头似乎也看到豪爽的他有点晃了,倒了两大杯酒,拉着敬完酒准备离开的他,"老乡见老乡,两眼泪汪汪,小蒋要单独敬你一杯!"

"他不够格!"他看也没看蒋一眼,笑着对蒋的头说,"张经理,这杯还是我单独敬你!"

蒋愣了,蒋的头也愣了。

他却说完,端起一大杯酒,咕咚倒下。众目睽睽下,蒋的头也只好硬着头皮端起杯——那一大杯酒成了喝垮蒋的头的最后一根稻草。蒋的头很快现场直播,吐得一塌糊涂。

回过神的蒋却因他一句有伤自尊的"不够格",顿时像一只斗鸡,红冠尖嘴,随时啄人。

他却喝完就走。

正因为他那句伤自尊的话,年轻的蒋立志发奋图强,发誓一定要超越他,等到那时,也笑着回他一句相同的话。

为今后能回他一句相同的话,蒋干得十分努力,进步得也很快,他却调到市里去了。

这是蒋和他第一回打交道。

若干年后,蒋又和他打了一回交道。那时的他是这个城市大权在握的发改委主任。

那回,蒋一个在他管辖下的镇里当镇长的同学求到蒋,央蒋引荐,曲线找他审批一个项目,造福农村。

尽管当年他那句伤自尊的话随着时间慢慢淡了,可一下子要去面对他,蒋还是十分为难。可看着昔日同窗好友满腔为群众办事的拳拳之心,自认已小有成绩的蒋最后硬着头皮答应了。

到了他所在的城市,是夜,蒋带着同学摸黑到他家楼下。

那时的乡镇清苦,拿不出像样的东西,同学带来的是两筐亲自摘选的家乡苹果。

蒋和同学一人抱着一筐沉甸甸的苹果，气喘吁吁地爬上八楼。

门开了，他没让气喘吁吁的蒋和同学进屋，堵在门口听了同学气喘吁吁的简要汇报后，一脸严肃，"把东西带走！"

穷乡僻壤的，送这些东西本来就够难为情的，还送不出去。同学难堪死了，站在一边没吭声的蒋脸也火辣辣的。

"家乡土特产，不成敬意！"同学一时口拙手拙，不知说什么好，一看架势不妙，拉上蒋就跑。

"等等……"蒋他们身后是他焦急的呼唤。

蒋和同学头也没回，一口气跑到了楼下，做贼般相视一笑，却有点苦涩。

"砰——"的一声，蒋和同学抬头一看，八楼窗口有人缩回了脑袋。地下，一筐苹果砸烂了，滚了一地……

蒋和同学惊呆了。许久，同学猫下身，捡了一个烂了一半的苹果，手里紧紧攥着，久久不肯起身。

昏暗的灯光下，蒋看到了同学眼角的泪。刹那间，蒋嘴里也有了咸咸的味道！

那天晚上，蒋和同学都不知道怎么离开的，蒋一辈子也忘不了八楼窗口微秃的脑袋和苹果落地的闷响——尽管之后不久，同学来信高兴地告诉蒋，项目批了，农民可以告别喝含氟的井水了。

"不就一个发改委主任吗？我也能当！"那天晚上之后，蒋心里一遍又一遍地对自己说。那天晚上之后，他的名字在蒋的心里生锈了——尽管经常不经意听到，可锈却越生越厚。

后来，蒋从省里调到地方工作，果真当上了发改委主任，且是他所在的城市的。

蒋又和他打交道了——他已是这座城市的一把手。蒋到任后，他亲自找蒋谈话，提要求。

一如既往的严肃。似乎，蒋昔日刻骨铭心记着的事在他那儿好像从未发生过。

时间是块磨刀石，在他手下工作的日子里，慢慢磨平了蒋对他的怨恨，磨圆了蒋的棱角，磨滑了蒋的生涩。

蒋也慢慢地悟到了许多，理解许多。

一次，工作汇报完后，他意味深长地对蒋说，从政路上必须做到"三不"：不揣错口袋，不上错床，不走错路。

望着他消瘦而又刚毅的脸面，深邃而又犀利的目光，严肃而又诚挚的神情，蒋频频点头。

蒋回去后，请人大书"三不"，精心装裱后，挂到了办公室办公台正对面和家里的书房正中间，时刻领悟他的"三不"真言。

铭记"三不"的蒋尽管官场上如履薄冰，战战兢兢，却未能时刻践行"三不"，不该揣的揣进了自己的口袋，不该上的床上了，最终东窗事发。

刚进来那些日子，蒋深刻反思，反复检讨，最终认定，自己错就错在没有听他的告诫，忠实践行"三不"真言成为他那样清正廉洁的人！

随后的日子里，蒋把"三不"写在本子上，刻进心里。每回外出以身说法，蒋都是痛哭流涕地述说自己没有忠实践行"三不"真言。

在里面待得越久，越能忘掉昔日的人和事。蒋把许许多多的都忘了，就是忘不了他和他的"三不"。

对蒋来说，他和他的"三不"真言，就像老酒，日子越久，芳香越让人留恋。

到后来，他成了蒋心里最常念叨，最想见却又最不敢见的人。

有愧于他啊！蒋常常感叹！

而如今，他来了，就近在咫尺。

蒋努力往屋子后面躲，可屋子就这么大，能躲到哪去？！

蒋一下子崩溃了。

带他来的人走了，屋子里的人散了。他一个人默默铺完床后，竟然走到一直呆呆站着的蒋跟前。

"有烟吗？给根烟抽！"他对蒋说。

蒋掏了掏口袋，没把烟拿出来。

追寻灿烂阳光

老廖办公室不大，十来平方，一张桌子两边摆着一大一小两张凳子，外加一套旧沙发，略显拥挤，却是阳光灿烂。

老廖调过来前，县委办把宽大的一号办公室粉刷一新，恭迎新主人。喜欢灿烂阳光的老廖却不肯搬入一号办公室，执意要到小办公室去，"够用就行了。人家李嘉诚是华人首富，尚且是一夜只睡半张床，我要那么大的办公室干吗？！"

新官上任三把火，这或许就是新领导的第一把火吧。领导的意志就是办公室的行动。县委办理解得执行，不理解也得执行。很快，阳光灿烂的小办公室以全新的妆容迎接了它的新主人。

老廖在阳光灿烂的办公室里燃起了反奢靡之风——领导带头，勤俭节约很快在县里蔚然成风。

老廖是交流干部，从省城下来。县、镇两级像老廖一样的交流干部很多，有从市到县，有从县到镇。交流干部多了，一到下午或周五，县里便应了老百姓讲的"交流了干部，浪费了汽油"——很多交流干部早早离岗回家了。为此，老廖新官上任的第二把火便是从严管理干部。县里出台规定，明令县、镇两级干部不能"走读"，违者严处。

"我郑重承诺并诚恳接受大家监督，除到省城开会外，我一个月只回一次家。"老廖从我做起，率先垂范，向全县科以上干部公开承诺。

为工作方便，老廖让县委办把他办公室隔壁空置的小房间打通成宿舍，并很快退出县委给他分配的周转房，住到了阳光灿烂的办公室，工作、生活合二为一。

从此，老廖吃住在阳光灿烂的办公室，带领县里一班人白加黑、五加二，抓维稳、保民生、促发展……忙得不亦乐乎。

老廖的第二把火让他在县里赢得勤政的美名。

作为县里的一把手，权力炙手可热，每天找老廖的络绎不绝：白天，汇报工作的、洽谈项目的、礼节拜访的……晚上，来看望的、来喝茶的、来聊天的……来就来吧，可有些人要走时，总要留下些东西。

拒收礼也是门学问。初来乍到的老廖委婉拒绝过、当面拒退过、转交纪委过，也骂过……日复一日，烦不胜烦。

一日，一老板在老廖办公室洽谈完投资项目后，说是有件事想单独和领导谈。众皆识相离开。老板望着走远的众人，打开随身带的皮包，掏出用牛皮纸包裹的一捆东西，一脸诚恳地说，"感谢领导的关心，今后全仰仗领导支持！这个……"

"这个连着市里！"没等老板讲完，一直冷眼旁观着老板打开包掏东西的老廖用手示意了办公室东北角天花板，轻声说。

"祝我们合作成功！"老板顺着老廖的示意抬头望了天花板——天花板上赫然装着一个黑黑的大摄像头。见过世面的老板神情略微僵硬了一下，迅速把牛皮纸包裹的东西塞回皮包里，站起来准备和老廖握手。

"祝我们合作成功！"老廖也站起来，笑容可掬地和老板握手。

"公生明、廉生威。阳光灿烂的办公室容不下阴暗！"这是老廖上任后烧的第三把火——亲自在办公室装监控摄像头，反腐倡廉，公开表态，"廉政建设，从我做起，向我看齐！"

往后，该来汇报的还来汇报，来聊天喝茶照样来，但若是谁想留下什么东西，老廖不用拒收，也不用发火，就轻轻一句，"这个连着市里！"。

来人看到黑黑的大摄像头，统统大惊失色。

这事一传十，十传百，老廖很快在县里享有清廉的美誉，引起了上级纪委部门的关注。

老廖其实不老，就四十出头，正当年，给自己限定了一月只回一次家的规矩后，不仅很多跟着学的干部受不了，就连妻子也颇有微词，甚至生出怀疑。一个周日晚上，老廖正和几个同是外地交流过来的干部在喝茶聊工作，妻子招呼没打就突袭来了。

近一个月未见，没等客人走远，妻子就紧紧抱住了老廖……事毕，老廖才用过往对付送礼者的办法，指了指办公室东北角的天花板，轻声说，"有这个！"老廖生怕吓着妻子，并没说"连着市里！"。

"怎么办？怎么办？"妻子顿时花容失色，大声惊叫。

"看你还敢不敢搞突袭？"老廖装作一脸严肃，"这么不信任人！"

"丢死人了，你赶紧想办法删除掉！"妻子又怕又愧疚。

"让我想想办法来处理吧！"

经历这次突袭事件，妻子再也不敢贸然到县里来了。老廖一心扑在了工作上。县里，三年一小变，五年一大变。

市里换届，勤政廉政、业绩突出的老廖被列入市领导候选人。

考察。公示。正准备宣布的节骨眼上，省里收到一个光盘，省纪委看过光盘后迅速把老廖带走了。

证据面前，老廖哑口无言。

步了前任后尘的老廖在监狱里怎么也想不通，自己阳光灿烂的办公室里，明明只有一个摆设的摄像头，怎能录下那么多东西？

难道……老廖不敢往下想。

窗外，一丝阳光忽隐忽现，喜欢灿烂阳光的老廖双眼贪婪地追寻着那片转瞬即逝的阳光，靠着铁窗，久久，久久不动。

"猪"侯之年

"姑娘美不美？"

"西瓜甜不甜？"

"茄子！"

……

为了拍一张老李头笑脸的照片，管农业的副镇长带来的年轻记者用尽各种办法，老李头始终一副愁眉苦脸样。

"笑一笑，猪苗跳，银子叫！"幽默的副镇长随口编的一句，却让老李头咧开嘴笑了。

老李头咧着嘴的照片和他的光明养猪场事迹刊登在了市里的报纸上。

后来，出栏了1000多头生猪，还清了欠债，老李头心里一块大石落地，脸上才开始有了笑容。

老李头一笑，就印证了副镇长的话，"猪苗跳，银子叫！"

这不，还清债务没多久，副镇长打来电话说，市里要来考察老李头的光明养猪场，支持猪场扩大规模。

"来的领导大着呢，而且还有几十万的财政资金支持！"副镇长特地交代老李头，别到时对银子有意见，又是一副愁眉苦脸样。

"不会！不会！"老李头真心应着。老李头没有告诉副镇长，上回他带记者来搞宣传时，老李头的欠债快到期了，生猪又小出不了栏，头发都愁白了，怎笑得出来？这回不一样了，无债一身轻，再加上市场好，生猪价格一路上扬，老李头睡梦中都会偷偷咧开嘴。

真是此一时彼一时，从市里考察团进猪场起，老李头的嘴就一直咧着。

带队考察的领导平易近人，问的问题也实在。考察完了，领导握着老李头的手说，"感谢你为我市菜篮子工程做出贡献！你放心，政府全力支持你扩大生产！"

领导握着老李头的手温暖有力，领导的话让老李头心里熨帖。当然了，老李头自办养猪场以来，一双有"味道"的手握过很多领导的手，老李头感觉，领导的手都很温暖有力，领导的话都很熨帖。但也就仅此而已，老李头并没抱有太多的奢望——经验告诉老李头，任何时候都得靠自己，用他的话讲是"骨头长出的肉才是自己的肉！"

老李头咧着嘴送走了来考察的领导一行，一心一意侍弄猪场。

市里考察团走后没多久，县里调研组来老李头的光明养猪场调研，落实市里对光明养猪场扩大规模的指示。老李头认出了带队调研的领导上回陪市里考察团来过。

县里调研组直接抛给老李头一个扩建方案：光明养猪场规模扩大一半，存栏生猪增加一倍。鉴于养猪场现有地方不够，扩建的猪场在镇里另选地方。

"你看行不？老李。"带队调研的县领导和颜悦色，坐下来和老李头商量。

好是好，就是哪来的资金投入？哪来的地方建场？生猪价格一路看涨，作为养猪专业户，这是千载难逢的好时机，老李头何尝不想扩大生产，增加生猪存栏？可规模一下子扩这么大，老李头咧开着的嘴僵住了，不敢吭声。

"你是不是有什么担心啊？老李！"领导看出了老李头心里的顾

虑，"资金的问题你不用担心！"

你早说嘛！老李头偷偷吁出一口气，但仍将信将疑，不吭声。

"老李，扩建猪场，市里、县里有部分扶持资金。缺口部分——你看，我带了谁来？"领导指了指身边的两位，"知道你的养猪场刚还完外债，流动资金不足，扩建养猪场的资金缺口，县农业银行和信用社提供免息贷款！"

"这么说……"老李头咧开的嘴动了，却在关键时候口吃起来。

"是的！资金问题，你大可放心！"领导拍了拍老李头瘦弱的肩。

"可还有……"老李头一高兴，口吃得更严重。

"你是说场地问题？放心吧，老李！县长交代了，我们帮你物色地方，保你满意！"副镇长看着领导，赶紧表态。

"谢谢！谢谢！"老李头不仅嘴咧得大大的，而且满脸通红，站起来，双手握着领导的手，谢个不停。

调研组走后，副镇长带了一批人来光明养猪场抓猪场扩建落实工作。

申报市、县专项资金扶持，申请银行贷款，报批建场用地……在副镇长的协调下，一切有条不紊地进行着。

"老李，今年是猴年。猴年吗，你这养猪之人，要多和生肖属猴的在一起！"在猪场扩建紧张之余，副镇长笑着对老李头说。

"为啥呢？"老李头咧着嘴，露出一口白牙，一脸认真地问。

"猪和猴在一起，不就成了诸侯嘛！"副镇长学着老李头一脸认真，"新猪场建成，你就成了一方养猪诸侯了！"

"哈哈！"老李头被逗乐了，咧开的嘴把眼睛都挤不见了。

"老李，我可告诉你啊，我生肖属猪！"副镇长一本正经地补充。

一屋子的人都笑了。

老李头打心里认定了这个幽默又实干的副镇长。

在各方的支持下，光明养猪场如期成功扩建。落成典礼上，副镇长忙前忙后招待各方来宾和领导，老李头想私下给他说句感谢的话都挤不上。

光明养猪场扩建投产后，副镇长被破格提拔为镇党委书记，真正成了一方诸侯。

扩建后的光明养猪场红火了不到一年，就遭遇了生猪价格大幅下滑——近一年来，市里新建和扩建了无数养猪场，生猪供应由紧缺变为过剩。

和副镇长一样成一方诸侯是不敢想了，老李头心里只想着赶在生猪价格还没跌到谷底，赶紧把栏里的几千头生猪出了，尽快收回本，把银行的贷款还了，无债才能一身轻！

令老李头想不到的是，镇在随后这一年改成了街道，成了城镇。县里在上面的督促下，大力治理污染，规定城镇不允许养猪，城镇所有养猪场一律取缔——老李头新扩建的养猪场在取缔之列。

拆猪棚、填猪场、去污染……街道在党工委书记的亲自组织下，治污力度空前，老李头新扩建的养猪场很快被新上任的街道副主任带人夷为平地。

老李头咧开的嘴紧紧地、紧紧地合上了。

"怎么会这样呢？！"合上了嘴的老李头来到街道，找党工委书记——他昔日认定的副镇长。

党工委书记给老李头泡了杯茶。老李头有千言万语要问，紧紧合着的嘴没有碰那茶杯。

"我属猪，他属虎。我和你合在一起是诸侯。"党工委书记还是很幽默，"你和他合在一起，虎吃猪啊！"

老李头的嘴却怎么也咧不开。

桌上，热茶的袅袅轻烟不依不饶地升腾着。

领导的周课

"老李啊，最近你工作状态不错！"周一见到领导，领导笑眯眯地看着我说。

领导的话让我愣了一下。

领导刚来，谁都想在新领导面前好好表现，给领导留下好印象。

我例外——我是天花板干部，尽管年龄不大，离退休还早着呢，但职务已经到顶，上不去了。领导满不满意，印象如何，我都无所谓。

想当年，我的确工作状态不错，也挺有追求，但自我家臭小子出生，一切都变成了奢望。

说来话长。我们那个地方，重男轻女。因为只生一个女儿，回乡下总抬不起头。经不住多方劝说和多种压力，又受不了身边同事成功的诱惑，我最终随大流，让妻子到乡下躲了一年，偷生了个带把的臭小子。

刚开始是抱着侥幸心理，这么多人都这样，单位没人举报，应该不会被发现的。即使被发现了，也法不责众——我错误地估计了形势，组织不仅发现了，而且给了像我这样的人予以严处：明确规定，此类人员今后不得提拔！

为了这个带把的臭小子，我算是把前程搭进去了。前程一没，我就和单位里其他像我一样的人成了天花板干部，慢慢地又成了无所谓干部：对领导无所谓，对同事无所谓，对工作无所谓……一句话，在单位里，对啥都无所谓。

　　当然了，尽管对啥都无所谓，但新领导来了，为避免撞枪口，举筷遮眼，装装样子，还是必须的。

　　难不成装装样子让领导看到了？

　　我愣了一下后，友善地对领导回笑了一下。

　　"老李啊，最近你精神状态不错！"又周一，走廊里遇上副领导。副领导呵呵大笑，"人逢喜事精神爽嘛！"

　　副领导的笑让我心里咯噔了一下。

　　我还人逢喜事？尽管在单位里对啥都无所谓，可我也得朝九晚六准时上下班——单位考勤着呢！上班前送小孩上学，下班后接小孩，回家辅导小孩学习……日复一日，年复一年。别人的小孩接送已由自行车升级为摩托车，现在是小汽车了，我家小孩一直坐我的28寸大自行车，现在的车子是除了铃不响浑身响；当年刚从大学毕业来单位，人前人后喊"老师"的毛头小伙现在成了副领导，正在表扬你"不错"……哎！人比人，比死人。选择走什么路，就得有遇什么坎过什么山的准备，我得为我的选择买单——我怨不得天，尤不得人，常常这样自我慰藉，自我调节。

　　副领导，你说我的精神不错就不错吧！

　　我对副领导点了点头，笑笑。

　　"老李啊，最近你小孩不错！"再周一，正在办公室发呆，科长拍拍我肩膀，"龙生龙，凤生凤，你女儿漂亮，儿子聪明，令人羡慕！"

　　科长这一拍，让正在走神的我收回无边无际的遐想。

　　小孩的事，苦乐自知。大女儿长得像她妈，是挺漂亮，可就是太爱臭美，不好好读书，上不了像样的大学，在一所三流学院耗着，简直是浪费青春，把我愁死了；小儿子聪明是聪明，就是步入青春期，很叛逆，三天一吵，两天一闹，顶心顶肺，把我气死了！好就好在，小孩再怎么让人发愁，再怎么招你生气，这些年，在自己的精心教育下，我敢说，品质是棒棒的！

"谢谢科长关心！"想到这，我嘴角露出了会心的微笑。

"老李啊，最近你热心公益事业，不错！"复周一，工会主席来我家串门，一进门就热情地握着我的手说，"大家都跟你这样热心，单位就会不一样，社会也会不一样！"

工会主席的手一握，暖暖的，大老爷们的我居然有点羞涩了。

这也算热心公益事业？全省职工运动会准备在本市举行，工会接上级通知，广泛发动各单位干部群众，集思广益，征集运动会宣传画，那天无意看到了通知。回家辅导儿子做功课，儿子的学校也收到这个通知，美术老师就顺便给儿子他们布置成了作业。画画是我的强项，大学时我还画了很多画去参加各种比赛，在指导儿子画运动会宣传画后，我一时技痒，顺手画了一幅，第二天上班时交给了工会……我这就成了"热心公益事业"？

我紧紧回握着工会主席的手，舒心地笑了。

连着十几周，每周一，单位里都有人来表扬我"不错"。来表扬的有办公室主任、人事科长、财务科长、业务科长……甚至还有门口的瘦保安，饭堂的胖师傅。表扬的内容方方面面，有赞"文稿干净精炼"，有说"准时上下班"，有讲"财务报销规范"，有评"注重文明卫生"……不一而足。

十几周下来，我感觉我似乎成了劳模式的好员工。我也觉得，我不能再无所谓了，要好好干活！

真的。从此，我努努力力、认认真真地干起了活。

我发现，单位里很多原来像我一样无所谓的都动了起来，变得努力了，认真了！

那天，我去给领导送材料，在门口，听到领导和副领导在谈话，我停了下来。

"领导，您说得对，十个人说一个人好，这人一定会觉得自己好！相反，十个人说一个人不行，这个人也就真的觉得自己不行了！"副领导对领导说，"领导您这一周一课，真行！"

"哈哈哈……"领导笑了，爽朗地笑了。

我敲开了领导办公室的门。

"我是真不错还是不行？！"从领导办公室出来，我一直在问自己。

毫无疑问的是，我干活努力了，认真了！

领导的数字

领导到镇里视察时，镇长狼狈极了。

领导不是专程来镇里视察。领导一路往南走，看到此地山清水秀，风景如画，临时提出到镇里转转。

镇党委书记外出开会。镇长被县委书记紧急叫回镇政府。

春来百花开，喜欢踏青的镇长周末叫了办公室几个人进山打猎。半路上镇长尿急，让司机停车肥沃庄稼。轻轻松松后准备上车，办公室主任适时给镇长递上了烟。镇长伸手想掏火机，司机早把火机举到了镇长的烟屁股下。镇长半闭眼享受人家伺候。却不料，司机的火机一打，火太猛，一下串起十几厘米的火焰……毫无准备的镇长被火烧痛了，踉跄了两步掉到田里……这时，县委书记的紧急电话来了！

火急火燎赶到镇里，领导和书记一行已到镇政府。

站在领导面前的镇长一身泥一身水，半边脸被烤红了，右边眉毛烧成灰沾在额上……

"怎么回事？"县委书记见到镇长这副尊容，很不高兴。

"报告首长和书记，刚刚下乡检查工作，遇到一起山火，我带领群众上山扑火。"镇长瞄了一眼领导，领导慈眉善眼，脸上不喜不怒，让人看了很慰帖，于是灵机一动，"刚扑灭山火就接到了书记的电话！"

"好！深入基层。"领导忽然走近镇长两步，拍了拍镇长的肩膀。领导这一拍，镇长被火烧成了灰的眉毛扑簌扑簌往下掉。

镇政府大院里一行人忍住了没笑出声。

"报告首长，书记常常教育我们，群众工作无小事，一定要深入基层，和群众打成一片，解决群众的疾苦！"领略领导的亲昵动作，感受书记的阴晴转变，镇长顺杆子上，"我们不敢偷懒啊！"

"好，好！我们的基层干部就应该这样！"领导显然很高兴，临时动议的行程，居然了解了真实情况，接着询问深入了解这个镇的人口、经济等情况。

"报告首长，我们是山区农业镇，人口有21503人。经济发展主要靠农业，去年全镇工农业总产值首次突破亿元大关，达到100,000,368元，其中农业总产值为82,000,786元，农民人均收入6321.63元。

镇长脱口而出的一串数字，震住了在场的所有人。

镇办公室主任却急得满头大汗。

"数字精准，情况熟悉，作风扎实。基层有这样的干部，大有希望啊！"领导甚是激动，又趋前两步，拍了拍县委书记的肩膀，"这样的干部，要用好啊！"

"是，是，是。小李熟悉基层，关心群众，一心扑在工作上，县里正在考虑把他提拔到更重要的岗位！"县委书记感觉领导的手拍得很有力，很厚重，赶紧表态。

镇办公室主任长长地舒了一口气。

领导走后没多久，镇长被提拔成了书记。

当了书记的镇长还是有空带人到乡下打打猎，唯一不同的是要求下属为他点烟时要把火先点好调好——被火烧掉的半边眉毛，很久没长出来。

半年后，秋高气爽的一个周末，书记又带着一伙人到山里打猎，尝野味。折腾了大半天，一只野兔也没打到，村里的干部却为书记弄了丰盛的午餐。

酒足饭饱，书记正想小憩一阵，县委书记的电话又来了：半年前视察过镇里的领导这回途经县里，指名要到镇里来看看，"火速做好接待准备！"

农村的甜酒很好喝，酒劲却后发。赶到镇政府，书记的眼怎么也睁不开。想到路口接领导，双脚却不听使唤，办公室主任只好扶书记去小睡一会儿。

这甜酒的劲实在太大了，书记头一靠枕，立即响起响亮的呼噜声。

县委书记陪着领导进来了。办公室主任一行急得团团转，打着响雷的书记怎么叫也叫不醒。

"让他睡吧，基层工作太辛苦了。"领导倒是十分体谅，指着县委书记说，"走，你陪我转转去！"

轻车简从，领导、县委书记和司机三个人一部车在镇里转了很久。

"实在对不起，对不起，对不起！"晚饭前书记醒了。书记自知闯了祸，吃饭前先向领导和县委书记检讨，"为了工业园区的拆迁，中午我豁出去了，和他们拍拍肩膀喝烧酒，把自己给放倒了！"

领导和书记没啥反应。

"拆迁解决了，却怠慢了领导，该死！该死！"酒菜上桌，菜很丰盛，酒飘香。书记小心翼翼。

"小李，你镇里工业发展不错，今年上半年工业产值多少？"领导毕竟是领导，因为一个小小的镇委书记没陪自己而生气，有失身份，两杯酒下去，领导和颜悦色起来。

"报告首长，镇里年产值过100万的企业有22家，过1000万的有1家呢。今年上半年全镇工业总产值达276,400,051元。"

"数字记得很具体噢！"领导微微一笑，继续问，"去年引进外资情况怎么样？"

"报告首长，去年全镇引进外资54,000,769元，今年上半年我们加

大招商引资力度，目前已引进资金37,000,421元，预计全年可达到6000
多万元。"

"哦？！"领导不置可否。

翌日，陪领导走访农村，在车上，领导又问，全镇去年人均收入
多少？

"去年比前年有大幅增长，达到6648.92元！"

领导看了书记一眼，没吭声。

领导是菩萨，下来了你得奉着供着。领导要走了，大家松了口气。
却不料，上车前，领导把县委书记叫到了一边，递给县委书记一份材
料，意味深长地说，"镇党委书记的口就是统计局啊！"

县委书记接过领导递过来的材料，看完后面无表情地甩给书记。材
料是镇党委去年的工作报告，几个数字下被划了红线：全镇工业总产值
2300万，引进资金5300万元，人均收入6500元……

红线很刺眼，刺得书记半天缓不过神。

局长念白字

局长是个八面玲珑的人，上上下下，左左右右，关系处理得滴水不漏。

局长也是个能力强会办事办成事让人敬佩的领导，干什么成什么。

还没到局里，局长的好就在我的耳朵里积攒得厚厚的。

毕业到局里报到那天，在走廊里遇见一身材魁梧的中年男子，我问他人事股在哪里。

中年男子打量了我一下，一口标准的普通话，爽朗地问了我一句是不是新来的大学生。得到肯定回答后，中年男子亲切得就像邻家大哥，接过我的行李："走，我带你到人事股报到！"

走在长长的走廊里，阳光灿烂，我如沐春风。

转过一个拐角，下一层楼，到一挂着人事股牌子的门口，屋里一人急匆匆出来。

"局长好！"那人走得急，差点和带我的人撞个满怀，不好意思地说。

"局长？！"我惊大了眼望着身边这高大的中年男子。

"这是新来的大学生，交给你们了啊！"还没等我反应过来，中年男子拍了拍我的肩膀，"小李，进去办手续吧！"

中年男子就是我的局长，我还没来就听他的好听得耳朵起茧的局长。

人事股安排我在办公室当秘书，负责材料综合，跟局长。

那天上午，一个在市里指导水利建设的京城专家是局长的朋友，受邀到局里给全县水利工作者做报告。

县长出席了报告会。介绍专家时，县长把"造诣高"念成了"造诣（zhǐ）高"，堂堂县长读白字，初出茅庐的我如鲠在喉。

专家讲座精彩，掌声不断。局长总结发言，真心感谢专家，高度评价专家"造诣（zhǐ）高"——局长也念白字了！

秘书是领导的眼、口、耳、手、脚。生怕局长又读白字，我在一张纸上写下了"诣"的读音"yì"，悄悄递给局长。

局长接过纸条一看，冲我感激一笑，让我心里暖洋洋的。

下午局里机关干部大会，局长谈起了上午的报告会，充分肯定专家水平高，造诣深——局长肯定看过我的纸条，这一次没读白字，别提我心里多高兴了！

当晚，县委书记宴请专家。宾主落座，气氛融洽。大家都恭维专家的学问。书记大概看过专家的介绍，也连连评价专家造诣（zhǐ）高——书记居然念的也是白字。

局长接过书记的话，介绍专家在国内水利建设方面造诣（zhǐ）非常高，上午给全县水利工作者作了生动报告。

明明下午纠正过来了，晚上局长怎么又念白字了呢？

我在边上百思不解，郁闷了半天——我这秘书没当好啊！

吃完饭陪局长回家，局长兴致很高，我几次想提醒局长念了白字，可一直开不了口。

既然是领导的眼、口、耳、手、脚，就得维护领导的形象。我从网上下载了常用的容易读错的字，注上拼音，制成表，打印后悄悄放到局长办公桌上。

"这很好，谢谢你，小李！"看到常用错字表，局长微笑着说。

局长的笑如同三月春风，沁人心脾，让人受用。

可是，该读错时，局长还是念白字。

慢慢地，我就发现，局长在局里从来不会念白字。有几回，我怀疑局长念白字了，找来字典一查，错的居然是我。局长念白字，常常是在外面。

在局里，局长是老大，念错就念错了，可在外面，有很多领导在场，念了白字，这可事关局长和局里的形象啊！我很着急。

后来，我想到了一个办法，就是每次局长要在外面向上级领导汇报工作，我便在发言稿里，给生僻字和容易读错的字注上拼音。

局长却该念白字时还是念白字——哪怕我已经注上了拼音，我懊丧了许久。

"局长是电视台播音员出身，普通话标准得很！"办公室主任看着我一副认真样，"你不用操这个心，局长不会随便念白字的！"

我摸着脑袋，想了半天也想不明白——什么叫局长不会随便念白字？！

这是我刚参加工作时遇到的事，多年后我才明白办公室主任的话。

书记要来听汇报

　　如伞的梧桐树叶如一顶顶绿色的冠冕，遮住了似火的骄阳。开完会走出礼堂，朱育群站在高大的梧桐树下等车，看到书记和县里几位领导有说有笑从礼堂走出来。

　　朱育群缓下了脚步。

　　"书记好！"

　　"好，好。"书记不知是应着朱育群还是县里几位领导。

　　领导们步履匆匆朝自己的轿车走去。

　　朱育群陪着书记走向黑色轿车。

　　"你们局的工作不错。"朱育群帮书记开了车门，一手挡着门框，书记临进车时说，"抽空听听你们的汇报。"

　　书记说完，黑色轿车一溜烟驶出县委礼堂。

　　耀眼的阳光下，知了趴在礼堂门口梧桐树上阔大的绿叶里欢快地歌唱，朱育群激动不已。

　　"书记充分肯定我们的工作，还要专门听取我们的汇报！"朱育群第一时间激动不已地把消息向全局员工作了传达，"领导要亲自听取我们的汇报，这既是对我们工作的重视和肯定，更是对我们的鼓舞和鞭策！"

　　朱育群讲得口水四溢。

　　"书记第一次来听取汇报，我们一定要高度重视，认真准备！"传达了书记要来听取汇报的消息后，朱育群立马召开局班子会。

班子会后，局里成立了汇报材料起草领导小组，朱育群亲任组长，副局长任副组长，成员有办公室主任、副主任等一干人。

"成绩要讲足，思路要理清，问题要把准。"在汇报材料起草领导小组第一次会议上，朱育群定下调子。

开始吧！一切为汇报材料起草让路。办公室主任带着一帮人封闭写汇报材料。

"工作成绩要进一步总结，目标思路要进一步明晰，指导思想要紧扣县委十届二次全会精神……"五天后，材料初稿出来，朱育群及时召开了汇报材料起草领导小组第二次会议，讨论修改材料。

修改吧！办公室主任带着一帮人按照讨论的意见再接再厉熬了几个通宵。

"总的不错，润色润色后试讲一遍。"汇报材料起草领导小组第三次会议上，朱育群绷紧了多日的脸稍稍舒展开了。

试讲吧！周三，朱育群和局领导"听取"办公室主任的"汇报"。

"……停，这里要插入学习实践科学发展观的体会……"

"……这个提法再斟酌……"

朱育群边听边指示。

完善吧！根据朱育群的意见，办公室主任把汇报材料从头到尾仔仔细细顺了一遍。

万事俱备，只等书记来听取汇报。

等吧！等到秋风把礼堂门口的梧桐树叶片片吹落，积了厚厚的一地，书记还没来。

第一场冬雪为寒风中光秃秃的梧桐树穿上了洁白的冬装时，县里召开了十届三次全会。全会小组讨论，朱育群主动向书记汇报工作。

"忙完了这段，找时间专门听取你们的汇报。"书记打断了朱育群洋洋洒洒的汇报。

"书记没忘记要听取我们的汇报!"走出礼堂时,尽管知了早已不在高大的梧桐树上歌唱了,朱育群却还是激动不已。

"领导很重视,领导一直记挂着要来听取我们的汇报!我们一定要认真准备!"县委十届三次全会结束后,朱育群随即召开汇报材料起草领导小组第四次会议,"县委十届三次全会有了新的精神,汇报材料要紧紧扣住三次全会精神,重新修改!"

再修改吧!几个通宵下来,"枪手"办公室主任让汇报材料从"过去式"换成了"现在时"。

"一年之计在于春,希望书记能在年初听取汇报。"朱育群想,年关到了,书记忙着送温暖,忙着慰问,忙着维稳,听取汇报肯定是没时间了。那就继续等吧,等春天,春暖花开的时节再向书记汇报。

年一过,朱育群召开了汇报材料起草领导小组第五次会议,要求汇报材料突出今年的工作打算,总结去年的工作亮点……

一直等到光秃秃的梧桐树早已抽出新芽,芽渐渐长成嫩绿的阔大叶片,还没等来书记。

"书记说,年头工作千头万绪,实在太忙了。等一有空,就过来听取你们的汇报。"朱育群等得有点着急了,托县委办主任打听消息。

再等等吧!

……

开完会走出礼堂,如伞的梧桐树叶遮住了似火的骄阳,朱育群站在高大的梧桐树下等车,发现新来的县委书记和县里几位领导有说有笑走出来。

朱育群缓下了脚步:"书记好!"

"好,好。"书记不知是应着几位领导还是朱育群。

领导们步履匆匆朝自己的轿车走去。朱育群陪着书记走向黑色轿车。

　　"你们局的工作不错。"朱育群帮书记开了车门，一手挡着门框，书记临进车时说，"抽空到你们那里调研调研。"

　　书记说完，黑色轿车一溜烟驶出县委礼堂。

　　耀眼的阳光下，知了趴在礼堂门口梧桐树上阔大的绿叶里欢快地歌唱，朱育群激动不已。

　　新来的书记充分肯定我们的工作，还要专门来我们局调研！

　　朱育群第一时间激动不已把消息向全局员工作了传达，然后忙着准备迎接书记来局里调研。

我的美女副手

　　组织上带了一位女同志来单位报到，介绍说是我的美女副手，"男女搭配，干活不累！"

　　和这位美女副手一打照面，我的心"咯噔"了一下——尽管岁月在她的脸上刻下了层层烙印，我还是一眼就认出了她是二十年前的一位旧人。

　　那年月，我大学毕业分配在一个小厂工作。厂小人少，早上不开火。我们很多工友就常常跑到隔壁单位的饭堂去蹭早餐。当然，很多来此蹭早餐的工友醉翁之意不在酒，在于打饭的"饭西施"——一个长得冷艳又不羁的女工。

　　我对这位"饭西施"却不感冒。第一次去蹭早餐，我就受了一肚子气。

　　"你好，我打份炒河粉！"第一次去打餐，排到我时，见到了大家传说中的"饭西施"，腼腆着的我客客气气地说。

　　"拿盆来！"平地一声吆喝，"饭西施"的脸就像我读书时东北冬天的树丫，挂满冰霜，让人寒战。

　　我怯怯着把饭盆递给她。

　　"叮——当——叮——当！""饭西施"的纤纤玉手不碰饭盆，只用勺子把饭盆勾到中间，舀了一勺炒河粉，勺子连粉重重地扣在饭盆上，经受不了折腾的搪瓷饭盆惊得炸响。

"还要什么？"又是一声吆喝。

"……"我心疼我的搪瓷饭盆，诺诺着紧张得张不开口。

"下一个！"

我端着饭盆，落荒而逃。

往后，再去打早餐，饭盆天天遭受折磨，我天天接受吆喝。我发现，"饭西施"天天如故，不仅对我一人，对所有打早餐的人都像救世主施舍乞丐一样，脸挂冰霜，口粗气躁，摔盆打碗……那年月，真想当众责骂她，可当年儒雅的我最终还是忍了——受她气只是一会儿，骂了她自己却一天不舒服。只在心里感叹，真是一朵鲜花长歪了！

不用说，大家都知道了，当年的"饭西施"就是我眼前这位美女副手。真是三十年河东，三十年河西。

对这位美女副手的到来，我没有一分的热情。我一直认为，单位里的女领导说白了就是配菜——班子结构需要，配一配，搭一搭。这位美女副手的到来，更坚信了我的见解。

对这种配菜副手，管你是美女还是辣妈，来阳的还是耍阴的，我都不待见。更何况是这么一个配菜——当年的"饭西施"！先是晾了美女副手一段时间，磨掉了她当领导的优越和自尊后，我把单位最难搞的两件事让她管：一是天下第一难事的计生工作，二是必须钻矿井、下车间的安全生产。

好脸对朋友，屁股给对手。尽管她还不是我对手，但她不是美女吗？去吧，去钻钻矿井，受受罪吧，也算出出我二十年前的那口气吧！多年官场沉浸，我皮笑肉不笑地对她说："最艰苦的地方，最容易出成绩，好好历练，前途无限！"

"领导放心，我一定好好干！"也许是冷板凳坐久了，美女副手乐呵呵一口接受。

望着依旧还有点风韵的美女副手走出办公室，我心里笑了。

尽管单位的事千头万绪，但多个领导不多，少个领导不少。很多副手在干活时都知道轻重，这位美女副手却是真干上了，三天两头下矿井、进车间，整顿了很多安全隐患；三天两头到家属区、入农村，上环引产了很多例妇女……

尽管让这位美女副手干的事，都干得井井有条，妥妥帖帖，我心里却始终不待见她——一个饭堂打饭的，怎么就爬到了这个位置？

刚好上面要求每个单位派一位副职带队驻村扶贫一年。我二话没说，打发美女副手去驻村，眼不见为净。

不讨价不还价，美女副手愉快地领了任务下乡。一年后，在单位不怎么支持她的情况下，她上蹿下跳，争取了很多项目和资金帮扶驻点村，被省里评为先进。

尽管当了先进，为单位争得了荣誉，我却对她如故，就像她当年对我们一样！

当官要靠运。正当我全力争取再上个台阶，并在各方看好的情况下，单位突然出了一件不小的纰漏，不仅我再上台阶的希望泡汤了，我还被调离了主政六年的权势部门，到了一边缘单位。

走前，我极力推荐另一位副手接替我，令人想不到的最终人选却是美女副手。

走时，我不想让美女副手看我的笑话。她却执意要为我饯行，就我和她。

"我今天是专门感谢你的！"酒桌上，美女副手端起酒杯一饮而尽，"二十年前，因为你，我学会了两个字，那叫友善。这几年，在你的带领下，我学会了另外两个字，那叫忍耐！"

这是二十年前卖饭的"饭西施"吗？怎么成了哲学家了？我端着一杯酒，没动。

"二十年前，我就像一个刺猬，对谁都想刺一下。那是因为成绩很好的我高考落榜了，不得已去饭堂干活。那时的我自暴自弃。"美女副手给自己倒了一杯酒，"有段时间，很多人到单位告我态度恶劣，领导说要通过暗访查实后处罚我。有一天，快轮到给你打饭时，有个人喊你科长，我就认定斯斯文文的你就是暗访的科长！"

哦，我记起来了，那时候，忽然有一天，一个不相识的人在排队时和我打招呼，一口一个科长地叫我。轮到给我打早餐时，"饭西施"像被触电了一样看了我一眼，问我早餐打什么的音量忽然降了八度，那天，"饭西施"的纤纤玉手亲自"接见"了我的饭盆，我那可怜的饭盆也第一次没被敲得"叮当"响。我还在奇怪，那天的"饭西施"怎么突然友善得让人不习惯？第二天，也如是，甚至"饭西施"的脸上有了一丝笑容。可之后，我就调走了……

"后来，你再也没来打早餐了，我更坚信你就是暗访的科长。我总担心你哪天会再来暗访，天天紧张着……慢慢地，慢慢地我变友善了。再后来，我竟由敬畏你的暗访，变成了敬畏这份工作！"

看着眼前依旧美丽的美女副手，我一时竟像不认识一样。

"变化造就人！因为我变得友善，年底我被评为最美服务员；后来，也因为友善，得到各方帮助，慢慢成长起来！"

我把酒一饮而尽。

"这几年呢，我要感谢你给机会我历练，在各种历练中让我学会了忍耐！"美女副手给我倒了杯酒，"女人是最能忍耐的，你看，她可以让一个人在肚子里折腾十个月，还要忍受他出生的苦痛。女人只有忍耐得住，才有机会享受小孩落地的欣慰！"

我脸微微热了一下。

"领导，你有才，又才四十出头，忍耐得住，大把机会！"美女副手敬我酒。

瞬间，我有了拥抱美女副手的冲动。

完璧归赵

"李局长，我家进小偷了！"下午一上班，县公安局李局长就接到紧急电话。

说紧急，是因为打电话的是县里一把手的老婆。领导的司机都是半个领导，何况还是领导的领导。

李局长火速带人赶到书记家里。

调查询问情况，提取指纹足迹，寻找现场物证……一屋子警察如临大敌，详详细细了解情况，仔仔细细勘查现场。

所有的证据汇齐后，警察们纳闷了：小偷入室盗窃，居然未拿一分一毫；更奇的是，所有的证据指向只有小偷进来的模糊踪迹，未见小偷逃跑的路线印记。

真是一个狡猾的小偷！

既然没丢东西，忙活了大半天的李局长安慰了书记夫人一番就离开了。

"咋咋呼呼的，弄得满城风雨！"李局长前脚刚离开，书记后脚进门就绷着脸斥责老婆。

"打你电话，你不接，我只好喊小李来。"老婆一脸委屈。

"丢了什么？"

"衣柜下那件宝贝！其他没丢！"

"啊！"书记张大了口，紧张地问，"你说了没？"

"没讲！"

"嗯！"书记绷着的脸稍稍松了下来，"还好不是个守财奴！"

"我知道轻重！"

正说着，有人按门铃。

进来的是公安局李局长。

"书记！我检讨，我们工作没做好！"李局长一进门，手上提着的一袋东西还没放下，就开始检讨。

书记坐着没动也没吭声。李局长自来熟，在靠近书记身旁的空沙发坐下。

"这小偷，鬼得很！几乎是来无踪去无影！"李局长望着书记紧绷的脸，试探着说，"幸好，没失窃！"

"你知道丢了什么吗？"书记斜着眼盯着李局长。

"……"李局长诺诺着没应话。

"你弄来的那个宝贝，不见了！"书记有点恼羞成怒，"丢了就丢了，可就怕到时候又出现了，你我都脱不了干系！"

"不瞒书记说，我今天下午就知道了那东西不见了，我还担心嫂子发现了，幸好！"李局长狡猾地看了一眼书记老婆，又看着书记，信誓旦旦，"请书记放心，我一定亲自把小偷抓住，让那宝贝完璧归赵！"

话到此，气氛轻松了许多，书记老婆沏上了茶，得意地说，"我早知道宝贝不见了。"

书记瞪了一眼老婆，老婆立刻不作声了。书记回头又再次叮嘱李局长，"丢东西的事千万不能让第二个人知道，你务必亲自破案！"

"是！是！是！"李局长瞄了一眼小阳台窗口，站起来走过去，"下午我们一直在奇怪小偷是怎么逃跑的。难道，小偷从这里逃跑的？"

有了新的发现，李局长遂从专业的角度向书记仔仔细细地分析小偷的个子、习惯及有可能的逃跑方向……

李局长走后，书记的老婆感叹了一句，"这个人你选对了，挺忠的！"

书记看着老婆似笑非笑。

累了一天，书记两公婆半躺在沙发上看电视。电视上正在热播一部凶杀片，挺恐怖的。

忽然，书记两公婆感觉屁股底下的沙发动了一下，正想看看怎么回事。倏地，一个黑影从沙发底下蹿出，照着李局长刚才分析的逃跑路线，冲到小阳台，飞奔而去，瞬间消失得无影无踪。

书记两公婆大惊失色，瘫坐在沙发上！

李局长带着一班警察重回书记家，小偷未能逮住，只发现了沙发底下小偷留下的一摊腥臭的尿……警察最终确认了小偷正准备逃离时，书记的老婆回了家，情急之下钻进了沙发底下，一猫就是好几个钟头。

好事不出门，书记家离奇的小偷入室案件一时成了当地的笑话。

个个都为办了这乌龙案的公安局李局长捏了一把汗——案件破千破万，关键的案件却成了乌龙案，这公安局长还能当？！

书记却没撤换公安局长，只在大会上要求公安局长戴罪立功，"我家失窃的案件能不能破不要紧，要紧的是要把全县治安整治好，不再出现像我家这种恐怖的小偷入室案件！"

顶着巨大压力的李局长在书记的支持下，全县轰轰烈烈开展治安整治专项行动。

半个月后一个月明星稀的晚上，重压在身的李局长一个人悄悄来书记家，把书记失窃的宝贝送回来，"书记，人抓住了，我亲自审，东西完璧归赵！"看着失而复得的宝贝，书记犀利的眼光盯着李局长，心却还悬着。

"小偷呢，我吓唬了一番，要他永远锁好嘴。"李局长就像书记肚里的蛔虫，知道书记心里悬着什么，又补充道，"我把人放了，这事办利索了，没第二个人知道！"

"嗯！"书记看着李局长的眼光柔和了很多，悬着的心放下了。

李局长走后，书记交代老婆重新买个保险柜存放失而复得的宝贝。

书记家的小偷入室案件到此算是圆满告破。事情却偏偏不以圆满告终。半年后一个阳光灿烂的周末，李局长正陪着书记在水库边垂钓，一个电话把李局长的钓竿惊得掉进了水库。

邻县公安局长来电：他们破获了一起连环盗窃案，小偷供述，在李局长的书记家里盗得一件稀罕物，现东西已起获，请通知失主来认领失物……

"泰山崩于前而色不变！慌里慌张的，哪像个公安局长？"书记大声斥责李局长，"什么事？"

"没事，没事！"李局长哪敢告诉书记，书记家的入室盗窃案他们根本没破——但他一直在暗中不动声色地侦查着，想着案子早晚会破的，一切都在自己掌控中，可没想到被别人先破了案。为了让书记放心，完璧归赵给书记家的宝贝是自己又费了九牛二虎之力弄来的！

别人破的案子，就由不得李局长掌控了。尽管李局长全力周旋，书记极力否认，但证据面前，纸包不住火——书记家失窃稀罕宝贝的消息迅速传遍了全县。

结局按老百姓说的最终是圆满了——书记和公安局长都栽了，那稀罕宝贝完璧归赵了。

高空博弈

万米高空上，阳光就像丝一样从飞机窗口透进来。

突然，飞机抖了一下，又抖了一下……

"女士们，先生们，我们的飞机出了点故障，请大家系好安全带，在座位上坐好。"空姐笑靥如花地告诉大家。

"什么事啊？"昏昏欲睡的乘客顿时没了睡意，紧紧抓着安全带，不安地问。

飞机又猛烈抖动了一下。

"究竟是什么问题？"有人手心已经汗湿了。

"女士们，先生们，我们确认飞机的发动机出了点故障，正在维修，请大家不要慌张。"空姐笑靥不见了，却还一脸镇定。

"发动机出了故障，那可是大问题啊！"有的乘客脸青了。

飞机晃荡了一下，然后直线下坠……"啊——"飞机上有人叫有人哭。

坠下一阵后，飞机又被摇摇晃晃地拉了上来。

"女士们，先生们，我们不得不怀着沉重的心情告诉大家，发动机的故障很难修复，我们遇到了危险。"空姐虽然极力保持着镇定，但低沉的声音透出一丝慌乱。

直线下坠……拉上来……摇晃……抖动……

飞机在挣扎。机舱内叫声、喊声、哭声响在一起。

"女士们，先生们，请大家做好最坏的打算，拣最重要、最揪心的事写下来！"年轻的空姐哭着鼻子给每个人都发了一张纸。

有人拿着笔的手一直在颤抖，有的在纸上半天写不下一个字，有的边哭边写……飞机上的乘客都动起来了。

头等舱的一位西装革履的乘客却坐着一动不动，笔和纸搁在了一边。

西装客的镇定感染了年轻的空姐。

"先生，您就没有什么事要交代吗？"一位空姐试探着问西装客。

两行泪从西装客脸上缓缓流下。镇定是西装客装出来的。飞机继续往下坠……

"女士们，先生们，请大家把写好的纸条交给我们。"空姐几乎是哭着说。

纸条很快收上来了。

"先生，时间不多了，您不打算写点什么？"空姐提醒西装客。

西装客流完了泪后镇定地坐着一动不动。

飞机猛烈地抖动……

"写吧，写吧！"西装客向空姐要了杯咖啡。

咖啡很烫。西装客接过咖啡却一饮而尽。

空咖啡杯微微冒着热气，西装客握着杯子的手在微微颤抖。

放下杯子，西装客拿起笔却紧紧握着不动。

"能多给我两张纸吗？我要写给不同的人。"

空姐迅速递给了西装客几张纸。

"丽：中行海岩支行138号保险箱，密码是你的生日。"西装客在第一张纸上写道。

"花：卧室东边从左边数第三块砖下有货。"西装客的第二张纸留给了另一个人。

"英：卧室保险柜农行存折密码是儿子的生日。"西装客又写下了第三张。

西装客写完了三张纸后犹豫了一下。飞机又猛地往下坠……

西装客颤抖着把三张纸条递给了空姐，空姐伸手来接，西装客却紧紧抓着不放。

"先生，时间不多了。"空姐再次提醒西装客。

西装客松了手，两眼却直直看着空姐。

交完了纸条，坐在头等舱的西装客极力保持着镇定，豆大的汗却扑簌扑簌直往下掉。

"小姐，"飞机稍微稳定了一下，西装客想让空姐把三张纸条退回给他，话还没说出，飞机又急急往下坠……

"纸条能确保给有名字的人吗？"话到嘴边换成了这句。

"放心，航空公司会按规矩办的。"

西装客还想说什么，飞机又猛烈地抖动。

"罢！"西装客抹了一下额头的汗，两手紧紧抓住安全带，闭着眼，任凭飞机折腾。

坠、拉、摇、晃、抖……飞机和天空博弈。哭、叫、笑、喊、吐……机舱内惨状百出。飞机猛往下坠……"轰——"的一声，飞机不正常着地了。

救护车、消防车、警车……把刚刚着地的飞机团团围住了。

空难没发生。但机上的乘客几乎个个受伤。

伤病者一个个被送出去抢救。

"我的遗嘱？！"西装客一睁眼发现自己还活着，就嚷。

"不急，不急。我们帮你收起来了。"一位也是穿着西装看起来像领导的人不温不火地对西装客说。

"我——"昏迷了三天三夜的西装客又昏过去了。

　　西装客是我们这里的一位大人物。据说上面盯他很久了，可就苦于没证据。上面为此还秘密派人跟了西装客很长时间。就在这架飞机上，就有上面的人。

　　不用说，西装客的"遗嘱"让他露了底，西装客居然拥有一个老婆两个情人，存下数千万元——当然，这些钱都是贪来的。

　　具有戏剧性的是，因为"遗嘱"露了底的还有上面派来跟踪西装客，同在飞机上的两个人——他们也都贪下数百万家财。

小王老王

小王在乡镇当镇长。

当镇长的小王很年轻。

年轻的小王镇长不会拳打脚踢，不懂七十二般武艺。

武艺不多的小王当镇长自然当得很辛苦。

"活动活动，回县局当个头吧。"在市里当领导的岳父指点小王。

县农业局有空缺，局长退休后，只有一个在乡镇当过镇长的副局长在看门面。几经活动，小王找到了县委书记。

"你年轻，先当副职吧，级别还是正科。"

"那局里今后谁说了算？"小王在乡镇，一直是书记说了算，小王当镇长当得很憋屈。

"先到的说了算！"县委书记说。

小王第一天到农业局上班，起了个大早。八点钟上班，他七点半就到了局里，弄得打扫卫生的清洁工手忙脚乱。

八点钟过后，另一副局长来上班。他端着杯茶来和小王寒暄。

"老李啊！书记说了，先到的说了算。今天我先到，我说了算，你该干吗干吗去吧！"

老李副局长含在嘴里的一口茶喷了出来。

如是三天，小王天天一大早上班，生怕迟了说话不算。

"你脑子进了水呀！我是说过先到的说了算，可那是先上班的先到吗？一点政治常识都没有！"早早上班了一个星期，小王就被县委书记叫去训了一通。

"先到的说了算"成了年轻的小王的一个笑话，在县里。

经历了这次笑话的小王慢慢成熟了。在岳父的帮助下，小王也慢慢成长起来了，成了农业局里能说了算的人，后来还成了说一不二的人。

若干年后，小王成了县领导班子人选。可就在小王准备进县领导班子的节骨眼上，他的岳父出车祸死了。

小王进县领导班子的事就此悬了起来。小王还是在农业局当局长。当久了人就疲。

那天，县农业局开年终总结会。会前，陪小王打了通宵麻将的办公室主任急急忙忙把年终总结讲话稿递给小王。

坐在台上的小王虽然熬了一个通宵，但精神不错。小王抑扬顿挫地念讲话稿。稿子很长，念着念着台下很多人就昏昏欲睡。

好不容易把讲话稿念到最后一段。小王清了清嗓门，大声念，"同志们，为完成明年的工作目标……"小王翻开最后一页讲话稿，"……而努力奋斗！"

话毕，台下掌声虽稀落，却也响起。小王习惯性地看了看讲话稿最后的日期。

"他妈的，去年的讲话稿！"小王恶狠狠地骂坐在前排的办公室主任。

台下掌声骤停。良久，嘘声哗然。"去年的讲话稿"成了小王的第二个笑话。

说着小王就成了老王。老王终因担任正科年限长，调到市农业局当副局长了。

市农业局局长快退休了，当了几年副局长，老王心想有机会了。可市里很多事情兴民主推荐，民意测验，而老王终因有几个笑话在身，群众基础好不到哪去。

官场上毕竟由小王混成了老王。老王虽不是大家说的"油缸里的泥鳅"，也起码是泥鳅了。

在市农业局，老王很勤政，大事小事事必躬亲。老王也经常不辞劳苦深入基层。

市农业局的很多干部来自基层。据陪老王下基层的同志说，老王每到基层，工作完成后，必去局里同志的老家坐坐，看望家属，送上由当地农业部门买的礼品。

那天，老王带着技术人员到县里一个偏僻镇指导水果嫁接。晚上了，他突然想起局里财务科的小李的老家就在这个镇上的一个村。

老王二话没说，叫上陪同的县农业局副局长、镇农村站主任，买了一大袋东西就出发。

山路崎岖，几经颠簸，几十里路下来，到了小李的家里已是晚上9点多了。

昏暗的灯光下，老王没看清小李父母满脸的惊愕，和小李的父母热烈地握手。小李的父亲一听老王是市农业局的，却一把揪住老王的衣领，"你这老不死的勾引我女儿？！"

七劝八说，才知是一场误会。原来，小李和市农业局一个男的好上了，正在闹离婚，那男的还说最近要来家里看看，把小李的父母气得不行。

"真是人背时喝水也塞牙，"老王自嘲，"这笑话闹得冤！"

可这闹得冤的笑话却为老王赢得了局长的位置。这是后话。

"老王早就知道小李那点破事，闹笑话是他自导自演的。"老王的司机在老王当上市农业局局长后不知什么原因离开了他，走时愤愤地说。

七步新诗

从车到门是七步。

从门到车是七步。

七步的距离很短，几乎伸手可及。

七步的内涵却很丰富。古人曹植七步成诗。领导呢？思绪活跃看问题一针见血的领导，在七步里，会看到什么，想到什么？

徐边数步子边思考。

领导比徐早到单位两年。当年，领导还不是领导，和徐一样是个科员，却因先来，又办事认真，被指定为临时负责人，带着徐等三五个年轻人办文办会。

当年的领导办文办会，事无巨细，在徐等一般人看来，婆妈有余，果断不足。开个会，参会人员的吃、住、行，无一不仔仔细细；办个文，拟个提纲要报领导，写好材料要排行距，打印文稿要对格式；出个行，要发通知，定行程，提要求……

一次，徐和领导准备陪单位的头到基层调研。按领导的要求发了调研通知，定好了日程。地方的同志来电话请示，他们到哪接车合适？

想着地方的路不复杂，也没必要搞形式。徐直接答复地方的同志，在调研地方候则可。

领导知道后狠批了徐，"地方的路我们不熟，走错了咋办？耽误了时间你负责？"

领导亲自给地方的同志打电话，"就到高速路口接！"

那天出门，一路阳光灿烂。出了高速，地方的车一接上，路况却不给面子，车堵得一塌糊涂。好在，地方的同志对路况熟，七拐八拐，绕过了拥堵路段，踩着点赶到调研的地方。

领导办文办会的婆妈，虽让徐等小年轻厌烦，却让上面放心。这不，领导很快就成了副科长、科长……不再干办文办会的活了。

徐和其他小年轻却还继续在办文办会。

领导调走多年，徐才慢慢品出领导当年常挂在嘴边的一句话，"办文办会无小事"。

夜深人静之际，想想办文办会，办好了，不出错，是应该。出纰漏，不成功，那就不是什么小事。再想想，这么多年了，办了无数文无数会，自己还是刚来时的科员，这是为什么？

品过了，想过了，徐再办文办会，也慢慢事无巨细起来。

这不，领导要回单位视察，徐负责具体跟进会务。从一接任务开始，徐就不敢大意：细节从领导下车开始！

徐开来自己的车，停在单位门口领导们平时下车的地方，学着领导的步伐，从车子走向门口，又从门口走向车子，边走边数边想。

在这七步里，徐低头察看地面——水泥路面，虽有坑洼却还平坦；环顾左右四周——虽不宽敞却无杂物；抬头细瞧大门——虽不气派却还整洁。

从门到车子，从车子到门。徐一遍一遍地走着看着想着。

一滴汗在徐的额头上，越聚越大，终于忍不住了，顺着脸自顾自地流下……汗水流下的那一瞬间，徐顺手抹了一下汗，思绪才从曹植回到了现实。

抹完了汗，徐抬头望了望头上的炎炎烈日。

"还得准备伞！"徐大声说。

"可是，就这几步？还有，谁来打伞？"新来的小许陪着徐在烈日下晒了大半天，一脸的汗，不耐烦地问。

"会务无小事！"徐看也不看小许，自言自语，"走九十九步，差一步也不行！"

徐从车尾箱里找出一把长期备用的黑雨伞，打开，撑着，又从车走到门，从门走到车。

"备两把伞，见机而行！"走完了，徐告诉一起办会的小许等小年轻。

徐解释说，所谓见机，是指领导下车的那一瞬间，若是烈日炎炎，伞则用；若是天公作美，不知从哪飘来块云彩，遮挡了烈日，则不用。

七步间，徐虽吟不出曹植的七步诗，却收获不少，满意而归。

办公室接到通知，领导十点钟来单位视察。第二天，徐一上班就带着小许一帮人在楼下准备。

天公不作美，太阳一觉睡醒便燥热无比。徐想着，不要说到十点，九点就烈日炙烤了。徐为昨天临时准备了雨伞而洋洋得意。

太阳一刻猛过一刻。

热得汗流浃背的徐在太阳底下待不住了，只好带着小许等人到单位大堂候着。

闷热过后，大堂的冷气吹得小许一帮小年轻昏昏欲睡。

"快到九点半了，大家打醒精神了！"看着大家松懈下来，徐赶紧上发条，"出门口看看！"

小许一帮小年轻很不情愿地跟着徐走出大门。

热。晒。大家都低着头，无精打采。

六月天，小孩脸。忽然，烈日不见了，就像釜底被抽了薪，烈日下的人立马舒适了许多。

徐抬头望了望天，却倒抽了一口冷气——一块黑云飞到了头顶上，看样子要下雨了。

雨说下就下，哗哗地砸到地上，溅起一朵朵小花。

徐和小许一帮人狼狈地跑回大堂。徐心里暗暗叫苦。

幸好。十几分钟后，头上的黑云飞走了，骤雨说停就停。

徐长长呼出一口气，带着众小年轻走出大门口。

门外水泥地上，大大小小的坑洼积满了水。

徐看了看表，十点很快到了。

"大堂有扫把吗？赶紧找把扫把来。"徐焦急地问。

"没有。要到办公室去找。"小许应着没动。

"快去啊！"徐催促。

看着黑着脸的徐，小许赶紧跑进大堂。

这时，不远处，一辆黑色小轿车缓缓开过来。

等不及扫把了！心急如焚的徐顾不了太多了，用脚下的皮鞋从门口往外刮走坑坑洼洼里的积水。

一步，两步，三步……

刮到七步时，黑色的轿车"嘎"的一声在徐身旁停下。

徐侧身轻轻拉开了轿车的门，人却躲到了车门后。

"欢迎领导！"单位的头双手紧紧握住领导伸出的右手，带着领导大步朝单位大门走去。

一步，两步，三步……七步。

徐跟在领导的身后默默数着领导的步数。正好七步！一步不多，一步不少，领导走了七步到单位大门口。

一首七步新诗圆满完成了！

徐轻轻舒了一口气。

第四辑

老良卖菜

老良，本姓梁，读过书，早年高考落榜，外出打工，人问其贵姓，答曰：稻粱之谋的粱。

闯荡多年，老良无所成，返乡种菜卖菜，再问其贵姓，答曰：良心的良。

老良种菜，精耕细作。正是一分耕耘一分收获，早春通菜、豆角，初夏苦瓜、青瓜、立秋芥菜、油菜，冬来大白菜、大萝卜，种啥成啥，一概长势旺盛。

种有好菜，本不愁卖，再加上老良卖良心菜——只卖更好，枯的、黄的、小的、矬的永远留给自己吃，因此，老良的菜一直很好卖，口碑也不错。

老良平素为人大方，人缘又好。初初卖菜，一担菜挑到街上，遇见熟人，总会扔下一两棵菜，"自己种的，不值钱，尝尝鲜！"亲朋好友多半都尝过老良的菜，有的不好意思，想扔下菜钱给他。老良这时多半会瞪大眼，拉下脸，唬得人家生怕因一棵两棵菜与老良生分了，往往只好作罢。

人情大如天。乡下人朴素的人情世故是"宁可被人欠，不可欠他人"！亲戚朋友都知道老良种菜卖菜全凭勤劳的双手，不容易，因而，在吃了老良的菜后又自觉帮不了老良，很多人在老良挑菜上街时，能躲则躲，尽量不跟老良打照面。就是要上街买菜，也是故意绕开老良——

老良若见了，必是又送菜。

起初，没了赠菜的豪情和愉悦，大方慷慨的老良生出些许失落。时间久了，再加上菜市场见多了斤斤计较，老良慢慢习惯了。

小小生意能发家，这是至理名言。靠着种菜卖菜，老良慢慢发起家，先是娶妻生子，而后建了房，再后来又在街上盘下一卖菜的档口，日子日渐红火起来。

那天，病中的母亲开口说想吃新上市的通菜，我急急忙忙跑到菜市场——十几个菜档，都异口同声说季节早了，通菜很少上市。我只好硬着头皮走到老良的档口——老良是我同学，早年我吃了他不少菜，在我那班同学中，是我带头第一个不"白"吃他菜的。

"阿良！"一把绿油油的通菜让我惊喜万分，我说话都变了声调。

"老拐啊！好久不见，今儿亲自上市？"老良显然也很兴奋。

"我妈想吃通菜，这不，找遍了市场，就你这里有。"我眼睁睁盯着老良档口上仅剩的一把通菜。

"伯母身体好点了吗？"老良关切地问。

"老毛病了，还是那样。"我眼睛没离开那把通菜。

"通菜一斤多少钱？"一中年妇女走过来问询老良。

"四块八一斤，新鲜上市！"一有生意，老良立马撇下我，热情地对中年妇女说。

"给我称了吧！"中年女人指了指菜摊上唯一的一把通菜。

"哎……哎……"我着急了。

"好的！"老良理也不理我，毫不迟疑地拿起那把通菜，过秤后迅速报出价格，"一斤四块八，两斤一两，总共十块零八，收你整数，十块！"

这是老良吗？才多久不见，老良就变成这样了？！那一刻，我心里愤怒到了极点，对老良也鄙视到了极点——老良啊，老良，我和你三年同学感情难道就不值十块钱了？！

没等老良收完钱，我头也不回地走了。

"老拐，老拐，弄点菜回去！"老良收了钱后，拿了两棵大白菜追过来。

我没让老良赶上，大步流星离开了菜市场。

这事发生不久后的一个早上，挑了满满一担菜急急忙忙赶着去菜市场的老良在中学门口远远就喊我："老拐，新鲜的通菜！"

我就像那天老良自顾和中年女人报价一样，看也不看老良和他扔下的两捆通菜，继续和一起走的学生热烈地聊天。

两捆通菜后来被街上的一头猪拱散了，老良知道后很伤心。这是后来经常和老良来往的另一同学告诉我的。

"老良也不容易！"的确，老良不容易。经常和老良来往的同学的一句话让我怀疑我是不是做得过分了。

再见老良，我就想解开这个结，向他索菜，找回同学情。

那天早上，我专门守在老良每天卖菜必经的校门口，为的是向他索一把菜。

又是挑着满满一担菜，又是脚步急匆匆……远远见了他，我走出校门，拦着他前面——他今天挑的是一担青豆角，长长的豆角，碧绿碧绿的，水珠在打滚。

"老拐早，老拐早！"老良躲躲闪闪的。

"给把豆角吧！"怨气早消了，我伸出双手，做了个讨要的姿势。

"……"老良支支吾吾，转身急急忙忙往菜市场方向走了，没留下一把豆角。

看来我是真伤了老良的心了！我呆呆站在校门口，望着老良长长的背影消失在晨曦下，怅然若失。

当晚，我在家里备课，忽然有人敲门。开门一看，是老良。老良提着一篮子通菜、豆角站在门口。

"老良？！"老良从不主动串门，我一脸诧异。

"老拐你知道，我不是小气的人。"老良熟悉的豪情又回来了，进屋，放下篮子，大大咧咧坐下，"那两次真的不巧，菜刚打药不久，给谁都不敢给你。"

"农药？"我恍然大悟。

"今天这几样菜，没喷农药，放心吃！"老良一脸憨厚。

"……"

"老拐你不知道，菜还是种那菜，现如今虫可多了，不打药，不打猛药不行了！"

明亮的灯光下，我只见一张并不阔大的嘴在黑瘦的脸上一张一合。

"这样，往后我向你招手，则可放心拿菜；我若跟你挥手，就别拿了，卖给别人吧……"

我呆呆看着明亮的灯光下模糊了的老良，心里一阵绞痛。

修车老汉

桥下的修车老汉死了。听说死得很惨，在桥上被汽车撞了个血肉模糊。

一个卑微生命的离去，就像天空中一颗流星一闪即逝，再平常不过，于忙忙碌碌的世人更是毫无影响的——只是又一次骑车过桥，轮胎破了，烈日下推车，在桥下找不到修车老汉，挨了另一修车档的"宰"时，才记起曾经有这么一个人。

在这个城市里骑车上下班，常常会遭遇这样的尴尬：早上准备骑车出门，发现车子丢了；火急火燎担心上班迟到猛踩脚踏板，轮胎不争气了——遭遇不测，扎上了钉子铁块，破了。

那天，本就起床晚了，正奋力骑行在桥上匆匆赶路的我，忽地感觉脚上用不上劲了——我最担心的情况出现了，轮胎破了。

像泄了气的轮胎一样，推着车子过桥。桥下不远处就是老汉的路边修车档：一个黑乎乎的塑料盆装着半盆黑乎乎的水；一个皱巴巴的蛇皮袋铺在地上，上面摆着剪刀、铁锤、钳子等工具；一个锈迹斑斑的铁皮月饼盒装着气芯、螺钉、垫片等细小物件；一个还算精神的打气筒直立在一边……这就是老汉修车档的全部。

一头白发的老汉正在给我前面一位紧张地补胎——不用说，又是一位中了招的主。

"赶紧帮补一下！"屋漏偏逢连阴雨，心想迟到了回去挨领导批是肯定的，前面那位推车一走，我就催促老汉。

"嗯！"老汉接过车，一双粗糙油污的手麻利地动起来。很快，老汉从前后轮胎各取出一个几乎一模一样的钉子。

"路上长钉了！"看到这两个一模一样的钉子扎破了我的车胎，害我上班迟到，我气不打一处来，拿话损老汉——报上常讲，一些不法分子一边在马路上撒钉子，一边在前面守株待兔修车补胎。

我怀疑老汉，边说边观察老汉的反应。

"嗯！"老汉听出我的话外音，抬了下头，应了一个不置可否的单音字后，低头继续干活。

老汉抬头瞬间，脸上风干了的皱纹格外显眼。

"现在的人，人心不古，见利忘义！"我心存怀疑，却又苦于没证据，还得求助于他，心里愤愤不平，继续用言语发泄愤怒，"卖棺材的恨不得亲自去杀人，开药店的巴不得全城投毒……"

"嗯！"老汉这回头没抬，手也没停，又是不置可否地应了个单音字。

心虚了吧？话都不敢接，就像抓了小偷现行，我一脸正义。

"好了，两块！"老汉停下手中的活，站了起来，拍了拍微微坨着的背，言简意赅。

苍白的头发，风干的皱纹，微驼的腰背，老汉站起来的那一瞬，我突然有心悸的感觉——老汉特像乡下的父亲，苍老、能干又狡黠。

但愿钉子不是你撒的，但愿善良在你那还有一丝尚存，看着这像父亲一样的老汉，我把到嘴边更恶毒的话咽了回去。付了还算公道的两块钱，急急赶路，把怀疑捎走。

这是我第一次跟老汉打交道。

没多久，我再次"帮衬"老汉的修车档。依旧是麻利的动作，依旧是"嗯"到底的言简意赅，依旧是有些许的心虚。

老汉修好车站了起来捶捶腰。而我再次面对老汉苍白的头发，风干的皱纹，微驼的腰背，我不再有心悸的感觉，我更多相信我的判断，他就是撒钉子的人——我看到他的铁盒有好多一模一样的钉子！

老汉在马路上撒钉子终于还是被我抓了现行。

那天要陪领导坐早班机出差，天刚蒙蒙亮，我就骑车出门去单位。

清晨一切都还睡意蒙眬，路上车少人稀。上桥时，远远见到一黑影和我相向而行。黑影在桥上走走停停，时而弯腰，时而直行，怎么看都不像正常赶路的。

一开始，我没怎么在意，或许是黑影落下什么东西，在桥上寻找。靠近了，从微驼的后背和苍白的头发，我认出黑影是修车老汉。

难道是趁着车少人稀，在马路上撒钉子？

“干吗？”修车老汉正好弯下腰，我大吼一声。

兴许太专注撒钉子了，老汉没注意到我已逼近，被吓住了：老汉直直站着没动，左手拿着两个估计来不及撒下去的钉子，右手有一团黑乎乎的东西。

“嗯！”老汉发现是我，顿时轻松了下来，“吓死了！”

苍白的头发，风干的皱纹，微驼的腰背，在晨曦中分外耀眼，我却没了心悸和怜悯，心里只有厌恶和憎恨！

“怎么能这样？！”粗话我骂不出口，但声音绝对够大，大到桥下江里的鱼虾大约都能听见。

“嗯！啊？”老汉还是言简意赅，只比刚才多了一个语气词。

“别再这样了！”唉！面对像乡下一样的父亲，怎么说他好呢？

出差回来好长一段时间不用“帮衬”老汉。老汉被我撞见撒钉子后，或许是良心发现了，不再撒钉子，生意也就似乎“冷清”起来，上下班高峰期不再忙得没空站起来，常常见他微驼着背站着朝桥上张望。

我每次都是呼啸而过，不停一分一秒。

但愿老汉改过自新了！

老汉不知改过了没有，老汉却死了。原本，像老汉这样一个卑微生命的离去，于世人毫无影响，也无人会记挂。然而，老汉在离去后半年，却引起了轰动——本城晚报报道了老汉的事：修车老汉数年如一日，用磁铁吸走不法分子撒在桥面用来扎车轮胎的钉子，不幸遭遇车祸……

对照那篇报道，我才知道，老汉右手那团黑黑的东西是磁铁，铁盒里装的是他每天吸走的钉子！

报道说，老汉因为儿子在桥上开车，车子被钉子扎破轮胎出车祸身亡，自此之后，老汉就在桥上吸钉子，桥下修车。

怀揣着那份报纸，我骑车出门，在桥下老汉昔日的修车档前，我仿佛又看到了苍白的头发，风干的皱纹，微驼的腰背的老汉。

我也看到了乡下的父亲。

牛叔牛婶

两河两山，顾名思义，两座山夹着两条河。

两河两山的男人，就像两山一样，肆意不屈，狂妄粗粝，个个血性十足。男人和男人之间，三句不合，拳脚相向。打完了，各自擦擦嘴角的血，输的赢的，都倔着头。两河两山的女人，就像两河，温暖、清澈、柔顺，个个柔情似水，天天笑靥如花。

两河两山的公牛和男人一样，在路上走着走着，在山上吃着吃着，就犄角相向，打得难分难解。两河两山的母牛也和女人一样，温温顺顺，如绵羊如家猫，只会发嗲发情。

从没见过母牛打架的两河两山人却在那年春天见识了一场轰轰烈烈的母牛打架——多年后，很多人还记忆犹新。

那是两头初次发情的小母牛，一黄一灰。黄的黄得纯净，似乎多一根杂毛都让人不舒服。灰的灰得彻底，就连尾巴的长鬃也是灰的。两头小母牛个头相当，口齿相当，发情的时间也相当。

说也怪，那天，两头小母牛一到山上，就较上劲了。先是相互对瞪，像人一样，斜着眼瞪；继而用前脚向对方踢土，踢着踢着，两头小母牛以令人猝不及防的速度冲到了一起，犄角相撞，嘎嘣嘎嘣响。

两头小母牛你进我退，你退我进，犄角始终缠绕在一起，谁也不松开，谁也不服输，从山上顶到山下，从山下较劲到村里，从早晨僵持到中午……见惯公牛凶狠打架的两河两山这回大开了眼界。

在村里，两头小母牛又从中午鏖战到了傍晚。

牛主牛叔着实看不下去，用长竹竿绑上一捆稻草，点上火，远远伸到两头连在一起的小母牛头上。

火把惊吓了两头小母牛，它们瞬间分开了。让人想不到的是，两头分开的小母牛，一头扭头猛跑，一头狂追不放。村里的小路，顿时险象环生。两头小母牛追赶到村头时，所有人都吓呆了：狭窄的小路上，一小女孩在蹒跚学步。

"啊——"有的吓得喊叫，有的干脆捂着脸不敢看。

两头疯狂的小母牛瞬间就到小女孩的跟前！

所有人都蒙了。

然而，让所有人不敢相信的，跑在前面的小母牛前蹄将要踩着小女孩时，突然前脚一抬，纵身一跃，从小女孩头上跳过去了。后面追赶的小母牛也学着前面的，纵身一跃……

小女孩得救了！前面的小母牛重重地摔倒在离小女孩不足半米的地方，后面的小母牛则重重地摔倒在前面的小母牛身上。一头小母牛断了腿，一头被砸破了肚子，当场死了。

两河两山破例为那头死去的小母牛举行了隆重的葬礼。

葬礼过后，牛的主人牛叔一心一意照料摔断了腿的小母牛。

那时的牛叔，年纪不大，还不到二十岁。日复一日，年复一年照料小母牛，牛叔就成了真正的叔。

牛叔对小母牛照顾得一丝不苟。

入冬了，漫山枯萎，爬了一天山吃一天草还不够消耗，眼见小母牛和两河两山的其他耕牛一样落膘，牛叔便把番薯刨成丝，加入大米，熬成番薯粥，三天两头给小母牛加餐。当然，下母牛每晚的干稻草是永远吃不完的。

天再冷了，牛叔把牛栏清理得干干净净，再给牛栏垫上厚厚的旧被子旧衣服。

小母牛不小心着凉感冒，打喷嚏了，牛叔比自己感冒了还着急，买来中药，熬好放凉，装进斜口竹筒里，轻轻撬开小母牛的嘴，把汤药一点不剩灌进牛肚。

数九寒冬，打狗不出门的日子里，两河两山人大都不出门，窝在被窝里。牛叔却早早起来，用番薯和木薯酿酒，曰牛酒，给小母牛喝，自己也喝……一个寒冬下来，又苦又辣的两大罐牛酒被牛叔和小母牛喝个底朝天。

许许多多罐牛酒把牛叔喝成了顶天立地的两河两山牛叔。牛叔却一直没找女人。

许许多多罐牛酒把小母牛催成了柔情似水的两河两山牛婶。牛婶一年一头小牛犊地生产。

就像一家子一样，一年到头，两河两山都能见到牛叔、牛婶和小牛犊三口之家。不同的是，牛叔的小牛犊年年在换——小牛犊长大了就被牛叔卖掉——就像两河两山的女儿出嫁了一样，新的牛犊又降临了。

牛叔快乐的三口之家成了两河两山一道亮丽的风景线。

两河两山的枫叶绿了红，红了绿，红红绿绿，就像女人的衣服，不断在变换。牛婶怀了生，生了怀，就像男人的胡须，铰了长，长了铰。胡须铰着铰着就变成了灰色，变成了白色。

就在牛婶又生下小牛犊的那天，昔日牛蹄下死里逃生业已长成女人的小女孩，一脸柔情地来到牛婶的牛栏，依偎着牛婶，一遍又一遍轻轻地摩挲着牛婶的残腿，就像女儿依偎在母亲怀里，"我想和牛婶在一起"！

牛叔看着细细嫩嫩的女人，就像老牛看着春天山上的嫩草，反刍得嘴里口水津津。

"我想和牛婶在一起！"

"牛婶是我老婆。"牛叔把嘴里的津津口水咽了下去，望着高大巍峨的两山。山上，云起云涌，如牛如马，如楼如城，如人哭如人笑，一阵风过去，又全不见了。

"我想和牛婶在一起！"女人把重要的话说了三遍。

"我和牛婶相亲相爱了十八年。"牛叔不知道牛婶生的第一头牛犊现在何处，牛叔坚信，那头牛犊一定和他一样，必定是个汉子。

女人哭着走了。

女人哭着嫁了。

女人出嫁的那天，牛叔没回只有一锅一瓢的家，和牛婶、小牛犊在牛栏里相守了一夜。

枫叶又红了绿，绿了红。牛婶又怀了生，生了怀。

牛婶怀不动时，牛叔开始感叹岁月的无情，"小偷一样，一不留神，就给偷走了。"

那年枫叶开始红时，天还不太冷，牛婶却天天冻得瑟瑟发抖，喷嚏连连。喝了牛酒，瑟瑟依然，喝了牛药，感冒依然。

"喝吧！"牛叔把牛酒灌进牛嘴，牛婶喝得泪眼涟涟，牛叔喝了一口，也泪眼涟涟。

枫叶正红时，牛婶走了，享年25岁。

赶着回来送牛婶的却未能见牛婶最后一眼的女人，哭得泪眼涟涟。

牛婶和早年去世的小母牛一样风风光光地葬了。

葬完了牛婶，早已离婚了的女人执意留下来陪伴失去了牛婶的牛叔，赶也赶不走。

"牛婶走了，你走吧！"失去了牛婶，牛叔就像丢掉了整个天空，不见了太阳月亮。

"我就是牛婶。"女人收拾着牛叔的一锅一瓢。

在女人的坚持下，牛叔带着女人去看了牛婶和小母牛的坟，牛婶埋葬的地方，枫叶正艳，风景如画。

快手七婶

那时的两河两山，没有医生。一般人家头烧额痛，不算病。肚疼拉稀，忍忍过。大病大痛，卧卧床。不到万不得已，是不会用板车把病人拉到镇上卫生所的。村里人担心，人从家里拉出，却拉不回家——人死在外面，晦气，是不能进村的。一般人因此一辈子没上过卫生所和医院。

七婶那时是大姑娘一个。手快脚快，嘴利索，胆大又泼辣，是村里的团支部书记。

团支部书记当得好好的七婶，却因最高指示"培养农村也养得起的医生"一句话，到镇上集训了四个月，回来后就成了村里的赤脚医生。

虽说只学了四个月，胆大的七婶却回村后像模像样地当起了赤脚医生。每天，她拎着印有"十"字的红药箱，一袭白衣，风一样疾走于村里。七婶到谁家看病，往往人还没到，利索的话就传到了，"让开，让开，我看看。"

一进病人家，七婶给病人摸头，把脉，看舌，问话，然后给病人递药打针，一点也不犹豫，一点也不含糊。

七婶看过的病人，一般病总会好的，只是时间长短而已。七婶看病，用七叔的话讲是"无马使唤驴"。

七叔是一队队长。七叔一次拉肚子，亲自体验了七婶的医术。

七婶第一次给七叔看病，固定模式，摸头，把脉，看舌，问话后，拿了几片黄药片给七叔，"吃了这个就好。"

"丫头，行不行啊？"平日里匪气十足的七叔，此刻忘了自己是病人，对七婶嬉皮笑脸。

七婶白了七叔一眼，拎起药箱就走。

吃了黄药片，七叔拉肚子没止住，反而拉得更欢。七婶再来给七叔看病，又一次摸头，把脉，看舌，问话后，冷冷地说了一句，"得打针了。"

"丫头，你可得轻点哦。"七叔还是一副嬉皮笑脸样。

七婶头也没抬地打开药箱，取出铝制针盒，开盒取针筒，接上银晃晃的针头，放下，划开一小瓶药水，插入针筒，吸药，对七叔说，"脱了。"

七叔看着七婶让人眼花缭乱又一气呵成的动作，没反应过来。

"脱了！"七婶再次冷冷地说，"难不成要人帮你脱？"

七叔难为情地解开裤带，褪去长裤，拉开方布裤头，露出半个黑黢黢的粗糙屁股，紧张得整个人都僵硬了。

"人放松！"七婶一句放松，让七叔更加紧张。

"哦！"蘸了酒精的棉花团子，一碰上七叔的屁股，那一刹那的凉意，让七叔怔了一下。

说时迟，那时快，七叔的"哦"声还未完，针已扎下。

七叔痛得"啊"的一声大叫。

"大老爷们，啊啥——"七叔"啊"的一声又还未完，快手七婶已把针筒里的药水迅速推进了七叔的屁股，拔出针，"好了。"

七叔痛得张不开口，浑身大汗淋漓。

"一天一针，三五针就好了。"七婶说完，已收拾好东西，风一样出门离开了。

七叔却痛得半天回不过神来。七叔从此忌惮打针，忌惮七婶。再见七婶，再也没了原先的匪气和嬉皮笑脸。七婶去打第二针时，七叔紧张得说不出话，七婶问啥，七叔只是"嗯嗯"应着。

这一次，快手七婶打针的动作从容了许多。

到打第五针时，七婶打针的动作在七婶自己看来已是十分轻柔，针扎进去，药水不仅推进慢，不用扶针的右手中指和无名指还会轻柔地挠一挠，减轻七叔的疼痛。

也正是这五针，把七叔和七婶扎在了一起。

"你扎了我五针，我要扎你一辈子的针。"新婚之夜，七叔压着脸红如花的七婶说。

婚后的七婶，还是一袭白衣，一手拎着红药箱，风一样疾走于村里。一个村只有一个赤脚医生，七婶是"全科"医生，感冒发烧，割伤拉肚，男人治痔疮，女人生小孩……啥病都看。看多了男人病，七叔心里有微词，但因忌惮七婶，不敢说。

一次，七叔下地回家，发现小儿肚子痛得在床上打滚。七叔急忙出去找七婶，打问了几个人，得知七婶在三队队长家看病。

三队队长是七叔的患难兄弟，两家人亲如一家。

七叔火烧火燎赶到三队队长家，发现大门虚掩着，推门进屋，眼前的一幕，让七叔惊呆了：三队队长躺在床上，裤子褪到膝盖，那根东西红红的直挺挺竖立着，七婶正小心翼翼地用一团棉花球擦拭着……

"死老三，你要流氓！"七叔反应过来后，一脚踹在了三队队长身上。

屋里，端着水守在床边的三队队长老婆，吓得整盆水都倒在了床上。

水淋了三队队长一身。

"你干吗？"反应过来的七婶一手还拿着棉花球，涨红着脸质问七叔。

"你干吗？！回去！"忌惮七婶，婚后从不大声对七婶嚷叫的七叔，大声吼叫着一把拉过七婶，出门。

事后，三队队长和他老婆双双来家里向七叔解释道歉，七叔差点就和三队队长动手。

"下流坯子，早晚剁了你的手！"事后，七叔不让七婶去给人家看病，并威胁七婶。

"你再不让我出门，我晚上剪了你的命根子！"七婶也不是省油的灯，手里拿着明晃晃的手术刀，对堵在门口的七叔轻蔑地说。

望着晃晃的手术刀，七叔怵了。但从此，七叔和七婶别扭上了，七叔和患难之交三队长结了梁子成了冤家，两个人莫名其妙打了很多次架，每回都打得你死我活。

三队队长的老婆怕事情闹大，多次找七叔解释。

"你老公的东西让我老婆看了，你也得看我的！"一次，七叔威胁她，"要不，这事没完。"

三队队长的老婆流着泪，在两河两山东面的小树林里，按七叔的要求做了。事情做了就做了，偏偏七叔像得胜的将军，生怕没人知道，逢人便讲这事。

三队队长的老婆羞愧难当，在一个月明星稀的晚上，跳了水塘。

"杀人偿命！"闹出了人命，三队队长带了家伙，把七叔堵在了家里。

看事情闹大了的七叔，吓得躲在屋里不敢出门。七婶不得已开门出来，朝三队长脆生生一跪。

三队长扔掉了家伙，没要七叔偿命，却把七叔打了个结实。七叔卧床三个月，不起。

七叔病好后，七婶不理会七叔的苦苦哀求，毅然决然执意和七叔离了婚。离婚后的七婶独自带着五岁的儿子，一心一意在两河两山当赤脚医生，治病救人。

离婚后的七婶当任何事没发生一样，主动上门给三队队长医治他的难言之疾。没了三队队长老婆在旁边端水，快手七婶索性把盆子放在床上，洗净棉花团子，仔仔细细小心翼翼地给三队队长擦拭那根命根子……

三队队长的难言之疾，在七婶的精心治疗下，痊愈了。

七婶因出色的工作被调到了镇卫生所、县医院，后来成了全县有名的全科医生，找她看病的络绎不绝。

出名了的七婶却执意和三队长结合在一起，就像当年执意和七叔离婚一样，毅然决然的。这是后话。

转　悠

蓬松的头发，像个鸡窝。发黄的上衣一角夹在裤腰里，一角扯了出来。松松垮垮的裤子下，一双翻了边的黑皮鞋布满白斑点……一个形容猥琐的中年男人从电梯出来后，东瞧瞧西望望，左摸摸右碰碰，在走道里转悠了很久。

小区出过几宗盗窃案件后，我特别警惕。在家里，一有空就透过大门上的"猫眼"往外瞄瞄。那天，我一个人在家，透过"猫眼"正好看到了这一幕。

中年男人在走道里张望了一阵后，朝我家的方向走来。走近了，我看清了男人的模样：狭长的脸，黝黑黝黑的。额上深深的皱纹像刀雕过一样，高高低低的。狡黠的双眼，滑溜滑溜地转……

越走越近，中年男人最后居然在我家门口停了下来。

我屏息静气，继续透过"猫眼"观察着中年男人的一举一动，看看他光天化日之下，究竟想干什么。

中年男人右手轻轻地摸了摸我家厚重的铁门后，把整张脸凑到门上……顿时，一张变形的狰狞的脸堵住了"猫眼"，门外漆黑一片。

我先是一阵慌乱，随即镇定了下来，拍了一下门，喊了一声："谁啊！"

"猫眼"外，中年男人惊吓不小，落荒而逃。

"小偷！"联想到小区最近频频发生的失窃案件，第一感觉就是我今天遭遇了小偷。为安全起见，我让人在门口安装了摄像头，监控家门口的动静。每天下班回来，我第一时间也必先查看监控录像。

中年男人却很久没在我家监控画面里出现。

正当我逐渐忘了那个中年男人时，我家监控录像出现了中年男人的身影。还是像上次一样，中年男人出了电梯后，在走道里东瞧瞧西望望，左摸摸右碰碰，转悠了一阵后，径直走到我家门口停留了下来。正当他抬起右手想有动作时，画面上远处的电梯门开了，有人走出来。中年男人迅速转过身，跑得无影无踪。

中年男人在监控画面出现不久，小区里又有一户人家失窃了。

"小偷一定是他！"听说小区有人失窃，我立刻想到了中年男人。我匆匆赶回家准备调取监控录像，刻录给警方，为他们提供破案线索，却发现监控摄像机里三天前的录像被自动替换了。

不怕贼偷，就怕贼惦记。中年男人两次在我家门口停留，却未得手，他一定还会来的。我做足防盗措施，以防万一。果不然，半个月后，我又发现中年男人出现在我家的监控画面上。这一次，还像上两次一样，中年男人出了电梯口，走走停停，摸摸碰碰，最后在我家门口停下，左看右看……不同的是，这一次，中年男人还带了一个帮手——一个头发有点花白的瘦小老头。像是来踩点的，他们在走道里仔仔细细看后，还推开了窗户，探头出去察看逃跑线路……

我当即把监控画面刻录下来，准备第二天提供给小区物管，让他们关注这两个人。

第二天出门时忘了带光盘。当晚我家失窃了！

损失惨重！家里现金、首饰都放在保险箱里，小偷居然把整个保险箱都搬走了。

报案后，警察很快来了，我赶紧把光盘交给他们。

"一定是他！"我十分自信地告诉警察。

警方动作迅速，失窃的第二天就把中年男人抓了。

听说中年男人是在一工地被抓获的。被抓时，楼已建好了，中年男人正在收拾行李准备离开工地。

三天后，警察带着中年男人来告诉我，案子破了。

警察身后跟着的中年男人的头发更蓬松了。

"小偷抓到了，是小区的保安监守自盗！"警察对我说，"老李是清白的！"

"……"我望着警察身后的中年男人。

中年男人抬了抬原本低着的头。

"老李，你不是想看看这位大姐的房子吗？你和大姐说说。"警察提醒中年男子。

为什么要看我的房子？看我一脸诧异，中年男人嘴动了动，没吭声。

"大姐，是这样的。这楼是老李来江城参与建设的第一栋楼，没建好时，他说在这里住过呢。"警察替中年男人说。

"是的，是的。"中年男人一个劲地点头。

"老李说，要离开城里回乡下了，他很怀念这栋楼，想来看看！"中年男人半天说不出一句话来，警察又补充道，"这不，他来转悠了三次，最后一次还带着工友一起来了呢！"

我心里咯噔了一下，打开了门，做了个请的动作。

中年男人战战兢兢地进门，脱鞋，却站在门口，不敢挪动脚。

"进来看看吧。"任我怎么招呼，中年男人一步也没动，只站在门口，远远朝房子里各个角落望了望。

"好。好。好。"望了一小会儿，中年男人连说了三个好后就退了出来，心满意足地走了。

我呆呆站在门口，望着蓬松的头发进了电梯，心里如打翻了五味瓶。

蝴蝶妆

齐春善妆。20年了，阅人无穷，妆人无数。只要到了他的工作台，被瞄上一眼，是淡妆还是浓妆，齐春心中就有数。齐春化的淡妆，看起来不像化过妆，却比没有化妆更美，更动人。

齐春善唱。相传是音乐学院声乐专业科班出身，干化妆前，曾走南闯北，唱了无数奖项回来。

齐春喜欢边化妆边给化妆者唱歌。妆因人而异化，方脸适合挑眉不带峰，圆脸既可挑眉又可带峰，长脸要平眉，国字脸眉峰要在三分之一以外一点，大脸不宜画小嘴……歌也因人而唱，化妆者当过兵，齐唱"送战友，踏征程"；若是中年女人，齐春会唱"只要你过得比我好"；对走南闯北者，齐春会唱"朋友乡亲心里亮，隔山隔水永相望"……

化妆无数，歌唱无数。齐春每天穿戴齐整，早早出门。一进工作室，没有寒暄，没有客套，关上门，边化妆边唱歌。妆力求尽善尽美，不留遗憾。歌也唱得卖力，尽管屋子里就只有一个化妆者，每曲却宛若昔日在台上对万千观众演唱，一丝不苟。

齐春化的妆令许许多多人满意——用心化妆，不妖不艳，平淡朴实。歌更让许许多多人感动——从不唱伤感的歌，深情款款，真情实意。

齐春的妆和歌在小城久负盛名。

那日，踏着被昨夜风雨摧落一地的娇嫩花花草草，齐春怅然若失地进了工作室。

一女子躺在化妆台上静静地等待着齐春化妆。

习惯性地洗了手，擦干，再戴上手套，齐春拎着化妆箱走向工作台。

"你好，给你化妆了！"不管躺着的有没有应答，齐春的开场白和他的歌一样好听，一样充满真情。

放下化妆箱，齐春仔细端详着女子的脸。

这是一张标准型的鹅蛋脸，面部长宽比例大致为4：3，前额略宽，下颚稍稍突起的颚骨，柔顺地向椭圆下巴平缓过渡，逐渐尖细下去。

这也是一张写满青春的脸，尽管脸色苍白，看了还是让人心悸。

"我给你化个蝴蝶妆吧！"齐春用商量的口气轻轻地说。

"亲爱的，你慢慢飞，小心前面带刺的玫瑰……"打开化妆盒，亮出各式妆笔妆刷，揭开几样粉盒，齐春的妆刷一着女人的脸，歌声就飘起。

寂静的工作室里，美妙的旋律，轻盈细腻的歌喉，温厚而煽情，仿佛是那个阳光帅气的庞龙在台上演歌。

"亲爱的，你张张嘴，风中花香会让你沉醉……"看着熟睡般的女子，齐春手上的妆笔一刻也没停。

女子鼻梁正中一颗黑痣如落下了一粒苍蝇屎，怎么看都是瑕疵。齐春毫不犹豫地用膏状粉底在黑痣上薄薄地刷了一遍又一遍，直到黑痣消失。

眼睛是心灵的窗户。要想窗户明亮，首先要好好修复眼睛的外框——眉毛。齐春拿着眉刷稍微梳理了一下眉毛，梳出了精致、自然的眉形，然后用眉笔轻柔地画眉，该疏时疏，该密时密。

"亲爱的，你跟我飞，穿过丛林看小溪水。亲爱的，来跳个舞。爱的春天不会有天黑……"齐春越唱越动情，仿佛妆台上的女子就是和自己生死相约的恋人。

画眉，描眼影，横画眼线，涂抹睫毛……齐春把女子的眼睛妆得自然生动，个性张扬。

"我和你缠缠绵绵翩翩飞，飞越这红尘，永相随……"唱着妆着，齐春进入角色，恍若回到了20年前。

那些年，年轻的齐春到处唱歌，阅人无数——当然，那是在床上，和一些姑娘。也像今天，"阅"完姑娘就不会再见了……直到有一天，卧病在家的母亲高兴地来电话说，有个女人带着一个可爱的小男孩来到家里，女人教小男孩喊她"奶奶"。齐春怎么也想不起那女人，更不要说那小男孩，却有回家看看多年不见孤身一人在家的母亲的冲动。人未成行，噩耗先到。高兴过头的母亲在冬夜里想亲自为孙子煮鸡蛋，不慎点燃了灶间的柴草。一场大火夺去了母亲还有那个未见面的小孩和他妈妈的生命……接悉噩耗的那一刻，齐春在后台准备上台唱最后一首歌。歌没唱，齐春哭着回家。

昨夜的风雨摧落娇嫩的花花草草，天地含悲。母亲烧焦了，未见面的小男孩辨认不出，那个她也模糊不清……含着泪请人把母亲、小男孩和她的样子化出来后，齐春为他们唱了最后一首歌……料理了后事，齐春不再到处唱歌，到县城里当起化妆师，边化妆边唱歌。

20年了，齐春每化一妆，起一妆名，唱一首歌。歌因人而异，歌与妆名相衬。

青春的脸一定要有红晕。看着苍白的脸，齐春用化妆刷蘸取小量的胭脂粉，在女子的脸颊上，由内向外，轻轻地涂抹着一个一个圆圈……一会儿，苍白的双颊泛起淡淡的红晕，青春回到女子的脸上。

"追逐你一生，爱恋我千回，不辜负我的柔情，你的美……"妆好了泛红晕的脸颊，看了看干涩的嘴唇，齐春轻盈地给唇部上彩妆，先在上唇浅画唇峰，然后由嘴角向中间描画……

"等到秋风起，秋叶落成堆，能陪你一起枯萎，也无悔。"歌毕，蝴蝶妆成。齐春又仔细端详了一会儿女子，庄重肃穆地向女子鞠了一躬。

静静躺在妆台上的女子随即被推出与亲人相见，悲戚的哭声隔着门一阵阵传进来。

"哐当"一声巨响，齐春知道，女子被送入熊熊炉火中，瞬间成灰了。

怅然若失后，善妆善唱的齐春洗手，擦干，再戴上手套，拎着化妆箱走向另一个工作台。

种菜的女人

"你说,你为什么要三番四次地破坏城市绿化?"

那女人一句不吭。

"你倒是说话呀!你为什么要扒掉绿化带上的草皮,种上小白菜?"

那女人还是一句不吭。

一个地道的乡下哑巴,看来是秀才遇上兵,有理讲不清。

这是我从林校毕业分配到这座城市的绿化处工作后遇到的一件怪事。

那天,我和工人开着洒水车到这座城市的中心广场时,看到广场上绿茸茸的草皮被扒掉了一块,种上了疏疏松松、歪歪斜斜的小白菜,热爱这座城市的我脸黑了。

那是一片多么美丽、多么和谐的草地呀!

二话没说,我带着愤怒跳下车,径直跑到广场,拔掉了疏疏松松、歪歪斜斜的小白菜,随后叫了工人运来草皮,重新修整补种……

可是,没隔两天,当我和工人开着洒水车经过中心广场时,看到广场上刚种上的绿茸茸的草皮又被扒掉一块,种上了疏疏松松、歪歪斜斜的小白菜。

我被气炸了。

是谁这么大胆,竟一而再地破坏城市绿化工程?

　　我没有拔掉那疏疏松松、歪歪斜斜的小白菜。我决心查个水落石出，给肇事者严厉惩罚。

　　从早晨六点到晚上六点，我一个人坐在中心广场的石凳上看报纸。

　　没有任何动静。

　　第二天，我五点钟就到广场。那小白菜似乎有人浇过水。我决定延长监视时间。那天，一直到了晚上九点，广场上几乎没人了，我正准备离开。就在这时，我发现了一个提着红塑料桶约莫七十岁的女人正朝广场走来……

　　正是这个女人扒掉了草皮，种上疏疏松松、歪歪斜斜的小白菜。

　　可这个女人是个哑巴啊！

　　我愤怒的子弹遇上了软软的棉花，在一点一点地消劲。

　　放她走吧，我心有不甘，可又能怎样惩罚这个乡下老女人？

　　我搜肠刮肚，把我所能讲出来的有关城市、绿化、齐整、规划等等的知识都讲给这个老女人听。

　　但愿老女人只哑不聋。

　　第二天，我吩咐工人拔掉疏疏松松、歪歪斜斜的小白菜，重新补种整齐划一的草皮。

　　然而，我的宽容却没能换来老女人的理解。就在新的草皮刚种上不到两天，疏疏松松、歪歪斜斜的小白菜又替代了绿茸茸、齐整划一的草皮。

　　我愤怒的子弹又随时要发射！

　　我决定跟踪老女人，让老女人的家人来教育她，让老女人的家人来赔偿补种草皮的费用。

　　拐过一栋楼，老女人在一栋新落成的楼前停住。

　　这是一片住宅区，楼前楼后都是水泥地，连一块草皮都没有，更不要说树。

"你又搞什么去了？"一个老男人向老女人走过来。

"去浇菜。"

天啊！老女人竟然不是哑巴！

我的惊吓不小，几乎喊叫出来，被老男人、老女人发现了。

昏暗的灯光照得水泥地一片苍白。老女人极不好意思地低下了头。

老男人知道我的来意后，一个劲地抱怨老女人，又一个劲地向我赔不是。

"她从乡下出来，老住不惯，成天说要种菜。唉，种了一辈子菜，卖了一辈子菜，她还嫌不够。"老男人邀请我到他家。

老男人、老女人住八楼，挺宽，但每个窗都严严实实封着防盗网。老男人、老女人屋子的东边有个阳台，阳台上种着密密麻麻的小白菜。

"给你添麻烦了，可我闷得慌。"老女人给我端了一杯热茶。老女人满脸的皱纹虽然在极力挤出一点笑，但仍然抹不去岁月在她脸上写下的沧桑。

走出老男人、老女人家时，我不知道我究竟说服老女人了没有，但有一点却是事实，城市的中心广场再也没有了疏疏松松、歪歪斜斜的小白菜。

没有了疏疏松松、歪歪斜斜的小白菜的日子，我却时常想起那个种菜的女人。

8号发型师

"先生，洗完头后剪不剪发？"

"剪。找8号剪。"

"8号换人了。您找原来的8号吗？"

"8号呢？走了？"

"没走。"

"那就找他剪吧！你看看前面有几个在等。"我问洗头工，"他现在是几号？"

"你到时看他的牌子就知道了。"洗头工卖起了关子。

在这家叫巧手的美容美发中心，我第一次来剪发时，8号带蜜的话和狡黠的笑给我留下了深刻的印象。此后几年里，我几乎都到这家美容美发中心，都找8号剪发。

一头旋涡式的卷发染成了金黄，穿着胡哨的花衬衣解开了两个纽扣，牛仔裤打了几个洞，戴着大手镯，夸张奇特的穿戴，8号给我的第一印象很前卫。

"这是一种时髦。你要当发型师给人家设计形象，自己却土里土气，谁会找你？"8号这样理解他的标新立异。

我虽然不甚喜欢8号的标新立异，但显然习惯他嘴里说出来放了蜜的话。仔细一听，又感觉他嘴里是放了蜜蜂而不光是纯粹的蜜，说出的话很甜，又偶尔会不经意蜇你一下，让你痒痒的。

"老板，你穿这衣服，显得很庄重，看上去也很有气质。"

"靓仔，红光满面的，是不是泡到靓妞了？"

"靓女，越长越漂亮，爱情滋润了吧！"

……

8号第一次给我剪发，差不多剪好时在我耳边说，"大佬，我当了十年发型师，现在揾食艰难，以后来这里剪发，多帮衬我。记住了，我是8号发型师。"

第二次到巧手美容美发中心，我点了8号。

"大佬，很久不见，怪想您的。"8号把我当成老朋友一样。

"您天庭饱满，两腮潮红，可不是一般的人哦！"8号带蜜的话又来了。

挨着8号的7号发型师剪完发走开了，8号悄悄对我说，"1号2号刚从乡下来，小农意识，剪的发很土。3号4号基本功不扎实，不知道剪发的深浅。5号6号虽然来的时间不短，但经常闹笑话，7号……"

7号发型师回来了。8号赶紧改口说，"靓仔就是靓仔，头发怎么剪都漂亮。"

再去剪发，8号一番甜话后对我说，"大佬，您的白头发不少，该染一染了。"

我很厌烦一去剪发，那些理发师活没干倒先劝你电发染发。8号却不同，前几次只字不提染发的事，这次说了，我并不反感，"男人有点白头发才有成熟感，懂不？"

"染染年轻几岁，靓女都多看您几眼。"8号不放弃。

我不同意染发。8号见我态度坚决，事后再也没提过。往后给我剪发，都因后面等他剪的人多，手脚很快，三下两下搞掂。

"不好意思，人多。"8号和我熟络了，带蜜的话少了，却经常说一些男人之间离不开的笑话。

……

洗完了头，洗头工把我引到了1号座位上。

"8号改成1号了？"

"不是啊，1号请假。"洗头工笑，"你等一等，我去喊他。"

"来啦，大佬。好久没帮您剪发了。"一会，8号从二楼下来，热情地和我打招呼。

剪了个分头，染了淡黄头发，一袭白衬衣，一条黑西裤，8号突然变成了一个中规中矩的白领。

"你怎么变成了这样？"我忍不住笑。

"没办法啊！不习惯吧？"8号笑得不自然，却很沉稳。

"当了店长了？！"我再一细看，发现他原先戴的"8号发型师"的笑脸牌子不见了，换上了一块白底红字的"店长"牌子，"恭喜，恭喜。"

"这个月老板新开了家店，原来的店长去了新店，我跟这个老板3年多了，这不，让我帮他管这家店。"

"对我这行头不习惯？我原来的打扮太靓仔样，说话没威信。其实我都这么多岁了。"8号伸出三只手指，"大佬，发型师的年龄和女人的年龄一样是秘密，可别说出去啊!"

8号露出了与他的打扮和年龄不相符的狡黠的笑。

"当了这么大的美容美发中心的店长，还给顾客剪发？"

"不剪了。您是老熟客老朋友，只要有空，我一定亲自给您剪。"

"介绍位发型师往后帮我剪发吧，不难为你。"8号当了店长，自然不好意思老打扰他。

"1号2号剪得大方得体，3号4号善于跟潮流，5号6号认真，7号8号心思巧……"8号找到了当店长的感觉。

这一次剪发，8号显得格外认真。可他不得不经常停下来，一会儿接电话，一会儿吩咐这事那事……每次被打断，他都歉意地说"不好意思"。

好不容易剪完了，他左端详右端详，完了才如释重负般地说"好了"。

说完，8号好像记起什么，从口袋里掏出一张优惠卡，悄悄塞给我，"老友当店长了，多多关照。"

埋单时，有优惠卡，38元省1元，心里像吃到了8号带蜜蜂的话，甜甜的又像被蜇了一下。

1元也是人情。往后我还是几乎次次到巧手美容美发中心剪发。虽然不是找8号剪发。

油　条

"油条，油条，新炸油条五毛钱一根！"

街口背风处，一架手推车，一个油锅，焦黄的油条晾在盆里，锅里的油一直滚着。

男的炸油条，约莫60岁，一身蓝布旧衣，补丁叠补丁，袖口油渍了又油渍。脸上的皱纹在油烟热气的吹拂下，红润了些许，埋着头，一心一意在炸油条。

叫喊的是老太婆。同样是一袭蓝布旧衣，补丁叠补丁。声音沙哑着，对着路人不停地招呼。

早上的街口行人很多，可行色匆匆的人群大多侧身绕过了手推车，极少停下脚步。脏兮兮的老头老太婆引不起人们的食欲，况且，街口的拐弯处就有一个单位的饭堂，对外开放，价廉物美。

老头把油条炸好后捞上来，又把晾久了的油条放进油锅炸，炸了晾，晾了炸，不停地在锅里折腾。

偶尔有人停下买根油条，老太婆手忙脚乱半天。

老太婆正忙乱着，忽然，戴着大盖帽的城管出现了，老太婆顾不上收钱，推了正在炸油条的老头一把，老头推起车，飞似的逃走了。

戴大盖帽的城管走了好长一阵，老头老太婆的油条车又偷偷推出来，摆在了街口背风处。

老头老太婆的装扮虽然脏兮兮，让很多爱干净的人绕道走，但老头老太婆的油条炸了又炸，非常香脆，个又大，还是有人喜欢上了。

喜欢上老头老太婆油条的是一个穿戴讲究的很像大学教授的老者。老者每天不落地从街口拐弯处的饭堂吃了早餐出来后还要来买两根油条。老者话不多，买完就走，没多一句话，有时甚至是不用一句话，天天如此，风雨无阻。

老头老太婆心存感激，老太婆把每天最大条的两根油条留给老者。

一个周日早上，人们不用上班，街口不再人来人往，老者吃了早餐又来买油条，一个蓬头垢面的女乞讨者缠住老者讨钱。

老者不为所动，任乞讨者好话说了一箩筐，买了油条就走。

乞讨者攥着老者走。老者旁若无人。

乞讨者跟了足足几十米，见老者一毛不拔，停下来，狠狠地朝老者的方向啐了一口。

老者怔了怔，停了一下脚步，若无其事地拿着油条走了。

老头老太婆看不下去了，老太婆拿了两根油条给乞讨者。

乞讨者拿了油条又要了几块钱才咬着油条欢天喜地地走了。

老者在转弯时看到这一切。老者停下脚步怔怔看了一下老太婆，才怅然若失地走了。

这事发生后，老者连着两天从街口饭堂出来后不再买油条。

老头老太婆虽然很失落，却对老者原先的一点感激没了——一个人吝啬到连起码的同情心都没有，还值得尊重？

也许是老者太喜欢老头老太婆的油条了，没出三天，老者又和先前一样，每天早上从街口拐弯处的饭堂出来后又来买两根油条。

经历了那次小小插曲后，老头老太婆也只把老者当成一般的顾客，最大个的油条也不会刻意留给老者。

老者却是什么也未察觉，照例每天来买两根油条，风雨无阻。

人心肉长。生意清淡的老头老太婆对老者又慢慢心存感激。

时间久了，老者与老头老太婆似乎达成了默契，相互间也多了份牵挂。老头老太婆每天都在等着老者，当然，最大的两根油条老太婆又留给了老者。

腊月的时候，天出奇地冷，风吹在脸上像刀子割。老头老太婆几次想把油条车卖掉回家，可一想到老者对油条的偏爱，几次放弃了回家的念头，又在街口坚持着。

腊月廿四，刺骨的毛毛雨下下停停。老者没有出现。

连着三天，老者都没有出现。

病了？还是……老头老太婆的心揪紧了。

新年正月十五过后，老者还没有出现。

没了老者每天买两根油条，生意又出奇地冷清，老头老太婆决定卖掉油条车回老家。

处理完了一切，老头老太婆萌发了去看看老者的念头。

左打听右打听，拐了好几个街巷，老头老太婆终于找到了老者的家。

老者的家大门紧锁，邻居说，老者在腊月廿八去世了。

"这是他让我转交给你们的东西。"邻居把一个信封交给老头老太婆。

信封里装了三千元。"其实，他每天买回的油条从来没吃过，都给了人。"邻居说，"他常说，他敬佩你们自力更生，感谢你们的勤劳！"

热泪从老头老太婆干涩的脸上缓缓流下。

家有芳邻

那一年台风，洪水冲毁了一切。我们一家搬进离村几里之外一座废弃的粮库暂时安家。

几千平方的粮库，住着我们一家三口，空落落的。自从听说有人在粮库里上吊死去这事后，一到晚上，妈妈和我一进房间就再也不敢出门一步，任凭硕鼠在隔壁房间翻箱倒柜……

那时候，一家人最希望的是晚上有人来串门。为此，妈妈准备了黄豆、花生，炒好存好，家人舍不得吃，专候客人——可是，晚上谁会来呢？

没人气的凄惶日子过了大半年，一天，复退军人张才来看粮库。张才进了粮库左右扫了几眼便对爸爸说，腾几间房子，他一家也过来往。

只要是个人来就行，别提多高兴了。我们一家赶紧腾房子。

芳邻张才不愧是军人出身，干脆利落，头天一说，第二天就带着老婆和大大小小7个儿子，开着一辆四轮车把家搬了过来。

尽管当天晚上，张才的7个儿子比硕鼠还厉害，把粮库翻个底朝天，也把我家存的黄豆、花生扫光了，但那天晚上，我们一家睡得异常安稳。

安稳的日子没过多久，矛盾就来了。

搬进粮库后，爸爸请人在粮库门口修了个沼气池，准备用来照明和煮食。好不容易积了三个月的肥，气刚用上。张才的四轮车每天进进出出，把沼气池的铸铁盖压裂了。妈妈就和张才说："张叔，你的四轮车进出时小心点，别把铁盖压坏了。"

"还用什么沼气？改用电用煤！"张才毫不理睬。

第二天，四轮车出门时，没避开铁盖，重重地把铁盖压成了两半。

"张叔，你怎么这样呢？"妈妈冲着轰轰响的四轮车喊。

张才看了妈妈一眼，车没停就走了。

爸爸出来后，让妈妈不要嚷，然后用铁线把盖子箍好了。

半晌午时分，爸爸妈妈在地里干活，张才的四轮车拉回了满满一车土。

"把沼气池给填了！"张才招呼他的大儿子、二儿子。

"你们干吗填我家的沼气池？！"我冲上去阻止他们。

"小毛孩，懂个屁！"张才老鹰捉小鸡般把我扔开了。

我爬起来又冲过去，还没等我靠近沼气池，张才一手把我夹起来，另一手从车上抽出一根绳子，把我牢牢绑在我家门上。

中午，爸爸妈妈回来了，看到被填了严严实实的沼气池和被绑着的我，从不大声说话的爸爸从家里拿了一把刀冲出家门……

"你想干什么？"张才端着一碗粥边吃边迎上来，"你有一把刀，我家里有两把更锋利的。"

张才的大儿子马上把两把刀递给他。张才没接。

铁塔般的张才横在瘦弱的爸爸跟前，就像横着一堵墙。

爸爸把刀狠狠地砸进了地里，然后蹲下去哭……

没了沼气，只好改用电。工人来拉线时，张才甩烟给工人，要求工人用黑胶布包严接头，不能马虎——不明就里的还以为他是主人。

"老李，这用电可不比用火，要注意安全啊！"张才甩了根烟给爸爸，全然忘记了前几天两家人还拿刀相对。

爸爸下意识地接住了烟，却仍然气鼓鼓地张了张嘴没搭话。

　　沼气池事件后，我们两家的日子倒还平静，没再闹什么别扭。

　　我的芳邻张才却和全村人闹别扭：他看中了村里一块沙地，准备挖沙出售。沙地上，村里人你一块我一块开荒种着番薯。这么多家的番薯，要一家一家去通知来收，张才没那个耐心。他叫上几个儿子，把沙地上的番薯全刨了，大大小小装了两四轮车，倒在粮库门口。

　　"你说你家开荒种了番薯，你种多少，自行拿走！"张才凶神恶煞般对上门讨说法的说。

　　你横，我比你更横！张居家七兄弟齐上门讨"说法"。张才带着狼虎般的几个儿子和张居家上演了一场全武行……最后，张才和张居两个带头的都被弄进派出所。

　　"不服？再来干一次！"拘留三天出来后，张才和张居在村里遇上，张才向张居挑战——那场全武行，张才和几个儿子以一当十，锐不可当，张居想着就发怵。

　　拘留出来后，粮库门口的番薯被村人领回了一半，还有一大半没人上门讨要。

　　"吃两个鸡蛋过过霉运！"拘留出来后，吃了老婆煮的两个鸡蛋后，张才带着几个儿子开始挖沙。

　　挖沙一年，张才先把粮库门口的烂泥地全铺上了水泥。后来，他又赶在当年的台风来前，叫人拾掇粮库的平房屋顶。粮库里，你进我退，大部分的平房都被张才家住上了，我家人少，只用了四小间。屋顶拾掇到我家边上时，工人正准备收工。

　　"停什么停，台风要来了，都给拾掇好后再下来！"

　　我家住的四间平房屋顶也被拾掇一新，挡住了这一年的台风，却让妈妈又气又笑地洗了三天东西——我家屋子一点准备也没有，东西尽染上白灰！

　　又是一年台风季节。那天，我的芳邻张才把正在给我们三年级上课的吴校长喊出课室，"台风快要来了，我明天来修房，让学生歇假！"

校长看着耀眼的天，又看着一本正经的张才，说了一句"莫名其妙！"。

第二天，张才果真带着十几人，开着四轮车来了，"修房啦！修房啦！"

张才一吼叫，我们一哄而散。

"谁叫你来的？胡闹！"校长怒不可遏。

"上屋！上屋！"张才理都不理校长，招呼工人。

三天后，学校所有屋顶焕然一新。我们重新上课两天后，台风真的来了……课室里，没了雨水玩，我们很惆怅。校长却是又高兴——学生终于不用淋雨了，又担心——不知什么时候张才会来讨要工程费？

张才一直没来讨工程费，直到我小学毕业，全家搬进了城里，换了新的芳邻。

邻居的热情

终于拥有自己的一方小天地了。那天搬家时，阳光灿烂，我心里也阳光灿烂。

当然，更让我阳光灿烂的是我不仅拥有自己的一方小天地，我还拥有一个热情的好邻居——住对门的一位挺慈祥的老妇人，一直站在门口对我和先生友善地笑。

我和先生同在一个单位上班，因为住得远，每天要早出晚归。第一天出门上班，对门的老妇人站在门口，"走好啊！"

下班回来时，我和先生的自行车刚在楼下停稳，老妇人就在楼下候着，"辛苦啊！回来啦！"

对这么一位热情的老妇人，我心里温暖着。我让先生回家，自己停下来和老妇人寒暄。老妇人热情地介绍她自己，她退休前是一名老师，丈夫去世早，无儿无女。老妇人问我在哪上班，先生是干什么的，"你们真恩爱，同出同归。"

连着几天，老妇人都是早早在门口送我和先生上班，"走好啊！"下午下班时又早早在楼下候着，反反复复介绍她自己，反反复复问同样的问题，完了是感叹，"你们真恩爱，同出同归"，如同数学公式一样。

那天，因为下雨，我和先生回到楼下时已经很晚了，老妇人还站在楼下，"辛苦啊！回来啦！"

一身湿漉漉的，我应了老妇人一句后就想走，可抬眼看见老妇人一双深邃的眼睛里蓄满了话，我犹豫了一下，停了下来，让先生回去换衣服。

冷得发抖，我实在不想聊了，想走，老妇人却正讲到兴头上。

"哈——"我故意打了个喷嚏，然后抽身回家。

淋了雨着凉，我感冒了几天没去上班。

感冒好后上班，我很害怕老妇人的热情。可老妇人每天早早在门口向我和先生问好，下班时在楼下候着。

一天，为了一点小事我和先生顶了嘴，两个人下班路上谁也不理谁。到了楼下，老妇人又在候着，"你们真恩爱，同出同归。"

一个大男人，为一点鸡毛蒜皮的事和老婆顶嘴，还一整天不和人说话，这样也叫"恩爱"？

听着老妇人的话，我感觉刺耳极了，一步没停飞也似的抢在先生前面上了楼。

往后下班，我很害怕老妇人的热情，能躲就躲，实在躲不了就应一句赶紧回家。

也凑巧，连着几天是国庆长假，不用上班，躲开了老妇人。

国庆节第三天，我还赖在床上不肯起来，先生煮好了早餐端过来，"懒猫，起床了，都快11点了。"

"我就不嘛！"我撒起了娇。先生挠我的痒痒，挠着挠着，两个人滚到了床上。

"叮咚——"两个人正在恩爱时，门铃响了。

"不理它。"我让先生继续。

门铃不屈不挠响个不停。响得我和先生兴趣索然。

"谁啊！"先生套上衣服很不情愿去开门。

"我家的刀坏了，想借把刀。"老妇人站在门口。

我赶紧把刀递给老妇人。

第三天，我和先生正在吃中饭，门铃又响了。

"我的碗不小心打破了，想借个碗。"老妇人站在门口。

我又赶紧把碗递给老妇人。心里却一阵恶心，刚刚吃进去的东西差点都吐出来了。

只要是节假日，几天没见到，老妇人肯定要来借东西，有时甚至是连筷子也要借。一天，老妇人来借锅，先生赶在我前面，"我们家就一个锅"。

先生为此还在门上安装了"猫眼"，只要看到是老妇人按门铃，就绝对不让我开门。

门铃声响过无数次，先生一次也没让我开门。

"你们以后开门关门轻点声，对门这位老太太有心脏病，受不了。"一天，居委会的来按门铃，指着身后的老妇人说。

我一阵脸红。老妇人却冲我诡秘地笑。

老妇人又带居委会的来投诉过我们家，说垃圾在门口乱放。

那一刻，我除了脸红外，对对门的邻居厌烦了。

心里对老妇人厌烦，每天上下班我和先生都懒得搭理老妇人，尽管老妇人每天一早站在门口，下班时在楼下。

元旦放假第二天，我和先生睡了懒觉起来发现家里没煤气了。我们两个像小孩一样玩"剪刀、石头、布"的游戏，谁输了谁去买早餐。结果先生输了。他穿好衣服到门口时，在"猫眼"前停了一阵，然后拉我去看"猫眼"：

天啊！老妇人侧着一边耳朵贴在我家门上听我们家的动静……从"猫眼"看出去，老妇人完全变了形，花白的头发蓬松着，像一头怪兽……

先生轻轻把我推开，然后猛地拉开了门。

　　老妇人没料到门会突然打开，措手不及，四脚朝天倒在我家门口……

　　先生还想训斥她，被我止住了。

　　就像是穿了一套漂亮的衣服，被人装了窥视器，衣服成了摆设。我心里像吃了死苍蝇般难受，对老妇人憎恨起来。

　　"你是新来的不知道，所有新来的都遭遇过，从拦住你说话开始，到敲门借东西，到投诉，再到偷听隐私。"楼上楼下的都有这些经历，"别看她穿得像模像样，可实在是个令人憎恨的老人。"

　　偷听事件发生后，老妇人不再早上早早站在门口送我和先生上班，下班时却还经常在楼下站着，嘴张了张不敢开口。我和先生却是对老妇人视若无睹。

　　慢慢地，我就忘掉了这位热情的邻居的存在。

　　有段时间，我和先生闻到了楼道里有死老鼠的臭味。先生说，这是栋旧楼，老鼠猖獗，死老鼠很正常。先生在楼道里喷了很多药水。我们一回家，生怕老妇人会来打扰，赶紧把门关得严严的。

　　死老鼠臭味持续了很长一段时间。在那最难忍的日子里，我想到了搬家，无奈口袋羞涩，只好作罢。

　　当对门老妇人的门被老鼠咬出了一个大洞，门摇摇欲倒时，我才想起已忘掉了很久的这位邻居。

　　老妇人去了哪里呢？

　　叫来了居委会、派出所的人，打开老妇人的门，大家毛骨悚然：一具白骨横在床上……

　　派出所的后来说，张惜雪死去两年七个月，存下不少钱……

　　张惜雪就是我邻居老妇人的名字，邻居们谁也不知道。

　　坐在医生面前的女病人思维敏捷，讲起故事来神采飞扬，全然不像一个病人。

"医生，白骨事件对她刺激太大了。您别看她清醒时滔滔不绝，可一旦发作起来，嚷叫着自己是杀人犯，拿刀要自残，非常可怕！"一位中年男人满脸憔悴，"看过无数医院，没法治。您是全国最著名的精神病专家，求您收下她吧！"

"好吧！"一个上午接诊了十几名精神病人，医生有气无力地应答着。

老盛的知青生活

老盛爱笑。

爱笑的老盛那一年和三个同学一起到穷乡僻壤当知青。

知青的日子苦，老盛却爱笑依然。

那天，一位女同学跑到老盛他们三个男生的宿舍，一把眼泪一把鼻涕地控诉村支部书记是个色鬼，老想占她的便宜。

另外两位男生义愤填膺。可除了义愤填膺外没什么法子——书记在村里势力大，平日吃人家一点拿人家一些甚至是摸摸哪个小媳妇的屁股，都没人敢吭声，几个外来学生娃能干什么？

老盛听完女同学的痛斥后，没啥反应，只是笑笑。

"你真是个白眼狼！不帮忙倒也罢，还在笑！"女同学朝老盛吼。

老盛还只是笑笑。

第二天，老盛早早起床后在村里转悠。看到书记走进茅坑，老盛尾随而去。说时迟，那时快，老盛搬起一块大砖头，恶狠狠扔进了茅坑。

要知道，生产队的茅坑是集肥池，又大又深，人蹲在两块废棺材板搭就的坑上拉屎，一不小心还溅一身臭水。

威力无比的"深水炸弹"在茅坑开花了……

被臭水袭击得面目全非的书记骂骂咧咧走出茅坑。老盛悄悄溜回宿舍招呼大伙出工。

羞愤难当的书记明明知道是几个知青干的，可苦于没证据，不能整治他们，只好暗里找茬。

冬天的油菜花粉黄一片，引得百蝶追逐。负责放养生产队二十多头黄牛的老盛虽然没那个闲情逸致欣赏成片的油菜花，却爱笑不变——尽管"深水炸弹"爆炸后在村里被人莫名其妙地狠打了一顿。

远远的，书记带着两只狼狗在前面路上走走停停。软弱的黄牛畏惧狼狗，驻足不前。

老盛迅速在每头牛的尾巴上绑上鞭炮，又把鞭炮的火捻子连在了一起，然后挥起牛鞭，赶着牛一路排开，朝前走去。

近了，越来越近了，老盛点上了火……

"啪啪"声此起彼伏，一群疯牛拼命朝前飞奔。

书记连滚带爬，跌落在路旁水沟里，趴着直喘气，屁股被牛角划开了，殷红一片……

对这个不服帖的知青老盛，书记和他较上了劲。

寒冬腊月，滴水成冰。老盛在公共浴室杀猪般洗澡，突然，一桶冷水兜头浇下来，桶又扣在头上，身上挨了无数拳脚……

浴室事件，老盛大病了一场。

病好后的一个星期日，四个知青各自兴高采烈到镇上活动。说活动，无非是剪剪发，解解馋，男的瞅瞅哪个姑娘长得俊，女的买些小货件。

活动回来后，老盛又溜出去了，晚上十点多，老盛还没回。

不会出什么事吧？大家捏着把汗。

"回来啦！"正说着，老盛推开门进来。

老盛带回了让人匪夷所思的东西——两根血淋淋的猪尾巴。

原来，老盛回来后在村埋伏了很久，趁夜活生生割下了书记家两头猪的尾巴！

"还愣着干什么？赶紧煮猪尾巴粥吃呀！"大家都吓蒙了，站着没动，老盛喊。

这是世上最鲜美的一顿粥，也是吃得最心惊胆跳的一顿粥！

这顿粥进一步激化了书记与知青们的矛盾——尽管，知青们事后连猪毛都烧了，书记还是认定猪尾巴就是他们割的。

一伙拿刀持棒的人在书记带领下团团围住知青，喊打喊杀。

"如果你们硬要说猪尾巴是我们割的，那我跟你们走。"关键时刻，老盛笑着对书记说。

老盛被抓到生产队。

一番武斗下来，老盛答应了书记提出的条件——赔两头猪的钱。

两根猪尾巴变成了两头猪，这是个谁也无法答应的条件——老盛笑着答应了。

老盛被放出来筹钱。

钱没筹到，老盛在约好赔钱的头天晚上摸黑在书记家的大门上绑上了炸鱼的火药。

喜滋滋等着收钱的书记头天晚上喝了两杯，睡过了头，早上起来还想着和老婆办好事——正是这一睡过头，逃过了一劫。

家里两头猪饿了出来找吃的，老拱书记的房门，扰了书记两公婆的好事。光着身子的书记推开门，猛朝两头猪身上踹，被踹痛了的两头猪猛朝门外冲……

"轰——"一声炮响，门被炸开了，两头猪被炸得千疮百孔……

站在房间里的书记雄赳赳气昂昂正准备开火的"小钢炮"耷拉了下来！

经这一劫，书记害怕了，让人杀了两头猪，也不找老盛赔钱了——这是个不好惹的茬！

炸门事件最终不了了之，却成全了老盛——书记恨不得把这个不好惹的茬立刻送走。这年城里来招工，本来条件不是很符合的老盛被当瘟神送走了——当然，老盛还顺带让女同学也走了。老盛笑着和书记说，女同学走不了，他也不走了！

都滚，滚得远远的！书记望着这个爱笑的小个子知青，心里发虚。

鱼儿游进了大海，离开了穷乡僻壤，老盛用他的笑在一群工人中脱颖而出，成长为领导干部，当了这个城市的反贪大官，并且用其一贯的笑办了很多大案要案。当然，和老盛一起离开穷乡僻壤的女同学最终中了"白眼狼"的套，成了老盛的老婆——这都是后话。

老陆的笑容

老陆见了谁都一脸好笑容。

能笑是福。村里人都说老陆有福。

老陆确实有福。这不，人到四十，老牛吃嫩草，还娶了一个长得美着呢的黄花闺女。

对长得美着呢的老婆，老陆呵着护着疼着惜着。老陆就像一头永不卸磨的驴，任驴的主人——长得美着呢的老婆骑着赶着拉着驶着。

渐渐的，老陆对人的笑容就有点僵硬了。

"老婆是打乖的，你打一下，她就老实了。要不，你永远是气（妻）管炎。"一伙男人聚在一起，老陆脸上青一块紫一块的成了大家的笑话。平日里对老陆呵呵斥斥的老柴更是恨铁不成钢，教训老陆。

是夜，老陆深夜回家。老婆唠叨了半天才磨磨蹭蹭起来开门。

门一开，老陆顺手抓起门后的扁担没头没脑朝老婆打过去。

"你打我？！"老婆号啕大哭。

"老柴说，老婆是打乖的，你打一下，她就老实了！"

……

翌日一早，老陆的老婆肿着一对核桃眼把老柴堵在了家门口。

说也奇怪。这事发生后，老陆脸上再也见不到青一块紫一块，老柴也不敢再随便挤兑老陆了。

老陆见了谁又是一脸好笑容。

那天，老陆带着一脸好笑容骑着自行车到镇里办事。

镇上人挤人。老陆骑自行车骑得小心翼翼，可还是一不小心，自行车撞上了一个汉子。

"你怎么骑车？"那汉子瞪着老陆，一脸凶神恶煞，牢牢抓住老陆的车把子。

老陆的一脸好笑容瞬间凝固了。

突然，老陆蹲下地，随手从地上抓起一截竹子猛抽自行车，"早上出门叫你不要撞人，你又撞人！"

抽了一阵子，老陆见那汉子还抓着车把手，老陆甩掉竹子，对着自行车拳打脚踢，"打死你，打死你这不听话的衰仔！"

汉子愣了半天才反应过来。见老陆还在脸红脖子粗地踢打自行车，遂放了车把手，揉了揉被撞痛的大腿，"遇上神经病了，倒霉！"

汉子推倒自行车，骂骂咧咧走了。

见汉子走远了，老陆一脚跨上自行车，吹着口哨，一脸好笑容走了。

一脸好笑容的老陆确实是有福。这不，娶完了黄花闺女，又当上了官。

老陆当的官虽然只是个不入流的村官，可却是全村人选出来的。

这新官上任要有三把火。老陆没有。老陆只有一脸好笑容：一脸好笑容对群众，一脸好笑容对上级，一脸好笑容对工作。

年底到，各项检查工作多了。这个没有三把火的新官老陆用一脸好笑容很好地完成了多项工作任务，上面对老陆的好笑容印象很深。

这天，镇党委书记亲自带队来老陆的村里，一是检查村里的殡改工作，另外是领略老陆声名远扬的一脸好笑容。

"老陆啊！你们村今年交公粮、计生等各项工作都完成了任务，很好嘛！"

老陆一脸好笑容。

"这殡改任务可是一票否决的啊！"书记看着老陆的一脸好笑容，心里很受用，语重心长地对老陆说，"你这里今年殡改任务还差两例，年关快到了，可要想想办法啊！"

老陆的一脸好笑容稍稍收敛了。

"殡改任务是硬任务，铁任务，一定要完成！"刚刚还心里很受用的书记，忽然在老陆脸上找不到好笑容，拉下了脸，厉声道。

一阵子，老陆又恢复了一脸好笑容，"我想到了好办法！"

老陆说完转身进里屋。

一会，老陆左手拿着一把锤子，右手抓着一根棍子。

谁也不知一脸好笑容的老陆葫芦里卖什么药。

"我想好了，12月28日要是还剩下两例殡改任务，我就先用锤子结束我78岁的老爸。29日要还有一例，我就用棍子把我76岁的老妈也解决了。"老陆一脸好笑容，"保证完成任务。"

在场的都张大了嘴巴。

书记起身拂袖而去。

老陆中午准备着的一桌酒菜几个村干部自个儿享用了。老陆吃得一脸好笑容。

老陆当不成官了。当不成官的老陆还是一脸好笑容。

老文犯傻

老文见了谁都是一副认真样：认认真真招呼，认认真真做事，认认真真做人。

认真过了头，有时会犯傻。这不，新书记一来，认真的老文就犯了傻。

书记经过一番深入调研，决定从帮扶基层做起，破解地方发展不平衡问题。在书记的带领下，一场声势浩大的扶贫攻坚战在全县轰轰烈烈展开。

"基础不牢，地动山摇。扶贫攻坚既是固本强基工程，也是全县一号工程！"书记高度重视并率先垂范，选择一个僻远农村作为自己的扶贫工作联系点。

"我们这个村，虽然条件差、基础弱，但我们有信心有决心做到一年一小变，两年一中变，三年一大变！"书记在联系点向老百姓郑重承诺。

官场里，举凡领导重视的事，小事都是大事。书记一重视，各部门陆续行动，有钱出钱，有项目给项目，没钱没项目，出点子出力气……众人拾柴火焰高，熊熊燃起的火焰火红了书记的联系点。

说老文犯傻，就傻在这。

"锦上添花的事，我不做！"在各部门纷纷身体力行支持书记联系点并千方百计通过简报、媒体让书记知道的当口，作为水利局长的老文，拒绝了副手提出用局里资源支持书记联系点建设的建议。不仅如此，老文还在一些场合批评一窝蜂在巴掌大一块地方扎堆上项目投资金，既不科学，也不合理。

被批评者在对老文嗤之一笑的同时，暗暗为老文的犯傻捏把汗——当然了，没有水利部门的支持，书记的联系点的建设依旧如火如荼进行。

这时，老文又犯傻了。

按照分工，县里其他领导参照书记的做法，每人选择一个贫困村作为自己的扶贫工作联系点。对自己的联系点，每个领导都很重视，动用各种关系和资源开展帮扶工作——领导分管的部门有资源的，轻轻松松；无资源的，则压力山大。

老文轻车简从主动到一位从省里下来、排名最后又管着无权无势部门的年轻副县长的联系点调研。

一个星期后，老文专程到年轻的副县长办公室，汇报水利部门的帮扶计划：修建农田水利设施、加固山塘水库工程、筹建农村三级小水电站……

在那副县长感激的目光中，认真的老文认认真真地落实帮扶计划。

"放着书记的联系点不去帮扶，老文真的犯傻。"

"官场上两类人不能得罪，一是老干部，二是年轻人。年轻是资本，老文是在做长线投资啊！"

……

"我愿做雪中送炭的事！"面对各种嘲讽和流言，老文不为所动，淡淡地说。

一年，副县长的联系点帮扶工作有了起色。

两年，副县长的联系点各项帮扶工作风生水起。

两年来，老文频频给副县长汇报联系点帮扶工作，逐渐熟稔起来，到后来，一老一少竟成了忘年交。

两年来，老文不仅听够了流言蜚语，看足了书记荫翳的脸色，更是把分管水利的副县长气得鼻子不是鼻子，眼睛不是眼睛。

官场多变。正当老文全力以赴做好副县长的联系点帮扶工作时，副县长被调走了。

"呵呵，拍马拍到马都走了！"

"真是偷鸡不成蚀把米！"

……

一时，各种嘲讽铺天盖地。老文支持副县长帮扶联系点的事不仅成了笑谈，还成了官场上一些人吸取经验教训的反面教材。

老文干脆傻到底，一如既往支持那已经不再是联系点的贫困村的帮扶工作——找上级协调资金，联系建设单位，指导农民种养……

三年帮扶结束。在市里大张旗鼓召开扶贫攻坚表彰会上，尽管副县长的联系点未纳入考核，没有与其他领导的联系点一同受表彰，但村民却给老文送来了新鲜的瓜果和活蹦乱跳的鱼……而此时的村里，崭新的水渠引来的水正源源不断地浇灌着长势正欢的瓜果蔬菜；翻新的水库大坝拦起了一库水，水面上密密麻麻布满各种鱼箱，鱼儿在水里欢腾；日夜轰鸣的小水电站一刻不停地往外输送着电……

官场也难料。让人意想不到的是，刚刚开完扶贫攻坚表彰会的书记一下主席台就被上级纪委带走了——据说涉嫌贪腐。更让人意想不到的是，接替书记的居然是一年前调走的年轻副县长。

大家愕然过后，都把惊讶的眼光投向了老文。

"老文的眼光犀利老到！"

"傻人有傻福，该是老文扬眉吐气！"

……

老文却又再次犯傻。

"此一时，彼一时！" 老文竟然不与一年前极其熟稔并且无话不谈的书记接近。即便书记找他谈心谈话，老文也只是草草汇报完水利局的工作后，便迫不及待地走人。

……

新来的书记也与前任一样忙着深入调研，提出施政方略。

认真的老文却是老骥伏枥，和从前一样，见了谁都一副认真样。也和从前一样，认真过了头，会犯傻。

人情大如天

廖宇信奉一句话："人情大如天"。

多年来，廖宇不敢欠人情。

廖宇却在今年夏天欠了郭凯一个人情。

郭凯是廖宇的大学同学，在省教育厅工作。

廖宇的儿子今年准备升初中。为了给儿子找一所好学校，廖宇找了郭凯。

郭凯把廖宇的儿子弄进了一所省一级中学。

人情就这样欠下了。

"宁可被人欠，切莫欠别人。"按照廖宇的处世哲学，人情是要还的，何况是这么大的一个人情。

廖宇一直在找机会还人情。

多少次，廖宇有事没事给郭凯打电话，是希望听到郭凯在电话说，"廖宇，有个事，你帮一下。"

"你是不是很希望我有个什么事啊？"问多了，郭凯不高兴了，骂廖宇咒他有个什么事……

人情就像一酡酵母，在廖宇的心里越发越大。

既然郭凯你没什么事需要我帮，那我就用最俗气的办法来还人情。廖宇带着一家人提着精心采办的礼品上郭凯家的门。

三天来一回，是母猪回窝，没啥稀奇。廖宇是三年没到郭凯家，郭凯对这位清高的同学异常热情。

廖宇离开郭凯家时，拎回来的比送去的价值高上数倍。

人情还不了，廖宇心里堵得慌。

那天，郭凯打电话给廖宇："我家的保姆好是好，就是嘴多，还手脚不干净，你也帮我留意一下，有好的介绍一个。"

尽管是"也帮"——当然还托其他人，可这个"帮"字从郭凯嘴里说出，还是让廖宇激动不已。

廖宇老家穷，但人实诚，出来当保姆的多，口碑好。廖宇请了一个星期假，直奔乡下。

"你是在挑保姆还是选老婆？"从家庭背景到文化程度，从家务手艺到人品脾气，末了还要带到县人民医院体检……廖宇姐姐看着弟弟的认真劲，开玩笑。

廖宇的老婆是姐姐介绍的，邻村一个姑娘，当时在省城读书。姐姐只说带个大学生给廖宇认识，没想到一见面，什么也没问，就对上了眼。

"受人所托，尽忠办事！"五天里，廖宇见了15个保姆，忙得胡子拉碴，疲惫不堪。

廖宇介绍的保姆郭凯一家非常满意，廖宇长长吁了一口气……

转眼，廖宇的小孩就要参加中考了。高中录取全凭成绩。为此，廖宇推掉了所有活动，一心一意陪儿子冲刺省一级高中……

成绩放榜，儿子居然连市一级中学都考不上……那一刻，廖宇觉得生活都失去了色彩。

是啊，儿子是廖宇的唯一希望，可是……

"廖宇你这小子失踪了，电话也没一个。"在廖宇最沮丧的时候，郭凯打来电话。说实在的，廖宇曾经动过找郭凯的心思——毕竟儿子的前途大过人情，可今年的政策讲得十分清楚，电脑录取，只看成绩……

"唉……"廖宇是个实诚人，藏不住东西。

"早替你协调好了，去育才中学，省一级。不过，赞助费不能全免，使了老鼻子劲，只能优惠一半！"

郭凯一说完，廖宇的眼泪就出来了，十足一个范进中举！

儿子如愿以偿进了育才中学。廖宇的人情欠海了！

还吧！既然欠了，就得还，慢慢还，点点滴滴还！

读大学时，廖宇的酒量出了名。随着郭凯官场行情看涨，应酬越来越多，廖宇常去救驾——郭凯当然不知道，廖宇毕业后因喝酒过量早些年摊上了肝表面硬化！

在郭凯离婚大战打得最激烈时，郭凯在电话里非常认真严肃地告诉廖宇，有件重要的事要他帮忙。

廖宇一听郭凯有事要帮忙，心一热，立马奔到郭凯指定的茶庄。

"我放笔钱在你那，往后每月帮我寄给我父母。"郭凯交给廖宇一大袋子钱，"钱够两个老人花了，但你千万不要告诉任何人！"

看着郭凯一脸的严肃，廖宇只有一个劲地点头。

郭凯的婚没离成，却惹上了麻烦，纪检部门盯上了他。

一查，郭凯受贿数目十分巨大，栽进去了。

郭凯进去后，有关部门找到廖宇，要他配合退赃。

受人所托，尽忠办事。不管来人怎么问，廖宇一味装糊涂。

"郭凯都交代了，你就退了吧！"来人直截了当。

"没有赃可退，你叫我退什么？"廖宇心里清楚，这些人特能忽悠，退了就加重了郭凯的罪，况且，那笔钱没任何证据可查——只要自己不说。

"这笔钱跟你没关系，你只是代管，不要执迷不悟，到头来后悔不已！"来人改变了策略。

廖宇不想郭凯放在他这里的一笔钱成为最后一根稻草压死郭凯——

不管来人怎么磨，廖宇就两个字"没有"。

有关部门第二次来找廖宇时，重复问了同样的问题，廖宇也同样两个字"没有"。这时，来人出示了银行对账单……

都怪自己，接过钱后的第二天，廖宇就去银行，存的时候，担心今后时间久了，数目不清楚，还专门另开了一个本子……

证据面前，廖宇嘴硬也没用，退了赃后，还因窝赃罪被起诉。

三年后出来，廖宇肝硬化十分严重了……

出来后的廖宇每月定期给郭凯的父母寄生活费——廖宇告诉郭凯的父母，虽然郭凯走了，但他存了一大笔钱给两位老人安享晚年！

多年后，寄给郭凯父母的生活费被退了回来。廖宇的妻子一查，原来是郭凯的父母也走了。

望着空荡荡的屋子，妻子给廖宇上了一炷香，想说却什么也说不出来，泪一个劲地流……

橘子真甜

从卧室到大门是十步。

从大门到卧室是十步。

一早起来,对昨天的决定,老葛又犹豫了。

去,还是不去?从卧室到门的十步,每走一步,去的念头就消减一分,到了门口,已然消失殆尽。从大门到卧室的十步,每走一步,去的念头又增加一分,直到走进方方的卧室里,在方方的床上,老葛把自己躺成一个大大的"因"字。

一切皆有因。

反复了无数次,口袋里的手机响了无数回。最终,老葛多走了一步,出门。

"怎么这么久?电话不接,信息不回,你坐不坐车?"司机显然等了一肚子火,一见面,就不依不饶地质问,"半夜三更约车,人家觉都没睡好,一大早跑来傻等。"

做出决定真难!老葛低着头,没接茬。走近车子,轻轻拉开车门,落座,小声说,"走吧!"

司机的愤怒就像子弹碰到了软软的棉花,没回应。司机大力拉开车门,闪进驾驶室,重重地关门,狠狠地扭车匙点火,猛踩一脚油门。

车子如脱缰的野马向前飞奔。没一点防备的老葛顿时身体向前倾,头碰到了前排座位。

　　重新坐稳扶好后，老葛打量了一眼司机：一头短发，根根倒竖，像马路上布下的钉子，随时扎人；一件T恤，圆领，纯黑，衬得司机坑坑洼洼的脸更黑更糙；一双扶在方向盘的手，又黑又粗壮，却又布满伤痕……

　　老葛发现，司机也借着观后镜在观察自己。司机黑黑的下巴和青蛙一样鼓着，满脸敌视。

　　既然决定了，就不要再犹豫，更不要节外生枝！老葛在心里对自己说。

　　老葛摸了摸撞痛了的头，没吭声。

　　车子很快驶出市区，上了高速。

　　往事如烟，一直在老葛脑海里闪。那件事情，如果……老葛摇了摇头，生活没有如果。

　　车子不知走了多久，下高速，转进乡间小道。

　　四月的乡村，桃红柳绿，碧水长流，满山叠翠，如诗如画，生机勃勃。

　　风景在路。老葛眼里却没有风景，任由一幅幅美景在车窗外闪去。

　　"下车，加油！"一路无话的司机把车子开进加油站。

　　老葛下车，伸展手脚，深深呼吸了一口，老葛发现平日里很讨厌的汽油味，此刻闻起来却很是舒服。

　　想通了，真舒服！老葛在心里对自己说。

　　老葛瞅了瞅司机，发现司机呵欠连连，疲态毕现。

　　"小伙子，开了大半天，辛苦了！要不，我替你开一回？"老葛率先打破了沉默。

　　司机的下巴一鼓一鼓，没应。

　　继续赶路，车子转了个弯，又驶回高速公路。

　　"开车辛苦，年轻时，我开了很多年车。"老葛打开随身带的黑布包，取出一个橘子，一掰为二，一半递给司机，"解解渴，提提神！"

司机瞪了一眼老葛，没接。

"那个时候，我给老板开货车。货车司机苦并快乐着。"老葛边吃边说，"苦嘛，上班没准点，一天24小时，随时待命，货主随叫随到。一年365天，没有节假日，天南地北跑，吃住在车上，饿了就是一包方便面。没结婚时，没牵挂，一次为送鲜货，48小时没合过眼。货送到时，没顾上验货，就在车上睡着了。结婚后，想女人，想温馨的家……"

老葛把一个橘子都吃了。

"那种苦，一辈子也忘不了。可要只是苦，年轻嘛，顶顶就过去了。最难受的是委屈受气：超载了，交警罚款扣车——可不超载行吗？不超载老板能赚到钱吗？货送迟了，货主不仅给白眼，还要扣钱——可谁不想早交货，早跑下一趟，多挣钱啦？出了事故，就大件事了，一年可能就白辛苦啦……"

说起艰辛，老葛发现，司机几次从观后镜看他，目光柔和了些许。

"当然啦，如果光是苦，那就没人干了。当货车司机也有乐啊！那时，一个月到手四五千，比别人多上好多。每月带着厚厚的工资回家，妻儿高兴，父母欢笑……"

老葛又掏出一个橘子，还是一掰为二，递一半给司机，"吃吧。我母亲说，出门带橘，平安大吉。多年了，我养成习惯。"

这回，司机看了看老葛，接了。

酸酸甜甜的橘子，很提神。

"想不到你是前辈！"吃了橘子，司机鼓鼓的下巴瘪了。

"嗯。哦。"老葛没想到司机答话，没反应过来。

"你现在还开货车吗？"司机用手背擦了擦嘴，问。

"不开了，多年不开了。"老葛回过神来，继续唠。

"开车辛苦又受气，要有本事，我也不开！"司机告诉老葛，自己因为长得黑，像个非洲人，老遭人嘲笑和嫌弃。常常忍不了一些客人的异样眼光，对客人不礼貌而被投诉，"哎！客人一投诉，公司就处罚！"

"黑？人类有黑黄白棕四类肤色，少了一种，世界就不是五颜六色了！"老葛说得一脸认真，"你肤色黑，是健康、强壮的象征！"

"你真会说话！"司机笑了，露出一口洁白的牙齿。

"不过呢，开车不能当'路怒族'，和气生财，平安最重要。"老葛刻意说得风轻云淡。

"其实我也想这样，可做不到。"司机借着观后镜又看了看老葛，"你不会投诉我吧？"

"你说呢？"老葛发现，司机其实是个挺单纯的年轻人。

"我呢，光头不怕虱子多。"司机说得无所谓，心里却恨恨的，"这周被投诉了两次，再有一次就得走人。害怕被投诉，今天特意起了个大早，却是你迟到。"

"对不起啊！"老葛真心说。

"客户是上帝，其实我不该对你发脾气。"司机没了敌意，显得有点腼腆。

车子继续朝前开。中午时分，出高速，转进一段山路。路小人稀，路两边的景致却让人陶醉，满山满坡的野花睁开了眼，一朵，两朵，一丛，两丛，连成片汇成海，在车窗外飞闪，不断变化着不同的绚丽。

"累了，歇歇吧？"司机试探着问。

"好。"

车转过一个弯，司机在一空旷地停车。走出车子，暖暖的阳光照得人特别舒坦。在路边一块石头坐下，老葛递了支烟给司机，自己也叼上。

路的左边，峰峦重叠，草木青翠，绿林扬风。远处，如火的凤凰树花开正盛，火红一片。路的右边，悬崖峭壁。崖下，白水激涧，飞瀑流水……

"阳光真好！山里真美！"老葛感叹。

"嗯，嗯！"司机应着，站起来把烟头扔地上，用鞋把烟头踩灭。

老葛又递了支烟给司机。

"不了，赶路吧！"司机客气地拒绝了老葛，走到车尾，打开尾箱，取出一团麻绳，用力朝悬崖甩去。

麻绳拍打悬崖的声音淹没在瀑布声中。老葛却看得真真切切，听得真真切切。

休息后，车子欢快地朝目的地出发。

办了老葛认为很重要很重要的事后，老葛和司机回城。进了城里，已近午夜。

"谢谢你！"老葛付车费。

"谢谢您！"司机收钱，下车，目送老葛进小区，才开车离开。

老葛真心感谢司机送他去办了件对他来讲十分重要的事。办完了这件事，他就解脱了——他将用后半生的牢狱生活，来换心灵的解脱。

让老葛没想到的是，就在老葛入狱半年后，司机居然来看他。司机说，他真心感谢老葛，挽救了他的家庭。他说，得不到尊重，老和客人吵架。那一周，他被投诉了两次，反正迟早得走人，他想，只要客人又无端让他委屈受气，就修理他（她），"工具都带上了，可又扔了！"

司机给老葛带来了一大袋子橘子。

"橘子真甜！"司机离开时说。

老葛嘴张了张没告诉司机，他这辈子，没开过货车，在自己还没记事时，母亲就走了。多年前的那一次遭遇，老葛要是也遇上带橘子的人，也许……

铁门重重地关上。

寻找老马

　　南方的回南天迟迟不散，躺在床上，看着洁白的墙壁、光洁的地砖湿漉漉在流水，人的心也湿漉漉的，像被水洗了般。

　　床头的手机嘀了一声，打开是一条无头无尾的信息："你若安好，我便安好！"

　　信息看了半天，看得脑袋也像被水洗了般——干净了。

　　放下手机，喝了口水。突发奇想，笑了笑，拿起手机，迅速拨出一个十分熟悉的电话号码。

　　电话居然通了。

　　"你好。哪位？"响了三声，一个悦耳的女声传来。

　　"你好。老马吗？"我一阵激动后，赶紧问。

　　"对不起，打错了！"女声礼貌地回答。

　　"对不起，我是老马的朋友。你听我说，我好不容易才鼓起勇气给老马打了个电话。"我客气地告诉女声。

　　"我能帮你什么忙吗？"对方居然没挂电话。

　　"老马是个刚毕业没多久的年轻人，热情、乐观、上进……"发现女声在聆听，我滔滔不绝。

　　讲着讲着，女声似乎没动静了。

　　"你在听吗？"

"嗯。在。"

我兴奋极了，我告诉女声，老马是一家设计院的技术员，每天协助工程师设计工厂里的瓶瓶罐罐：画图，描图，再把描好的图纸晒成蓝图。工人们按照蓝图施工，把老马他们手上的图纸变成工厂，"那时的老马，多么天真无邪，多么乐于助人，多么勤奋上进……"

"老马是男的还是女的？"女声忽然问了一句。

"老马是个男孩子，大伙都叫他英俊少年。"

"我不是老马，再见！"

"我知道……"我的话还没说完，女声挂断了电话。

"嘟嘟嘟……"电话回声响了很久。

呆呆坐了很久，我在手机记事本上输入"寻找老马"四个字。

手机上四个大大的字清晰了模糊，模糊了又清晰，我又拨出另一个十分熟悉的号码。

电话响了很久，一直没人接。

能通，就会有人接。我果断按了重拨键。

"您拨的号码正在通话中，请稍后再拨。"标准的提示语音回应我的重拨。

我一直听着提示语音，直到电话那头传来"嘟嘟嘟"的声响。

我挂断电话准备再次重拨，我的电话响了。

"你打我电话吗？你哪位啊？你的电话真难打！"刚接通电话，一个男中音就急急地飘过来，看来是个急性子。

"你好。老马吗？"我问急性子。

"你谁啊？打多少号码？打错了吧？！"急性子连珠炮般追问。

"1380294……我拨打这个电话号码。"我脱口而出。

"我是这个号码啊！可我不是老马！"急性子疑惑了一下，又肯定地说。

"老马是个中年男人，他激情十足，铁肩担道义，作为一名记者，每天采访写稿，为正义呐喊，为理想奔走……"我生怕急性子会立马挂断电话，急切地告诉他。

"嘟嘟嘟……"我没讲完，急性子就挂了电话。

我还没告诉急性子，那时的老马，多么有冲劲有干劲，多么有想法有办法，多么有理想有信念……

"嘟嘟嘟……"电话声响到自然停止。手机又恢复了"寻找老马"四个大字。

一滴水珠在白墙的中间锤立着，欲流不流，让人着急。

我又拿起手机，再一次拨出一个十分熟悉的号码。

电话不通，手机又未作任何提醒，像是没信号。

放下电话，白墙上的那滴欲流不流的水珠终于集聚够了足够的水，正缓缓往下流。

水珠流过之处，留下一条长长的痕迹。很多水珠流过，一面白墙，便是一条条水印记。脑里的印记随着水珠的印记在闪。

闪了很久，我忍不住，又按下手机重拨键。

通了。电话通了。

有人按了接听键，却没有声音。

"你好。老马吗？"我问。

"……"电话通着，没人应。

"你好。老马吗？"我重复了一遍。

"信号……不好。你是……哪位？你……谁啊？"终于有人应答了，却是个低缓无力又断断续续的男声。

我判断，这是个上了年纪的垂暮老人。

"我找老马！"其实我的声音也很低缓。

"什么？老……良？搞……错了吧？我是老蔡，蔡……国庆，不是……老马！”老人很善意，讲话却很是艰难。

"对不起，打错了！打扰了！"我不忍心让老人再这么辛苦说话，想挂断电话。

"没……关……系，没……关系！"老人宽容地安慰我。

我们有一句没一句地聊着，聊了很久很久，聊到屋外被乌云遮得严严实实的太阳露出了脸，阳光照进了屋子里，病房白色墙壁上一条条的水珠印记全部消失了。

我没有告诉老人，我和他一样也是个垂暮老人。

我更没有告诉老人，我就是老马，刚才打通的电话都是我退休前使用过的号码。那时的老马，风光无限！

"感谢你……给我……打电话，让我……过了……快乐的……时光！"挂电话前，老人高兴地说。

很多东西都会消失的，太阳也会进来的。打完了我之前用过的所有电话。我想。

太阳真的进来了，洁白墙壁和光洁地砖湿漉漉的流水，在慢慢减少。

"你若安好，我便安好！"我把收到的这条无头无尾的信息群发了出去。

但愿一切安好。

寻找恩人

建涛发誓，这辈子一定要找到女儿的救命恩人，给他恭恭敬敬地鞠个躬，道声谢。

女儿描述的救命恩人是个不高不矮，不胖不瘦，说话不卑不亢，眼睛不大不小，头发不长不短的中年男人。

女儿说，那天上午，事情来得太过突然了：站在马路边等车的她发现一辆车疯了一样向自己狂奔过来。小嘴张得巨大的她，既说不出话，也挪不动身子，眼睁睁看着车子朝自己飞奔过来……就在车子要碾上她的刹那间，说时迟那时快，她被一个人扑倒在路边的绿化带上——疯狂的车子从女儿刚刚站着的地方呼啸而过。

和女儿一起倒在绿化带上的中年男人扶起了脑子一片空白的女儿。女儿却站不稳，蹲在绿化带上，瑟瑟发抖。

“没事了！”中年男人不卑不亢地安慰了女儿一句，再次扶起女儿。

惊魂未定的女儿终于抬起了头，看到了中年男人眉心间一颗黑闪闪的痣。女儿连一声谢谢也没说，只呆呆地望着沾了一身泥水的中年男人，头也没回地消失在马路上。

救了女儿一命，女儿却来不及对恩人道声谢，建涛心里不安，发誓这辈子一定要亲口向恩人道谢！

为了心中这一声谢，多少年，只要一有空，建涛就四处寻找恩人。

可除了女儿当初对恩人的简单描述，建涛对恩人一无所知。女儿当初描述的恩人，在芸芸众生里，普通得不能再普通，无异于稻仓中的一颗稻谷，找这样一个人，也无异于大海捞针。

执着的建涛却不言弃，一直在寻找恩人。

在寻找恩人的过程中，建涛也做了很多和恩人一样的好事，成了别人嘴里的恩人。

女儿就在建涛不断寻找恩人的日子里逐渐长大，成了别人的女人——尽管建涛心里不大乐意女儿嫁给一个罪犯的儿子，一直对女婿很冷淡，可看到女儿后来又拥有了自己活泼可爱的女儿，一家三口过上了幸福的生活，建涛认了。

看到女儿的幸福，建涛寻找恩人的决心更加坚决。

多年过去了，寻找恩人未果。建涛不仅不放弃，还在家里亲自给恩人画像，画眉心里有黑闪闪的痣，不胖不瘦、不高不矮的中年男人。

建涛画了一张又一张，每一张都和大街上行色匆匆的人差不多。建涛画完就让女儿认，每一张画，女儿都说像又不像。

画到后来，建涛便根据岁月的流逝，把中年恩人画成了老年恩人：皱纹加深了，头发变白了……当然，唯一不变的是眉心间的那颗痣。

女儿说，除了那颗痣，父亲画的恩人怎么越看越像父亲自己。

建涛无语。建涛不间断给恩人画像，不间断寻找恩人。日子就在建涛的画像和寻找恩人中悄悄流逝。

突然有一天，女儿告诉建涛，她想和男人带着女儿去遥远的地方看望从未谋面还在服刑的家公。

女儿说，嫁鸡随鸡，嫁狗随狗，不管家公昔日犯过什么错，他始终是男人的父亲、女儿的爷爷。

建涛欣慰地点了点头。

女儿一家去了遥远的地方，建涛继续画像和寻找恩人。

女儿从遥远的地方一回来，就急匆匆地跑来告诉建涛，"爸！我找到了！找到了！"

"找到了什么？"建涛一脸茫然。

"恩人！"女儿说时，眼里闪着一丝亮光。

"恩——人——在哪？"建涛停下画像，盯着女儿，着急地问。

"在遥远的地方！"女儿眼里的那丝亮光不见了。女儿告诉建涛，恩人的其他特征她没有多大印象，可她忘不了恩人眉心间的黑痣，"家公眉心间就长着这么一颗我永远也忘不了的黑痣！"

"……"建涛惊讶地张大嘴说不出话。

"可他看着我们三个，听我激动地讲15年前的那一刻，始终不承认他曾救过我！"女儿有点灰心。

"你确定是他？"建涛很久才回过神来。

"爸，错不了，就是他，就是他15年前救了我！"女儿又激动起来，"可他为什么不承认这一切呢？"

见多识广的建涛慢慢平静下来。平静过后的建涛想到这些年自己寻找恩人经历过的人和事，不作声了。

在和女婿深谈了一次话后——这是女儿嫁给他后，建涛第一次和女婿长谈。建涛说，他要去遥远的地方拜会亲家公。

"谢谢你！"尽管一见面，亲家公和建涛画的像一点也不像，建涛还是隔着厚厚的玻璃深深地深深地给亲家公鞠了一躬。

"谢谢你！"亲家公也深深地给建涛回了一鞠躬。

建涛提醒亲家公：15年前的那天早上，经过一夜极其痛苦的思想斗争后，他从家里出来，一个人默默地沿着当时车少人稀的马路朝公安局走去……女儿就是那天那个时段在那段马路被一个眉心有痣的中年男人救起的！

听着建涛颇为激动的叙述，亲家公却一脸平静，15年前的事似乎和他一点也没关系。

"我女婿你儿子说，你那天出门的样子他永远忘不了！我女儿你儿媳说，你眉心间的黑痣她也永远忘不了！"建涛告诉亲家公。

亲家公静静地听着，心如止水般地轻轻摇了摇头。

看着平静如水般的亲家公，建涛没再继续说下去：来看望亲家公之前，他找到了当年接待亲家公自首的警官。警官说了一个细节，亲家公自首时衣服上一身泥水，十分狼狈。警官问他，他支支吾吾啥也没说。

建涛又隔着厚厚的玻璃给亲家公深深鞠了个躬，离开了监狱会客室。

建涛不再画像，却继续寻找恩人。

第五辑

花非花

一个萝卜一个坑，学校本身人就少，局里还要来抽借一个人去帮忙一年。校长头痛了半天，喊来人事科长一起想办法。

张三不行，李四有任务，王五带毕业班……符合条件的人选都过了一遍，校长和人事科长发愁了。

"随便派一个去凑数吧！"确实派不出好人选了，校长拍板，"就在新来的大学生里找一个！"

"教化学的小张吧！"人事科长提议，"别看来的时间不长，文凭也不硬，可架子不小，脾气挺冲，还自认为是个人才。"

就是这个"人才"，差点惹出祸来：刚来没多久，他就嚷着学校化学实验室开放时间短，药品少，很多实验没办法做。提了几次意见未见改进，索性弄了一些化学药品在宿舍里做实验。那年冬天，他在宿舍做实验时，药品倒了，引起了火灾……幸好，损失不大，只烧了他自己的衣被。

事后，学校要处分他，他坚决不肯认错，"实验室能做，用得着在宿舍吗？"

"倔强，认死理！"校长感叹。

人事科长突然想起一件怪事：今年情人节那天，下大雨，很多玫瑰花烂在乡下送不进城，玫瑰花卖得奇贵。

"你说青年男女，玫瑰花再贵，也就一年一回，狠狠心买了就是。

可我们这位小张，却不，一问玫瑰花一枝卖到15元，头也不回地走了。他一个人撑着雨伞，到菜市场买了两块钱一把的菜花……

"女朋友早来了宿舍，玫瑰花没收着，却收到了一把菜花……"

"迂腐，不解风情！"校长听完苦笑。

"听说他女朋友接过菜花，眼泪都出来了……"人事科长补充道。

第二天，小张被通知到校长办公室。

"经过研究，学校决定派你到县教育局帮忙工作一年。"校长正襟危坐，"这是组织对你的信任，希望你珍惜这个机会，到教育局后好好工作！"

小张到局里工作三个月才回了一趟学校。

"乐不思蜀啊！看来那边环境不错。"人事科长热嘲冷讽，"敢情是局里人了，把局里当家了！"

"……"小张无言。

小张去见校长，校长正在忙，紧张地问，"没事吧？！"

"没……没事。"

"没事就好！"校长心里的一块石头落了地，"好好干，不要丢学校的脸！"

局里工作忙。一忙，小张回学校的次数就少，感觉被人遗忘了。

大半年相安无事。校长和人事科长的确忘了小张。

那天，局人事科长打电话说要来学校一趟。

"不会出什么事吧？！"校长紧张地问人事科长。

人事科长也一脸茫然。

"都怪你，当初怎么就把这么一个活宝派过去帮忙呢？！"校长责怪人事科长。

"……"

原来，教育局人事科长是来调查了解小张情况的。

"阿弥陀佛!"校长松了一口气。

听来人的意思,小张到教育局表现还不错,人家来了解情况后是想调他了。

"要是学校里有人调到教育局……"校长和人事科长相视一笑。

"小张这个人一是认真负责,二是聪明能干,三是虚心好学,是个人才啊!"人事科长说。

为了说明小张是个难得的人才,人事科长专门举了小张在宿舍做实验的事例。

"这么好的一个人才要离开学校了!"人事科长心有不甘地说,"要不是调到局里,说什么我们也不放啊!"

"小张有思想,不断追求进步;有个性,不愿随波逐流;有冲劲,不畏困难。"校长高度概括。

为了证明小张有思想有个性,校长举了小张情人节买菜花送女朋友的事。

"花非花啊!听说他女朋友当天感动得泪流满面,逢人就说,这么会过日子的个性男人去哪找?"

笑。人事科长和校长笑成一团。

小张如愿以偿调到教育局。

"我早说过,你有水平有能力,是个人才!"临走时,人事科长拍拍小张的肩膀说,"金子到哪都会发光!"

"当初,教育局来借人,我说,要么不派,要派就选派最优秀的……"校长说,"事实证明,我们没选错人!"

小张一律应着"谢谢",急急忙忙走了——这天又是情人节,小张想着是再买把菜花呢,还是买一束玫瑰花和女朋友庆祝一下!

人

上学的时候，老师教了"人"字。大就解释说，许许多多的人站在一起写成了"人"字。许许多多人里，就有了高低之分，有的站在"人"字的头部，更多的成为"人"字的一双腿。

我惊讶于大的解释，但我从此知道了人有高低贵贱之分，我也努力向上爬，向上爬……

当我自我感觉已经到了一定的高度，我便从容地接受，从容地理解，从容地蔑视一切卑贱的东西，一丁点的可怜心态早被自己的尊大蚕食得点滴不剩。

回乡下亲眼看见大和娘的艰辛和卑微，我的从容便受到了挑战。那天，走过熟视无睹、每每路过掩鼻快跑的楼下垃圾桶时，那个每天靠这三个垃圾桶为生的驼背老女人，又围着垃圾桶，弓着腰就如一弯曲的虾在扒垃圾，我竟把这老女人与乡下的娘作了对比，感觉娘竟和这老女人多么地相像。我不禁放慢了脚步，手却还掩着鼻子。

上了楼，我脑海里总拂不去娘的一幅速写画，娘弓着腰，挑着粪土去下地，娘弓着腰就像虾……一会儿，这拂不去的娘的速写画又与楼下这衣衫褴褛，弓着腰向高过她人的垃圾桶探寻废品的老女人的速写画重叠在一起……我变得苍白无力，连同我的思维，我的尊大。

第二天，经过楼下垃圾桶时，那弓着腰的老女人又一手撑着桶沿，一手在桶里劳作，旁边一个脏得发黑的袋子装了半袋子废品。

　　我没理由加快脚步走离这垃圾桶，走离这跟我娘一样的女人。可是，一股恶臭扑鼻而来，我已呕了出来，我只好掩鼻子迅速离开这垃圾桶，离开娘一样的女人！

　　我感觉我的嗅觉已经退化，我脸红我嗅觉的退化。我曾经为捡到冒热气的猪粪蛋而兴高采烈，我曾经日当午暴晒几个钟头只是出点汗而一点毛病都不曾有过。我怀疑我的尊大，我怀疑娘的卑微。

　　下班回来的路上，我竟有种和捡垃圾的老女人接近搭讪的冲动。

　　老女人正拖着她一日的成果到大院门口出售。老女人拖着半袋子成果腰弓得几乎贴着腿，左手拖袋，右手撑地，拖一步停一步，远远看去，像一只黑青蛙在缓缓爬动，爬动⋯⋯

　　娘弓着腰挑粪的速写画随即掠过脑海，我想到娘会老，娘也会成为四脚黑青蛙⋯⋯

　　"废纸 1 毛，废铁 3 毛 5 ⋯⋯"一个肥头大汉提着秤在向老女人报价，肥头大汉一脸的红光。

　　"昨日纸 1 毛 1，怎么就降了？"老女人侧着脸问，我看见了像刀刻过又长了锈的满脸皱纹。

　　"昨日是昨日的价，今日不同啰！"看着老女人只有一丁点废品，肥头大汉不屑一顾，继续喊开：

　　"废纸 1 毛，废铁 3 毛 5 ⋯⋯"

　　"照回昨日的价，纸 1 毛 1，铁 3 毛 8 吧？"老女人在哀求。

　　"不行，收了这么多都是这个价。"

　　老女人哀求的眼睛显出了无奈，只好把半袋子东西交给肥汉子过秤，嘴里又不停地咕噜着不要骗老人家，骗老人会遭报应的。

　　肥汉子一脸的不耐烦，把称好的废纸废铁重重地扔到地下："别啰啰唆唆，谁骗你的秤！"

　　老女人便住了嘴，从肥汉子手里接过几张毛票子，沾着口水，数了一遍又一遍，像永远也数不清……

我目睹这一幕，心里说不出是愧疚还是怜悯她。我快步走上去，掏了一张百元钞，塞给老女人。老女人怔住了，用一双不会转动又毫无神情的眼睛斜着看我。

"拿去用吧，别再捡垃圾了。"我尽量放低音量尽量谦和地对老女人说。

老女人拖着袋子，没有推辞，眼里也没半点感激，缓缓地走了，像一只黑青蛙在缓缓地爬动，爬动……

我心安了许多。

我料想老女人起码十天半月不会再到恶臭无比的垃圾桶去折腾。

没想到，第二天清早，我一出门，老女人又在三个垃圾桶里鼓捣，引得成群苍蝇嗡嗡叫。

下午，老女人又在大院门口出售成果，老女人看了我一眼，像是不认识，又去讨价还价。

"照前日的价，纸1毛1，铁3毛8。"

收购废品的瘦高汉子终是没能满足老女人的要求。

卖了废品，老女人转过了身，拖着袋，又是弓着腰，右手撑地，一缓一缓到了我眼前，老女人神情严肃，放下袋子，左手插进衣服里鼓捣半天。我不知道老女人想干什么，感谢我？我想我是将她当是乡下卑微的娘，用不着感谢！

"给……"老女人硬撑着直起腰，把从身上摸索出来的百元钞塞到我手上。然后又弓着几乎贴着大腿的腰，右手撑地，活生生一只四脚黑青蛙，向大院爬去，爬去……

我呆呆站着，撑开着脚，垂着手，夕阳下，活生生一个立着的"人"字。

唉！人！

好 人

"好人啊！"饭桌上，领导当着一桌子人的面，称赞阿毛。

阿毛心里很受用。

"好"在《辞海》里解为美、善，与坏相对。"好人"在《现代汉语词典》里则有三种解释：好的人，先进的人；没有伤、病、残疾的人；老好人。

在机关十几年文山会海材料堆中，阿毛埋头于精雕细琢"墨宝"，从不生事，不惹是非，不搞帮派，不蹚浑水，好话常挂嘴，笑靥绽脸上，有活好好干，有气自个吞。

我起码是个好的人，先进的人吧！晚上，阿毛对着词典琢磨了半天。

"五一"节长假过后，科长交代阿毛为领导写一篇讲话稿。阿毛拟了提纲交给科长审定，科长扫了一眼，"先照这个写吧。"

阿毛苦思冥想了一天，按提纲一气呵成数千字的讲话稿。满以为会受夸奖，没料想，恭恭敬敬把稿子交到科长手里，被面无表情的科长大笔一挥，稿子面目全非了。

阿毛诚惶诚恐地接过科长交来讲话稿的新提纲，又去苦思冥想了。

写了改，改了写，几乎每份材料，阿毛都是这样写写改改。

国庆前夕，领导交代赶紧给基层单位拨发一笔资金。科长翻箱倒柜找领导的批示件。

"这文件是你起草的，你找找！"科长对阿毛说。

"我没经手过这份文件啊！"阿毛小声应。

"你好好想想，上个月底，科室开完会后，我交代你起草的！"

查遍了电脑和文件柜，不见那批示件的影子。

"是我起草的。"第二天，刚休假回来的小李听科长在找文件，便从自己的电脑里调出文件原稿，"文件报出后，我就休假了。"

批示哪去了呢？科长一筹莫展。

"记起来了，记起来了。"科长过来找阿毛，"领导批示后我交给你去办了，你再好好找一找。"

"没给我，科长。"对这份文件，阿毛一点印象也没有。

"你抱着这种态度去找，怎么能找到文件？"科长一脸愠怒。

掘地三尺，领导的批示件还是没找到。

"对不起，可能是我弄丢了。我另起草一份请领导补签吧！"阿毛违心地对科长说。

"只好这样了！"

没想到，领导的批示件却在阿毛重新起草文件后，科长在他的抽屉底找到了，"把新起草的文件碎了，补签一份不好！"

那天，领导来科里参加民主生活会，看着白头发扎眼的阿毛，站起来拍了拍他的肩膀，"好人啊！"

十几年了，天天泡在文山会海的材料堆里，你说容易吗？

十几年了，从刚走出大学校门时的一身朝气到如今的白发扎人眼，身边一个个上去了，就连后来毕业来的都当了副科长、科长，我还是个科员，你说容易吗？

阿毛鼻子一酸。

阿毛大学毕业来机关时，机关里大学生不多。大学生阿毛被委以重用，给领导写材料，为单位起草文件。

领导在台上能否讲得生动，全靠讲话稿是否写得妙笔生花！起初，对领导讲话，阿毛字斟句酌，有时为了科长、领导改动他的个别字句，还要拿着原稿跟科长甚至是领导探讨半天。探讨得面红耳赤的阿毛就很激动，这讲话稿可是关系到领导水平啊！起草文件，农村出来的阿毛更是小心翼翼。一份政策文件一出台，事关数百万人生计啊！"一份好的政策文件可以解决很多顽疾，一份不切实际的政策文件终究会惹来骂名。"阿毛每起草一份文件，总是调研，调研，再调研，文件要出手了还在调研。

一任一任领导都说阿毛不成熟。阿毛搞不清领导是说自己不成熟还是写材料不成熟。但是，写材料的活一直是阿毛在干着。阿毛慢慢地成了单位的一支笔，叫"毛一笔"。

阿毛也在慢慢写材料中成熟了，不敢争论，甚至不敢大声说话。十几年过去，毛头小伙都熬成了中年人，这容易吗？！

年底前，科长被提拔为副处长，副科长准备接任科长。

副科长要是提拔了，科里就空出了一个副科长的位置……阿毛综合分析，五个科员，两个大学刚毕业，两个连大专文凭都没有，要写不能写，要说不能说，可谓胸无点墨……科里要提一名副科长，怎么都应该轮到我这个"老前辈"了吧！况且，领导多次称赞自己"好人"！

年后副科长如愿以偿当了科长，科里推荐一名副科长。

民主推荐后，领导找阿毛谈话。

"好人啊！"领导称赞阿毛。

阿毛心里很受用。

"不容易。"领导拍了拍阿毛的肩膀。

阿毛鼻子一酸。"就这样吧！"领导起身走了。

阿毛眼眶顿时红了。

就这样，好人阿毛还当他的科员，被阿毛认为胸无点墨的其中一个却当上了副科长！

能 人

书记和镇长尿不到一块。

尿不到一块的书记被有能耐的镇长挤走了。

走了书记，遗憾的是镇长最终未能当上书记。

书记是县里派来的一个能人。能人书记来后镇里一批能人紧紧追随。

追随者中不乏各方面都非常优秀的。

优秀的能人追随者书记用起来小心翼翼。

也难怪，镇长相当有能耐，书记一到镇里就感觉到有一张无形而巨大的网，罩着许许多多的人，书记不得不小心翼翼。

书记感到这张网的巨大压力。

压力下的书记不敢轻举妄动。

尽管来时县领导给了书记尚方宝剑，镇里人事，一概由书记定夺，该换果断换，该用大胆用。

书记一个没换，一个没大胆用。一大批能人只好紧紧追随着书记。谁也不知道书记葫芦里卖什么药。

那天，书记急着要回县里时，恰好司机生病了。

司机班里几个司机都外出了，只有内勤的小许在。小许部队退伍后在镇里开车，因为有点呆头呆脑，镇里几任领导都没让他开车，后来就转成了内勤。

"会不会开车？"

"以前开过。"

"走，上县里！"无马使唤驴。呆头呆脑的小许顶硬上。

人呆话少，小许一路一言不发，刚好让疲倦了的书记睡了个好觉。

有了一觉打基础，晚上饭桌上的书记出奇勇猛，频频叫小许给大家倒酒。小许每回给大家倒酒，都非常"偏心"———往书记杯里多倒酒。一而再，再而三。书记舌头喝硬了，脸就黑了下来。

再倒酒时，书记杯里的酒还是比客人多，"你多给客人倒点酒嘛！"书记很不高兴地对小许说。

小许看了看书记。下次再倒酒，果然给客人多倒了酒，但还是书记的酒倒得多。

最终，书记喝醉了，醉得一塌糊涂。小许守了书记一晚。

第二天书记醒来，气不打一处，"你个猪脑，净给我倒那么多酒！"

小许委屈，"我想这么好的酒，一瓶少说也七八百元，不多给自己的老板喝，老给别人喝那么多干吗？"

望着小许一脸认真一脸委屈，书记目瞪口呆。

小许老给书记多倒酒灌醉了书记的事成了镇里的笑话。

书记却不嫌弃闹笑话的小许，反倒经常叫小许帮他开车，把原来的司机晾了起来。

"镇里能人多，像小许这样的都能用？"书记的老婆听到笑话后心疼书记，"原来的司机小何机灵、能干，不知比这个呆头呆脑的小许好多少倍！"

"小何找过你？"

"是。"

"他是个能人！"

"是能人你不用他，倒用个呆头呆脑的！"

"把一个人的优点集中起来，这个人可成为劳模。同样，把一个人的缺点集中到一起，这个人可能是恶人。"书记语重心长地说，"小许也是个能人！"

之后，书记调整了自己的司机，小许成了书记的司机兼秘书。

半年后，原来追随书记的一大批能人，该用的被大胆用了，该换的也被果断换了。

大家想不到的是，原来镇里一批像小许一样被晾在一边的被书记用活了起来。

大家更想不到的是，有能耐的镇长对书记很服帖，一年后被推荐到另一镇去当书记。一张无形而巨大的网消失了。

水本无味

龙井水不过是山里一汪再普通不过的山泉。

郁郁葱葱的两座山包裹着一块大石头，龙井水就从石头下潺潺流出，小河一样，长年累月，经久不息。

那时，小镇上的人都喝井水，家门口就有水井，方便得很。谁也不在意几公里远的山上的龙井水。

喝上了自来水，比喝井水更方便了，遍布全镇的水井就慢慢荒废了。

小河漂浮来了几头吹了气般鼓胀的死猪时，小镇上的人不敢喝自来水——镇上自来水厂的抽水口就在小河的中游。

人们到处找水喝。

井水自然不能用了。人们居然发现找一瓢干净的水是多么的困难！

有些人想起了龙井水。

呵！清凉甘甜无比！喝过的赞叹。

铁桶、木桶、塑料桶、矿泉水瓶，能用来装水的都用上了。肩挑、手提、车载，男男女女老老少少都来了。

龙井前车水马龙，人头攒动，成了小镇一景。

某日，小镇领导陪同一老板在小镇考察。老板姓贾，贾老板看着喧嚣如集市的龙井，感叹，水为财，好水，好水！

好水未见得，一场突如其来的流感却袭击了小镇。

流感肆虐时，贾老板不顾安危，又到小镇考察。

贾老板前脚刚离开小镇，镇上穿白大褂的就带了很多人来查封龙井水，"流感来得蹊跷，怀疑与不洁用水有关。龙井水未经化验，为安全起见，请大家暂时不要饮用。"

小河上吹了气般鼓胀的死猪早漂远了，龙井水又不让用，大家只好用回自来水。虽然自来水自始至终有股淡淡的咸涩味和放多了漂白粉的刺鼻气味。

龙井水潺潺而流，小河一样。

三个月后流感被控制住了，原因是禽流感，与龙井水无关。

既然与龙井水无关，自来水又有味道，很多人怀念清凉甘甜无比的龙井水。

龙井却变了样——砌了一座亭子，整修了接水的地方，接了大小不一的若干出水管……贾老板在流感期间，以迅雷不及掩耳的速度投资改造了龙井。

"大家放心，本人投资改造龙井，志不在挣钱，只是不忍看到大家饮用有味道的水，方便大家而已！"有投资就要有回报，然而，贾老板却对来接水的人意味深长地说，"水本无味！"

人们看了看在镇领导陪同下，眯缝着一双小眼睛，笑容满面的贾老板，突然热烈地鼓起了掌。

"龙井水相传是一龙女思凡间郎君，不畏龙宫阻吓，在一个月明星稀的夜晚，悄悄逃出龙宫。没料想，快出龙宫时，龙王发现，追兵穷赶。慌不择路，冲出水面时，龙女顶起了两座山……凡间的郎君四处寻觅龙女，未果。郎君悲悲戚戚，纵身投海。眼看着心爱的郎君葬身大海，头顶两座山的龙女却动弹不得。龙女哭啊哭，泪水汹涌成泉，于是就有了今天的龙井水。"

刚听到这个传说时，镇上的人开始以为讲的是与他们无关的事。当外地很多人来探寻龙井时，人们才恍然大悟，龙井原来也有这么美好的传说！

物以奇为神。龙井水有了龙女传说，神了。

镇上的自来水厂却日渐垮了。自来水厂后来在镇领导的斡旋下几乎是白送给了贾老板。

"本人原想一直为大家多做点实事好事，无奈刚收购了自来水厂，需要改造，资金周转困难。为让大家喝上放心水，同时制止现在无序使用龙井水，从明日开始，龙井水象征性征收费用。"在镇领导的陪同下，贾老板眯缝着一双小眼睛，笑容满面地对龙井前人头攒动的人群说。

人群骚动！

"我说的是象征性收费，大家都能承受。我要是想挣钱，早就收费了。象征性收费的目的是要大家都来呵护龙井水，让大家永远都能喝上清凉甘甜无比的龙井水。"望着骚动的人群，贾老板公布了收费方案：每桶50斤装水收5毛，可自备水桶，也可租用专门的桶，可自提，也可送上门——每桶加收5毛。

骚动的人群稍稍平静了下来——毕竟是象征性收费，与市场上一桶纯净水至少6元相比，5毛钱一桶不算贵！

尽管龙井水收费了，来要水的还是络绎不绝——很多外地人也争相来品龙女水！龙井水如今不仅是龙女水，还富含矿物质、负离子，是健康水、长寿泉！

的确是物以奇为神！龙井水神了，来要龙井水的挤破龙井前的亭子。"为有序开发，平抑市场"——这是贾老板的话，龙井水价格只好一涨再涨。如今的龙井水，已经卖到50斤装一桶8元，比便宜的纯净水还贵。

当然，龙井也大变样了，已经改造成了花园式的小型水厂。

唯一没变的是自来水仍然有淡淡的咸涩味和放多了漂白粉的刺鼻气味。小镇上的人却大多用回了自来水，龙井水已经大步走出小镇……

鸟 说

一株老榕王繁衍成一个榕岛。岛上，榕枝交错缠绵，成千上万；榕根落地成林，密密匝匝；榕叶青葱翠绿，遮天蔽日。榕岛四周，绿水长流，翠叶拂水，小船幽游……那是人们说的天堂。

不知从什么时候起，我们的祖先就把家安在了这个天堂上。

白鹭家族光鲜漂亮，他们好表现，每天清晨，在薄雾轻纱中，俏立枝头，呼朋唤友出巢觅食。他们群起凌空翱翔，向世人展示美丽和矫健。我们灰鹭家族，自知毛羽不如白鹭亮丽，也不喜出风头，于是藏拙，白天睡大觉，暮夜出游，避人视线……上百年来，在榕岛上，白鹭晨出暮归，我们暮出朝回，依时有序，相安和谐——这得益于我们拥有榕岛天堂！

某一日，送走万千翩翩起舞、引颈高歌的白鹭出巢，我们继续在天堂里做梦。约莫上午时分，一群人拥簇着一个头领模样的人弃船上岛。他们沿着环岛路走走停停，指指点点。辛劳了一夜，着实太困太累，我用绿叶强撑着双眼，警惕地盯着岛上高声阔谈的人，紧紧拥着身旁两个熟睡的女儿，老想沉沉入睡。

"小李啊，指示牌上写着小鸟或晨出暮归，或暮出朝回，我们来得不早不晚，能看到小鸟么？"头领问落后半个肩的高个子男人。

被叫小李的看了看落后他半个肩的矮个子男人，没表态。

"首长，小鸟等一下就成群结队飞出来！"矮个子男人趋前一步，赶紧作答。

忽悠吧！我们觅食了一晚，个个累得散了架睡熟了，指望我们成群结队飞出去，你就忽悠首长去吧！

"是吗？"首长半信半疑。

"小鸟见到首长来，高兴着呢，一定会出来欢迎首长！"矮个子男人阿谀献媚，让人恶心。首长却轻轻笑了，笑得大家都轻松了起来。

见鬼去吧！我在温暖的窝里骂了一句，沉重的眼皮支撑不住快耷拉下来。

终于强撑不住，我在天堂里继续做好梦。

"噼里啪啦——"一阵炸响，把我们全吓蒙了。

慌乱中，谁也顾不上谁，我们纷纷像箭一样从窝里射出，四处逃命……

顿时，碧绿的树，清澈的水，被我们密密麻麻的身影遮暗了；宁静的天堂，安逸的榕岛，也被我们的哀鸣喊叫吵翻了……

"首长，首长，百鸟出巢了！"原先在岛上走走停停的首长们一行又坐回了船，慢慢驶离榕岛。首长身边的人赶紧递上早已准备好的望远镜。

飞离了温暖的窝后，惯于夜游的我们不知榕岛发生了什么事，怀着对温暖的窝的眷念，盘旋在榕岛上空，嘶鸣着，喊叫着，不知所措！

首长举着望远镜，仰望长空，陶醉至极。

天啊！首长没被忽悠，是我们这帮可怜的鸟被忽悠了——那伙人为了让首长看到我们，早早在我们的家园里准备好大鞭炮，硬生生把我们从窝里轰出来……

在那伙人兴高采烈的笑声中，我们愤怒地飞回窝里休息。

回到温暖的窝，心有余悸，我久久不能入睡。

心静下来之后，我忽然想起我那两个可爱乖巧的小女儿——刚才只顾自己逃命，孩子顾不上带走！

我的女儿，我的女儿呢——空空的窝里，两个女儿不见了！

老天啊！那声炮响，把我两个小女儿吓得掉地下了——可怜的大女儿欢欢头深深扎进泥土里，已经断气了；二女儿迎迎摔断了腿，躲在树底下，动弹不得，瑟瑟发抖。

"妈——妈——"一声孱弱的叫声，让我心碎。

"孩子，别怕，我们住在天堂里，刚刚只是个意外！"拥着羸弱的迎迎，我安慰着她，泪却不自觉地流了出来！

我多么希望那真的只是一次"意外"——尽管那次"意外"，我那两个可爱的女儿都没了。可那次"意外"之后，常常有被叫作首长的人来，我们也常常在睡梦中被炮轰出来"欢迎"首长！

我那可爱的欢欢迎迎，你们在天堂还好吗？每次被炮轰出来"欢迎"首长的时候，我就格外地想念我的女儿欢欢迎迎。

鹅飞时

湖不大，瘦瘦长长，湖水却和天空一样湛蓝。湖边，亭台楼榭，白杨挺立，新柳含露，翠竹摇曳。湖里鱼儿成群，时而浮出水面，时而没入水中。岸上的景象倒映在水里，恍如地上一个世界，水里一个世界。

一对被湛蓝湖水邀约而来的天鹅，如同两朵硕大的白莲般盛开在水面。

第一天上班，途经湖畔的那一刻，我惊叹这湖的美，真是人间仙境啊!

好景看久，竟然熟视无睹。要不是那日又一次走过，遇见一老者在湖边拍照，我竟对城里八景之首的掠燕园无动于衷了——也难怪，天天上班下班，日日忙忙碌碌，对美的生活疲倦了。

那天早晨，天空水洗般蓝。早早起来的太阳，又格外辛勤地照料着世间万物。

远远地，我就发现湖边亭子里，有个老者托举着相机，对着湖里。

走近了，才发现老者坐在轮椅上。老者梳着一头齐整的银发，穿着一件洁净的灰色夹克上衣，脖子上吊着相机，两个胳膊肘分别撑在轮椅上两腿膝盖处，一手托举着相机，眼睛全神贯注聚焦着湖里一对悠闲休憩的天鹅，一手似乎随时准备按下快门。

湖里的这对天鹅，长着白瓷般光洁的羽毛，曲颈低头，似沉思，似小憩，闲雅胜如仙子。

　　老者托举了一会相机，感觉湖里的这对天鹅睡熟了，一时半会醒不来，于是轻轻放下相机，拿起轮椅边地上的杯子，喝水。

　　"早上好。拍照呢？"我在老者身后驻足站了一阵子，不忍心打扰老者的专注，直到老者喝水休息，才和他打招呼。

　　"早上好。是的。"老子看了我一眼，点了点头，眼睛又盯回了湖里，生怕一不留神，湖里的天鹅被人盗了一般。

　　"这景好。蓝天白云，湖天水色，竹影倒映，鱼游鸟戏。"许多年没这么文艺，也没这么感叹了，人心情好，居然口出诗意。

　　"我在拍天鹅。"老者无意听我抒怀。

　　"天鹅之飞铁为翼，射生小儿空看得。"我随口吟出了宋人的诗。

　　"飞翔最美丽！"老者这回也诗意起来，"我只拍飞翔的天鹅。"

　　湖里的天鹅似乎听到了我们说话，一只伸了伸细长的颈，一只侧了侧脑袋，都露出了鲜红的喙。

　　"您继续。"我抬起匆匆走路的脚，和老者话别。

　　那日下午，下班回家又经湖边。太阳已掉落山下，只留西边一片彩霞。万丈霞光下，湖里披上了金纱，蓝蓝的水，绿绿的树，瞬间都变成金黄色。湖里白如雪的天鹅也镀上了一层金。坐在轮椅上的老者，霞光一半落在身上，一半被树叶掩着，整个人被分成了两半，一半金黄，一半灰黑。

　　"还在拍呢。"

　　"是的。是的。"

　　有了早上的交流，我和老者俨然像老朋友一样。

　　"拍到天鹅飞翔了吗？"

　　"没呢！"

　　霞光隐去，天地间渐渐暗淡下来，湖里的一对天鹅也把头藏在了翼下，似乎准备入睡。

"天鹅要休息了。"

"我也回家了。"

"我帮您。"我走前两步，准备帮老者推轮椅。

"不用了。谢谢！"老者说着利索地收拾东西，然后两手推着轮椅，缓缓朝亭子外走，"我就住在附近。"

第二天，又是一个晴空万里的日子，我如常出门上班。

远远的，我又发现了湖边亭子里的老者。

"又来拍照。"

"是的。"

这一天，我急着上班，没和老者多聊，匆匆走了。

当天傍晚，天上无晚霞，天黑得快。下班前有人找，迟了点离开，经过湖边时，天几乎黑了，不见了老者。

我心想，老者或许拍到天鹅飞翔，早早回家与人分享了。我也似乎看到了湛蓝的湖面上，一对天鹅迅速张开宽大的翅膀，逆着微风，优雅地、轻盈地腾空而起，直冲云霄的壮美画面……

不料，第三天上班，我又遇见了老者。还是坐在轮椅上，还是脖子上吊着相机，还是两胳膊肘分别撑在轮椅上两腿膝盖处，一手托相机，一手准备按快门。

"还没拍到呢？"

"还没呢。"老者毫不沮丧。

那天晚上，我有应酬，吃完饭坐车回家，没经过湖边。随后几天，我出差了。出差回来，早晨上班，我又远远看见了坐在轮椅上的老者。还是每天见到的标准动作，不同的是，那天早上秋风起，老者一头齐整的银发被风吹散了，耷拉着，如乱云飞渡。

老者却如我第一次见到般从容。

"还来拍照呢。"

"是的。习惯了。"我没问老者定格到了天鹅飞翔没有，老者却主动说，"一周了，相机里还是空白呢。"

"……"我有点吃惊。

"天鹅一定会起飞的。"老者从容地安慰我，"一定能拍到飞翔的天鹅。"

岸边，风停了，空有一身高大挺拔枝干，却长出无数弱不禁风枝条的柳树，静静伫立着。

我为老者感到惋惜，我也惊叹老者的执着与坚守。心里突然怨恨起湖上这对不谙人情世事的天鹅。我真想从地上捡块小石子朝水里扔，把正在湖里挺脖昂首、如将军般悠闲游荡的这对天鹅惊吓起飞。

"被惊吓起飞的天鹅，眼里写满恐惧，全然没有天鹅应有的雍容华贵和优雅大气，更少了那种王者之尊，这样的照片，不拍也罢。"老者似乎看出了我的心思。

我更惊叹老者的执念，不敢俯身捡石头，连说话的声音也小了下来，生怕惊吓到湖里的天鹅。

"我会天天来的，直到拍到天鹅起飞。"老者看着我离开时失落的神情说。

如是一月，老者天天来湖边亭子里拍照。

我知道，这一个月里，老者一次也没拍到湖里那对天鹅起飞——我问过了公园管理处，为什么没见天鹅起飞？管理处的工作人员告诉我，天鹅不会飞。因为，湖里的这对天鹅是从外面引进来的，公园管理处怕它们飞走了，对它们进行了特殊处理——断翅，即把这对天鹅各一侧翅膀尖端的指骨截断。这样，既不影响天鹅其他活动，又能使天鹅产生不平衡感，不能起飞。

原来如此！得知真相的那一刻，我如坠冰窟窿。我想告诉老者，让他不再徒劳，天天来湖边守着天鹅起飞。可我又不忍心毁灭老者的执念。

"早上好，又来了。"

"早上好，上班呢。"

往后，这两句成了我和老者每天见面频率最高的话。

转眼，我到这个城市工作一年了。一年里，老者天天如是，每天早早到亭子边，守着天鹅起飞。在一个无阳光无晚霞的下午，我再也忍不住了，告诉老者真相。

"我知道。"听完我憋了大半年，又恨又气的叙述，老者居然一脸平静。

"您知道这事？"

"这是我经手的。"老者刻意把事情说得轻描淡写，"那时我是这个公园管理处的管理员。"

"……"

"鸟没了翅不能飞翔，就如人断了腿不能走一样不幸。"老者拍了拍他吊在轮椅上的腿，"没了腿，我更感同身受。"

"知道了，您还来？！"

"我就是来陪陪它们，或许有一天，它们会起飞。"老者停了停又说，"我坚信，我一定会拍到天鹅逆风而起，优雅又大气的雄姿。"

我怔怔看着老者。

老者一如既往，每天如上班般，风雨无阻，来湖边亭子里守候天鹅起飞。

家　教

从系学生会接过家教名单时，虽然极不情愿地交了40元介绍费，心里却美滋滋地盘算着：一个钟头10元，一次2个钟头，一个星期2次，一个月就有160元……

星期六上午，照着地址去认主儿。东转西转就出了城，地址上没有街道名，没有门牌号码，只落了"渔民新村对面，自编号×××，×××人"字样。

好不容易找到城郊的渔民新村，村对面原来是一片农田，现在正等待开发，到处堆着垃圾。几间工棚，零星散落在杂树荒草中。

会不会搞错了？我掏出纸条，纸条上的字样清晰可辨。我只好推着浑身响就是车铃不响的自行车沿着田埂往远处的工棚走。

田埂两边，堆满城市垃圾，恶臭阵阵。老鼠在垃圾里乱窜。苍蝇成群围着发出腐臭的尸肉，人一走近，轰炸机般"嗡嗡"叫着在尸肉上盘旋。白的，红的，黑的，各式各样的塑料袋一半压在垃圾堆里，一半随风飘舞，像一个个幽灵在呜呜诉说。

我捂紧鼻子，感到快要窒息了。

住在这种鬼地方的人难道也请家教吗？希望就像涨大了的肥皂泡，岌岌可危。

学生会联系过的，不会有错。我一边捂紧鼻子，一边安慰自己。垃圾堆里住的主儿，兴许比城里斤斤计较的知识分子还阔气呢！

"哎呀！"踩到了软绵绵的东西，抬脚一看，妈呀！是一堆狗屎。

"倒霉！"我把皮鞋在垃圾堆旁的草丛里擦了又擦，心里升腾起的一丝希望就像杯子里的啤酒，泡沫少了，杯子空出一大截。

转过两间工棚，是几间露天的猪圈。圈里，一群脏兮兮的猪在嗷嗷叫；圈外，猪屎猪尿横流，腥臭扑鼻。

前没村，后无店，难道我要找的主儿就住在这？

"刘国强在吗？"隔着猪圈，我对着猪圈后面的一间低矮的小工棚大声喊。

没人应答。

"刘国强是不是住在这里？"我又大声喊了一遍，然后迅速捂住了鼻子。

还是没人应答。

我感觉被人玩弄了，心里蓦然升起一股无名火，脸憋得通红通红，脚狠狠地踢起一块石头。

就在这时，一个约莫九岁的男孩从猪圈后面的工棚里探出头，蓬头垢面，怯生生的，像做了错事一样。

"您找刘国强？"男孩的声音在颤抖。

"刘国强住在这？"我没好声没好气地说完后又捂住鼻子。

"您是华师大的哥哥吗？"蓬头垢面的男孩还只是探出个头，声音小小的，怯怯的。

"你怎么知道？"我愣了一下。

"我姐请您来当家教，我就是刘国强。"

"你就是刘国强？！"我忘了捂鼻子，一阵臭气直灌鼻子。

"呕……"我终于忍不住呕了起来。

"对不起，这里脏。"男孩出了工棚。我突然发现他破烂的裤腿里空着，他是爬出工棚的木门槛的，低垂着头，一脸惶惶然。

我心里咯噔了一下，没说话。

见我没说话，男孩的头低得更低。"你姐姐呢？"我打破难堪的局面。

"我姐姐出去捡东西了，她可行了，她说她不认字，她要帮我请最好的家教。"

"你家大人呢？"

"他们不要我和姐姐了，不知道去了哪里。"泪顺着男孩满是尘垢的脸往下流成了两道沟。

我震撼了，怔怔地看着男孩。男孩一直像做错了事，始终不敢看我。

"这里太脏了，您还是走吧，大哥哥。"见我呕出了眼泪，男孩十分愧疚，几乎是哭着说。男孩说完往工棚里爬。

我强忍着臭气，跨过猪屎猪尿流成的沟，牵着他黑黑的手，跟着他进"屋"。

男孩终于抬头看我了，泪却流得更欢了。他把我的手攥得紧紧的，生怕我会走掉。

不足两平方米的"屋"，只有门口透进来一点光，地湿滑湿滑的，到处堆着瓶子、纸捆……在"屋"里，我足足站了几分钟才适应过来。

男孩说，3年前，父母带着他和姐姐从湖南过来住在这工棚里。1年后，父母就走了，谁也不知道他们去了哪里。

"隔壁养猪的光头老欺负姐姐和我，我要读书，读了书有出息了，他就不敢欺负我们了。"男孩说，他姐姐出去捡东西卖，卖了钱买回东西吃，姐姐还积攒了钱要供他读书。

说到姐姐，男孩脸上放光。

正说着，"屋"外有人叫，"屋里谁啊？"

"姐姐，是大哥哥，华师大的大哥哥。"男孩冲着门口高兴地嚷。

"哦，大哥哥您好。不好意思，太乱了。"

同样是一个蓬头垢面的小孩，约莫比男孩大两三岁，瘦瘦单单，风一吹就倒，肩上却背着个大竹篓，竹篓里装着小山般的酒瓶子、纸捆。

女孩进了"屋"，放下纸捆，叠了瓶子，极力想让"屋"整洁起来……

黄昏时，我结束了家教，准备回校。

"大哥哥，我们钱用光了，您还会来教我弟弟吗？"

冷不防，女孩的一句话把我问住了。我来当家教，不就是为了挣钱过日子么？可是……

"会的，会的！"我低声说，好像做了亏心事。

"谢谢大哥哥！"女孩扑通一下朝我磕头，弄得我手足无措。

我拉起女孩。女孩起来后径直走到"屋"角，掀开纸捆，抽出两张10元，红着脸递给我。

"我不能收他们的钱！"我心里一遍又一遍地对自己说。

"大哥哥，您不收钱，您就再也不会来教我了。"男孩眼泪在眼眶里打转。

"我收，我教！"我的眼泪也在眼眶里打转。

约好的时间要去给男孩家教时，辅导员叫我去给他办一件事，没去成。

再次要到男孩那里家教时，我给男孩买去了一套小学教材。

可是，我到男孩住的工棚时，男孩和他的姐姐已经搬走了。

风　筝

　　女孩很美，弯弯的小月眉，汪汪的小眼睛，脸上还有两个带笑的小酒窝。

　　女孩很纤弱，坐着一根竹竿儿，站着更是一根竹竿儿。

　　女孩每天都坐在角落里卖风筝。风筝很美也很多，有牛、有马、有猫、有兔、有蝴蝶、有蜜蜂、有鹦鹉、有孔雀……一地儿的动物，都像女孩一样美，也都像女孩一样纤弱。

　　"春天里，百鸟争鸣，在春天里放风筝，天空是多么美妙。"春天，女孩向路人娓娓而谈，那汪汪的小眼睛，一闪一闪，使人感觉那眼睛能伴着风筝在空中飞翔。

　　"夏天来了，百花争香。在夏天里放风筝，花儿有了伴，草儿有了友。"夏天，女孩穿着短袖汗衫，露出两节小笋儿似的手臂，眉开眼笑。

　　"秋天，秋天是放风筝的最佳季节。天高地阔，任凭风筝飞翔……"秋风瑟瑟，女孩的热情没减。

　　"冬天，白的地，蓝的天，百鸟入巢，唯有风筝伴着风儿在飘啊飘……"

　　一年四季，女孩都在市场的角落里卖风筝。但我发现女孩的风筝很少人问津。

　　女孩不是本地人，女孩来自风筝之乡，可这里的人不习惯放风筝。

每次上街见着女孩，我便有心悸的感觉，纤细的女孩，纤细的风筝。

后来，每次上街，我总到女孩那里买两只风筝。女孩汪汪的小眼睛里眨啊眨，女孩帮我仔仔细细地挑，春天里风小，要放鹦鹉，蜜蜂，冬天里风大天高，要放牛放马，夏天，阳光下的孔雀最美丽……

买了一年的风筝，我家里就堆了一屋的风筝。我没放过，也不会放。每次上街，我依然买两只风筝。

后来，我搬了家。搬家时，我发现早先买的风筝有的霉烂了，有的折翅断翼，我扔掉了半屋子的风筝，剩下的送给了邻居的小孩子们。从没放过风筝的小孩子们蜂拥而上，把半屋子的风筝糟蹋了。

搬了新屋好久没上过街，上了街，看到女孩，看到女孩漂亮的风筝，我又想买两只风筝。

"姑娘，我买两只，一只孔雀，一只蝴蝶。"

"对不起，我不卖。"女孩望了我一眼，全然没有先前的热情，冷冷地说。

"为什么？"我觉得奇怪，女孩每天在这里摆摊，不就是为了能卖风筝糊口么？

"……"

"你扎的风筝有形有状，很漂亮，我每次都有来买的呀！"

"……"女孩还是缄口不言。

"姐姐，你的风筝很漂亮哦！"一个扎着马尾巴的小女孩晃动着头上的一对花蝴蝶，对女孩说。

"是吗？小妹妹，你喜欢？"女孩眉开眼笑。

"喜欢。这只多少钱？"小女孩指着一只蝴蝶，侧着头问。

"三块五一只，小妹妹。"女孩恢复了热情。

"我没那么多钱，能买吗？"

"只要你喜欢。"

"真的？！"小女孩高兴得直拍手，掏了半天才从口袋里掏出两元钱，"给你，姐姐。"

女孩收了钱，把风筝交到小女孩手里，跟小女孩嘀咕了半天，要怎么放，线怎么收……

小女孩兴高采烈地走了。

"姑娘，我买两只，一只孔雀一只蝴蝶。"

我明明见着女孩卖风筝，她还能不卖给我。

"对不起，风筝不卖给糟蹋她的人。"

"糟蹋风筝？！"我一阵脸红。

"是的，你糟蹋了风筝，花了钱就可随意糟蹋吗？"女孩说完从风筝架上拿出几只霉烂了的风筝，"这是我扎的风筝，都烂了。"女孩似乎哭着鼻子。

"你怎么知道是你扎的，又是我糟蹋的？"一阵脸红后我开始狡辩。

"每只风筝我都写上个'青'字，不信，你看。"女孩指着霉烂的风筝的一角，让我辨认。

每一只风筝的的确确写着个"青"字。

"我扎了三只马，只卖出一只，是你买的。"

女孩指着头快掉落的马风筝，悻悻地说。

我低下了头。

女孩不再出声，空气似乎凝固了。

"你不要再买了，我把这几只翻新后你过几天来拿。"良久，女孩恢复了柔声细气。

我不敢望女孩的脸，悄悄走了。

我自然没勇气去拿回风筝，我更没勇气去怜悯卖风筝的女孩。

小丫的鸭鸭

1

"爸爸，明天能不卖大哥他们吗？"

星星挂满天，黑暗中，小丫的眼睛像星星，一闪一闪地央求父亲。

"小丫，不卖大哥他们，哪有钱供你哥和你上学啊？"

父亲坐在屋外石墩上，嘴里叼着烟，焦灼的烟味弥漫在四周，烟头就像星星，一闪一闪地回应小丫。

"可是，他们会杀了大哥的！"小丫几乎哭了出来。

"傻孩子……"父亲一口烟吸大了，被呛着了，咳了起来。

"大哥太漂亮了，我舍不得！"小丫的眼泪流了下来。

大哥是小丫家养的一群鸭子的领头。

小丫家每年养两批鸭子，正在读小学的小丫对家里的鸭子很上心，放学回家，赶鸭子到河里戏水，给鸭子吃食。每回鸭子出笼，小丫虽是恋恋不舍，但从没像这回这么强烈——的确，小丫家这批鸭子的领头大哥长得太漂亮了。

小丫家这批鸭子是一群白鸭，只只浑身洁白，天鹅般。领头的大哥，鸭头和双翅均长了一小撮红羽毛，开始只是一点点，随着鸭子慢慢长大，红羽毛越长越多，居然长成了三点红。太阳下，红的鲜艳，白的纯洁，格外耀眼。村里人远远见了，个个停下脚步赞叹。

小丫更是喜欢得不得了，每次见了，都会轻轻梳理它的红羽毛；每回喂食，也总会多给它一点。

得到特别照顾的大哥，自然不负所望，个子长得比其他鸭子大，成了名副其实的大哥。

2

星星虽然还是昨夜的星星，父亲挑着两笼鸭子，步履匆匆，全然没留意天上还有星星。刻意跟着的小丫头，眼睛只顾父亲笼子里的大哥，也不见星星。

父亲的两笼鸭子在三鸟市场摆放好，天才大亮。

"早来早销。"父亲心里想的是赶紧把鸭子卖了，再买十几只鸭苗，最好中午前能回到家，下午好下地干活。

"最好一只也卖不出去！"小丫多希望父亲的希望落空，这样，她又可以和大哥在一起。

果真如父亲所愿，早来早销，刚开市不久，就有两个穿戴齐整，干部模样的人走进市场。这两人很挑剔，胖的不要，丑的不要，看了几档卖鸭子的，全都没看上。小丫家的白鸭子吸引了这两个人的目光。当他们发现笼里还有一只长着三点红的彩色鸭子时，更是兴奋不已。

"老乡，你这鸭子怎么卖？我全要了！"瘦高个子问。

"不卖。"小丫小声说。

"别听小孩的，一斤12块，这可全都养了大半年的！"父亲赶紧报价。

"赶紧过秤吧，赶时间呢！"没想到来人不讨价，生怕被别人抢了一样。

"可不能杀了大哥！"小丫既无力阻挡父亲卖鸭子也无力阻止人家买鸭子，只好央求人家。

"什么大哥？"两个买鸭人异口同声问。

"它就是大哥！"小丫指了指彩色鸭子。

"哈哈哈，一只都不杀！"胖子笑。

"真的？！"小丫将信将疑。

"你可以跟过去看啊，就在附近，城市森林公园。"胖子又笑。

买鸭人怕弄脏了车子，要父亲帮忙挑到目的地。父亲虽不是很情愿，却不敢违拗。小丫却很高兴，急急跟着父亲上路。

整修一新的城市森林公园新种了很多大树，新摆了很多花草，像过节般。买鸭人让父亲把鸭子挑到湖边，才付钱。收了钱，父亲急着想回三鸟市场买鸭苗，小丫却挪不动腿，不肯走。

"那你晚点自己回家吧！"父亲心心念念鸭苗，见小丫舍不得大哥，说了一句便匆匆上路，"注意安全！"

这时，买鸭人不知从什么地方推出一艘小木船，一个人上船，一个人递笼子，然后两个人把船朝湖心划去。

"你们要把大哥弄到哪？"小丫沿着湖边跟着木船走，眼见着小木船越划越远，小丫嘴张了无数次，终于开口了。

"大哥要带着小弟们去过幸福生活了！"

"你们不会吃了大哥吧？"

"哈哈哈……"

……

船在湖心停住了。小丫发现，两个买鸭人，小心翼翼地把两笼鸭子全倒进了湖里，然后划船走了。

就像久旱逢甘露，10只鸭子一入水，立即扎猛子，抖翅膀，在碧波中快乐嬉戏。

阳光下的大哥，红的如火，白的似雪，把这碧水绿搅得灵动了。

看着水里欢乐嬉戏的大哥，泪眼涟涟的小丫朝两个好心的买鸭人划船离开的方向磕了个头，便放心地在湖边坐下，一边戏水，一边看大哥。

一辆中巴车在小丫戏水附近停下，车里下来一批人。他们下车后走走停停，指指点点，没有笑声，甚是严肃。

"湖里有野鸭子！"走着走着，有人喊。

"真的有鸭子。"

"还有一只彩色的！"

……

湖里的一群鸭子让甚是严肃的一行人气氛活跃起来。

"报告领导，这几年我们通过大力整治环境，还蓝天碧水于市民，留青山绿树于后代！"一个中年男人趋前说。

"金山银山，都比不上绿水青山啊！"被叫领导的频频点头。

"环境好了，游人多了，市民满意了，这不，野鸭子也来凑趣了。"中年男人指着湖中央的一群鸭子，"这群野鸭子，在带头的彩色鸭子的带领下，不知从哪里来，神出鬼没般，时不时在湖里出现。"

"市民们都说，运气好的话就会看到。领导，看来今天我们运气不错哦！"领导身边的一名中年女人也趋前补充道。

"领导来了，就是我们最大的福气和运气!"又有人趋前说。

"哈哈哈……"

众人会心大笑。

"我们不仅要靠运气才能看到彩色鸭子，我们要通过整治，让市民经常可以看到。"领导反问中年男人，"你说是不是？"

"是的，领导！我们一定要继续加大整治力度，不仅让市民能看到彩色鸭子，还能看见彩色水鸟，彩色野鹅……"

"小朋友也在看鸭子吗？要注意安全哦！"一行人经过小丫身边时，领导看到了正在戏水的小丫，关切地说。

"嗯嗯！"小丫涨红了脸，频频点头。小丫看到了一脸慈祥。

从小丫身边走过的一行人，没走多久就坐车走了。

担心了大哥一夜的小丫，心里的石头完全落了地，竟在湖边玩着玩着睡着了。

3

小丫是被鸭子凄厉的叫声吵醒的。

两个买鸭人不知什么时候又把船划到了湖心，一改原来的小心翼翼，用网粗暴地网湖里的鸭子。

凄厉叫着的其他鸭子都被网回了笼子，只有精灵的大哥在湖里一次次躲闪买鸭人的网。

"为什么抓鸭子？"小丫大声喊。

没人理会小丫。

网再次撒了出去。

大哥终是躲不过买鸭人的大网。

"你们要把大哥弄到哪去？"小丫想跳进水里，游到小木船，质问买鸭人，可距离太远了。小丫不敢下水，只好跑到买鸭人把鸭子装船下水的地方等买鸭人上岸。

买鸭人没把船划回来，而是朝对岸划去了。

小丫意识到不对劲，撒腿朝对岸跑。小丫绕着大大的湖，狂奔。

晚了！小丫气喘吁吁跑到对岸时，两个买鸭人和两笼鸭子已消失得无影无踪了。

4

"大哥，你在哪里？"

小丫一路找一路问一路哭。

从上午到中午，从中午到下午，从炎炎烈日到太阳下山……

哪有大哥的身影啊？！

小丫始终不放弃大哥！

找啊找！傍晚时分，执着的小丫终于在一家餐馆找到了大哥。

大哥被找到时，红的白的羽毛被拔了一地，大哥正在锅里的开水中上下翻飞……

小丫发现，精致的包厢里，坐着小丫上午见过的一脸慈祥的领导和跟随的一行人。

小丫当即瘫倒在地。

大哥红的白的羽毛覆盖了小丫一身。

红的似火，白的如雪。

女孩和蝌蚪

女孩扎着两根辫子，一甩一甩的，就像夏日花丛中飞来飞去的蝴蝶，煞是招人怜爱。

刺耳的蝉鸣在空旷的田野里长长地鸣叫着，却怎么也拖不长女孩地下的影子。女孩手里捏着玻璃瓶，踩着自己的影子静悄悄地走向田野。

从老师讲《小蝌蚪找妈妈》的那一刻起，女孩就萌发了一个念头，要到田野里找蝌蚪，然后把小蝌蚪养起来，免得小蝌蚪四处找妈妈。

小蝌蚪多么的可怜，一出生就不知道自己的妈妈。女孩一边走一边想。

到了小溪边，女孩把瓶子轻轻地放入水中，可是，瓶子触着水的那一刹那，小蝌蚪四处逃逸……

"小乖乖，别跑，别跑呀！"女孩柔声呼唤着。女孩把瓶子放入水里的动作又轻了些许，可是，不管女孩的动作多么轻巧，机灵的小蝌蚪还是四处逃逸。折腾了半天，小溪里的小蝌蚪一只也抓不着。

女孩轻轻叹了口气，转身到水稻田里找小蝌蚪。

一群小蝌蚪在一泓混浊的泥水里东窜西窜，煞是不安。

女孩用瓶子淘水，把一小坑混浊的泥水一小瓶一小瓶地淘走……

水干蝌蚪现。女孩轻轻地把小蝌蚪装到瓶子里，又到小溪里装了半瓶子清水。

刺耳的蝉鸣还在空旷的田野里长长地鸣叫。女孩双手紧紧捏着玻璃瓶，一边走着一边对小蝌蚪说：小蝌蚪啊，小蝌蚪！你再也不用找妈妈啦！你快快长大吧！

一个底大颈小的玻璃瓶从此摆在女孩小小的写字台上。清澈透明的瓶子里，多了女孩放进去的几片水草。小蝌蚪在瓶里欢蹦乱跳，女孩在瓶外欢蹦乱跳。

日子一天一天过去，小蝌蚪的脑袋越来越大、尾巴却越来越小。一天，女孩的爸爸领了一个陌生的漂亮女人回家。女孩的爸爸要女孩叫"妈妈"。

女孩怔怔地望着她的蝌蚪，嘴张了半天始终没能叫出来

"叫啊，叫妈妈。"女孩的爸爸在一旁着急地催促女孩。

女孩仍然怔怔地盯着玻璃瓶里尾巴越来越小，脑袋越来越大的小蝌蚪，叫不出声。

"一回生，两回熟，慢慢就习惯了。"陌生的漂亮女人走近女孩，尴尬地摸着女孩的两根辫子。

女孩找到了妈妈，女孩从此也找到了一家三口的尴尬。

女孩继续养着她的小蝌蚪。

小蝌蚪一日日长大，先是尾巴渐渐没了，而后小蝌蚪又长出了四只脚。随着小蝌蚪的整个大脑袋变了样，小蝌蚪已经不再是小蝌蚪了，小蝌蚪长成了小青蛙。

那一刻，女孩心里空落落的。

女孩在刺耳的蝉鸣还在田野里长长鸣叫着的时候，手里捏着玻璃瓶，踩着自己的影子静悄悄地走向田野。女孩把在玻璃瓶里日益长大的小青蛙倒入清澈的小溪。女孩倒下了半瓶子小青蛙，怔怔地看小青蛙和小溪里的小蝌蚪一块儿游来游去，看着看着，女孩仿佛觉得自己也成了一只小蝌蚪，在小溪里游啊游……

秋日的蝉儿还和夏日的蝉儿一样在田野刺耳地鸣叫。

瓷娃娃的礼物

对这场比赛，说真的，那天进赛场之前，我心里一直在发怵——对手实在太强了，世界排名第一。和他三年五次交锋，我从未尝过胜果，而且每次都以大比分惨败。何况，为闯进决赛，半决赛我还受了伤。

"赛场上，只要敢拼，一切皆有可能！"教练一次次给我卸包袱，给我鼓气。

一脚踏进羽毛球比赛场馆，远远地，我就见到了先我一步进场馆、霸气十足的对手。站在亮如白昼的场馆中央的对手，像株参天大树般屹立着。他不时张开双臂，接受球迷热情的欢呼。

我的出场变得十分低调——这是事后媒体评价说的，一个人背着比赛用包，低着头，好像球场有坑洼一样，小心地走到场馆中央。

即便是站在赛场上，我还是低着头——事后媒体说我在苦思良策，直到广播响亮地播报我的名字，我才抬起头来，礼貌性地向场馆四周的观众招手示意。

儿子？难道是球队背着我带儿子来看比赛？在向观众致意时，我突然发现左边看台上坐着儿子。我生怕看错了，赶紧捋了捋和儿子一样剃着小平头的寸发，定睛细看：那是一个长着圆脸、高鼻，皮肤粉嫩粉嫩，和我儿子几乎一模一样瓷娃娃般可爱的小男孩。

略微有些失望的我想起了儿子。

为了这次大赛，我一直在封闭训练，很久没见到四岁的儿子。比赛出发前，妻子给了我惊喜，带着儿子来送行。见到我，儿子那双水晶葡萄般的眼睛一直在滴溜溜地转，一会看我硕大的行李包，一会看我精致的比赛用包，末了歪着脑袋问，"爸爸，还有十天是我生日，你送我什么礼物啊？"

我将儿子一把揽到怀里，抚摸着他毛茸茸的短发，"儿子，你想要什么礼物，爸爸给你买！"

儿子抬起头，两颗水晶葡萄般的眼睛忽闪忽闪，充满期盼，"我要金牌！"

说实话，这次比赛，由于实力悬殊，按照队里要求，能进四强，就超额完成任务，我哪敢奢望拿金牌？

我抱紧了儿子，亲吻他粉嫩粉嫩的脸蛋，没作声。

我虽然没有亲口答应儿子，但到了赛场上，我却一遍一遍地提醒自己，要为儿子的金牌礼物而战。

正是这个信念，让我永不放弃，一路挺了过来：小组赛，放手一搏，出线晋级；八分之一赛，涉险过关；四分之一赛，扛住压力，死磕对手；半决赛，绝处逢生，上演惊天大逆转。

如今，站在决赛场上，我是多么想把金牌摘下来送给儿子作生日礼物！

我目不转睛地盯着看台上和我儿子长得一模一样的瓷娃娃。我发现，瓷娃娃那双明亮又深邃的眼睛也在看着赛场，看着我。

我怔了一下。

比赛开始，三盘两胜。第一局，对手稳打稳扎，发挥出技战水平。我呢，尽管运气不错，该得的分得了，运气球也全占了，但终是技不如人。对手不仅掌控着比赛节奏和局面，还在中段逐渐把比分拉开。很快，对手以21∶15先拔头筹。

易地再战，对手似乎比第一局更放松，开场连连得分，打了我个

10：2。关键时刻，教练果断叫了暂停。暂停过后，我逐渐稳住阵脚，一分一分地追，一分一分地咬，居然连追了6分，并在比分后段追平了。这时，我挑战对手一个运气球失败后，对手领先一分。随着我一个回球失误，对手领先两分，拿到了冠军点！

我走到场边抹汗，让自己冷静下来。在抹汗的间隙，我目光在看台上寻找和我儿子长得一模一样的瓷娃娃。

瓷娃娃站在座位上，挥舞着一双胖嘟嘟的小手，嘴里大喊大叫着。

感谢你，感谢和我儿子长得一模一样的瓷娃娃为我加油鼓劲！我用手又捋了捋和儿子一样的小平头，走进赛场，握紧拳头，喊了一声——谁也不知道我喊的啥，只有我自己知道，我喊两个字"金牌"！

为了儿子的生日礼物——金牌，我不能放弃！

接球，回球，后场，前场，几个来回的试探后，急于拿下比赛的对手网前出现了破绽，我及时抓住，化解了对手一个赛点。发球再战，有如神助的我，一个后场压线球，把比分追成21平。

这是一场无比艰辛的比赛。21平之后，我们两人比分交替着一分一分往上蹿，我和对手的赛（局）点一次次被对方化解。每一次平局，场上都掌声如潮；每一次赛（局）点，全场都鸦雀无声。

我又一次拿到了局点。

开球前，累得气喘吁吁的我又瞄了瞄看台——瓷娃娃不再站在座位挥舞双手，而是全神贯注地观看比赛。我似乎看到了儿子忽闪忽闪充满期盼的眼神。

球开了，三个回合下来，我一记炮弹级的重扣，把对手打趴在地板上。我终于扳回一局！

决胜局比赛重回起点。经过前两局的厮杀，我们两个都变得小心谨慎。比分到中段，形成胶着，你一分我一分，一次次平手。

顶着伤痛的我，比对手领先一分，拿到了赛点。

瓷娃娃，感谢你！

儿子，我们离金牌很近了！

逆转和被逆转，心态完全不同了，我看到了金牌在向我招手。我有意让自己平静下来，换球，抹汗，示意工作人员抹汗湿的地板。

重新走回球场，我突然看到了赛场电视大屏幕里，瓷娃娃泪流满面。巨幅屏幕上，瓷娃娃的脸显得更圆、鼻梁更高、皮肤更嫩，那晶莹的泪珠，拳头般大，夸张地、肆无忌惮地流着。

瓷娃娃痛不欲生的哭让人心怜。

我又怔了一下。

球已到了我跟前，我勉强回个前场球。高了，对手毫不犹豫地扣杀。

比分成了21平，我浪费了一个赛点。

瓷娃娃，莫哭莫哭！我心里说着。

对手的球发出来了，是底线球。准备不足的我快速后退，回球。对手接了我的回球后，放了一个前场球，我快步趋前接起，回了一个后场球。我的回球质量不高，被对手抓住机会反击成功。对手反超拿到赛点。

等待对手发球的间隙，我瞄了一眼大屏幕，不见了瓷娃娃。瓷娃娃站在看台座位上，止住了哭。

对手发球。几个来回推拉，我回了一个后场球。只见白色的球高高飞起，似乎要在底线外面落下。对手退到后场，犹豫了一下，发现球很可能要落在线内，才匆忙起拍。对手的这一犹豫，让我抓住了机会。

又平局。

发球前，我又看到了大屏幕上瓷娃娃拳头般大的泪珠在流。

瓷娃娃又哭了，哭得伤心欲绝。

我发现，我一赢，瓷娃娃就哭，哭得让人心碎。

我再次怔了一下。

瓷娃娃不哭。我真的不想让你这么伤心地哭！我几乎要放弃比赛了。

球发出去后，一长一短，一真一假，一虚一实对打，对手一个质量不高的回球，我一记十拿九稳的扣杀，却因眼前尽是瓷娃娃拳头般大的泪珠，出界了！

对手的赛点。

对手一个底线回球不到位，被我抓住机会，扳平比分。

我又一次借抹汗的机会，捋了捋和儿子一样的小平头。

我想起了和瓷娃娃长得一模一样的儿子充满期盼的眼光，我冷静了下来。

对不起了，瓷娃娃。我虽然不敢答应给儿子带块金牌作生日礼物——一诺千金，可我多么想给儿子惊喜！对不起了，瓷娃娃。你那拳头般大的泪珠，也是我儿子的泪。

走回球场，吊、扣、回，推、拉、搓，我心无旁骛，不给对手机会。

对手搓球高了，我截杀成功。

又到了我的赛点。

我大吼一声后，开出了一个质量十分高的前场球，对手回球失误。

赢了！我扔了球拍，伏地痛哭。

和对手握手后，我身披国旗绕场一周。我发现，对手落寞地坐在场边，久久不肯离去。

这时，瓷娃娃从看台上边哭边冲下来，到了场边，抱着对手哭。

"不哭，不哭！"看着这心酸的一幕，我情不自禁地走过去安慰瓷娃娃。

"不，你抢了我爸爸的金牌！"和他爸爸一样长着黄皮肤、黑头发，讲着流利中文的瓷娃娃哭声更响亮，"这是我的生日礼物！"

我悄悄离开哭泣着的瓷娃娃。

领完奖，我把金灿灿的金牌挂到了瓷娃娃的脖子上，告诉瓷娃娃，让爸爸带着他来中国一起过生日，"中国是最好的礼物！"

瓷娃娃脸上的泪珠不见了，笑了，笑得一脸灿烂。

总有读书人

书店坐落在闹市中有名的欧风街上，店不大，两层小楼百来平方，哥特式的装饰与整条街很般配。

老板与书店其实也很般配。老板读过很多书，就像书架上的书一样，文史哲，数理化，音乐画画艺术，信手拈来，都能娓娓而道。

网上购书兴起后，书店的日子就像王小二过年，一年不如一年。

"书店不是买卖场，书店是文化所。"老板常常用这句话来教育他的员工——其实就我一个，在我之前也只有一个。

老板最反对的是人家把他当商人，因此，当有文化策划人看中书店的好地段，提出免费帮书店包装策划，想把闹市中的书店打造成集休闲、饮食、娱乐为一体的以书为媒的小资综合店时，老板把头摇成了拨浪鼓。

"书店就是书店，文化就是文化。"正是老板对书店的坚持，多年来，书店才能在喧嚣的闹市中独存安静清香。

我每天九点到店开门，老板随后必到。冷清的日子里，老板信心依旧，"从门口走过一千人，有十个人能上来读书，有一个人能买书，都值！"

老板每次这样讲的时候，我都会安安静静地看着他，嘴里虽没说说，心里却十分赞赏——我也是个爱书之人。

有没客人，老板都会找出他自己喜欢的书，在书店的角落里，一个人静静地读。没客人时，我也不例外。

"书店要创造更好的条件来留住客人。"一天，老板看完一本书，或许是在书架上靠太久了，手臂麻木了，站起来伸了伸手臂，又做了几个扩胸动作，深有感触地说。

"……"我想告诉老板，给客人提供更好的环境，客人就会买书吗——据我观察，即便进来书店的，很多时候，客人常常只是翻翻书，随后就走了。但我忍着没说。

老板说干就干，立即打电话请人做一批长短不一的条凳。

没几天，条凳送来了。老板很高兴，亲自把条凳摆到了一、二层的书架前。

"坐着看书舒服多了。"老板在一楼文学类书柜下坐着看完了一本书，一脸满足，露出和他年龄相仿的青春的微笑。

我也常常寻了个能关照到书柜收银处的位置，和老板一样坐下看书。

正和我想的一样，提供了好环境，来看书的多了起来，但掏钱买书的却不见多。客人还是和先前一样，看看书后，该匆匆走的还是匆匆走了。唯有一位老者，每次来书店看书，一看就是大半天，当然他也是一书未买。

老者是在书店添置了条凳后不久就来了。一头白发，一脸清瘦，一件灰白夹克天天穿着。嘴里似乎掉了多个牙齿，以致左脸颊塌陷成坑。客人每天九点半过来，像上班一样准时。一来就在物理类书架下的短条凳上，边看书边摘抄，十二点左右离开，下午两点半又来书店，关门前才走。

连着大半月，老者一天不落来书店看书。

"老板，屋主又来电话催交店租了。"那段时间，尽管每天来书店看书的不少，书店生意似乎很红火，但实质没卖出几本书，经营日益困难。屋主来电一次又一次催交店租，那天下午，我只好如实向老板报告。

"没钱！"一向温文尔雅的老板突然大声说，"你自己想办法！"

"老板，你都没钱，我能想什么办法？"我一肚子委屈，自己几个月工资没拿到，我还没向你讨薪呢，你还让我想办法交店租，真是滑天下之大稽。

"……"老板自知失言，停下看得正起劲的书，看了我一眼，欲言又止。

"打烊了，走啦，走啦！"我气鼓鼓地催促客人走。反正一下午也没客人买书，客人早走书店早关门，我也早下班。

那位连续来了大半月的老者，听到我的催促，看了一眼墙上的挂钟，复又低头看书摘抄。

"走了。关门了。"我走到老者身边，没好气地催他。来书店看书，一毛不拔就像母鸡一样跑到人家家里，鸡蛋不给人家下一个，只留一地的鸡屎，这样的鸡谁会欢迎？

"不是还没到时间么？"老者抬了下头，一脸迷惑地看着我。

"我说打烊就打烊，不买书就走！"我早就想对老者说这句话，只是碍于老板对每一位上书店的客人的尊重。

"好吧。"老者收起书，我瞄了一眼，是一本叫《量子物理学史》的书。老者合上本子——一本自己装订的本子，站起来准备走。

"老人家，您继续看，还没下班呢。"老板不知什么时候走到我和老者身边，客客气气的对老者说。

"可这位姑娘？"

"没事。她有事急着先走，我在。您继续看书。"老板帮老者重新取出那本《量子物理学史》，"您刚才是看这本吗？"

"是的，谢谢！"老者接过书，对老板微笑致意，坐下继续看书。

不打笑脸客，何况是一个老人，我脸红了一下，看了一眼老板，悄悄走回我平时看书的位置。

第二天早上，老板竟然比我先到书店。

"陈，不好意思，这是你上两个月的工资。"老板一见面就递给我两个信封，"这是店租，你上午去交给屋主。"

"……"我一句"你去哪里弄的钱"没说出来。

"昨天心情不好，不好意思啊！"老板说得十分真诚。

"是我态度不好。"

"没事了，上班吧。"

老板又坐回平日里他坐的位置，取出书看。我赶紧出门去交店租。十一点回到书店，发现店里不见那个天天来的老者。

我是不是做得过分了？他是不是不会来了？我为昨天的事深深自责。

"天下没有不散的筵席，何况是客人？"老板看出了我的自责，安慰我。

我却听出了一种不祥的预感。

第三天上午九点半，老者又走进书店来了，我的自责顿时如释重负。

"老人家，您喝杯水吧。"临近中午，书店客人少，老者还在认真地看书摘抄，我倒了杯水递给他。

"谢谢你！姑娘。"老者接过水杯，一脸慈祥。

"您在做笔记，我能看一下吗？"我好奇。

老者把厚厚的本子递给我。

本子第一页写着"量子物理学"五个大字。翻开本子，里边密密麻麻地摘抄了量子力学的相关知识：

量子力学（Quantum Mechanics）是研究物质世界微观粒子运动规律的物理学分支，主要研究原子、分子、凝聚态物质，以及原子核和基本粒子的结构、性质的基础理论它与相对论一起构成现代物理学的理论基础……

德布罗意的物质波方程：

$$E = \hbar\omega \quad , \quad p = \frac{h}{\lambda} \quad , \quad 其中 \quad \hbar = \frac{h}{2\pi} \quad , \quad 可以由 \quad E = \frac{p^2}{2m} \quad 得$$

到 $\lambda = \dfrac{h}{\sqrt{2mE}}$

本子的背面是一部草稿书的目录和内容，显然，本子是二次利用。

"您是研究量子物理的？"我好奇。

"我是搞农业的，今年88岁了。我农大毕业后，留校教书，给研究生主讲生物物理。"老者很健谈，"量子物理是前沿知识，以前学的很多知识过时了，来补一补。"

"……"我为老者这么大年纪还这么好学深深感动，对他更是肃然起敬！

往后老者再来书店，我每天总会递给他一杯热水。

冬去春来，到处生机盎然。书店却没了春天，经营愈发困难。

"陈，此处风景很美，生存却不容易啊！"那天，老板突发诗意地对我讲。

说实在的，我比老板更早意识到书店的生存问题，只是心有所想，再加上后来那位好学的老者存在，才没考虑更多，也才没离开书店。

"书店维持不下去了，我想关张了。陈，你有什么想法？"老板看着我急促地说。

老板先前说的"天下没有不散的筵席"一语成谶！

　　"那，我，明天和老人家，"我避开老板灼热的目光，却说得支支吾吾，"说再见。"

　　我发现老板灼热的目光倏地灭了。

　　"老师，书店明天准备关门了。"第二天，我委婉地告诉老者。

　　"不容易啊！"老者眼里闪过一丝光，也随即灭了。

　　"我想请您帮个忙，行吗？"我对老者说。

　　"我很乐意。"老者很高兴，"什么忙呢？"

　　"请给我证婚吧，就书店里。"我对老者说，"我要嫁给他，和他一起读书。"

　　"可是书店已经开不下去了。"老板不知什么时候站在我和老者身后，忧伤地说。

　　"总有读书人。"我拉着老板的手，娇羞着说。

　　老板刚灭了的灼热目光瞬间又亮起。

　　三双手叠在了一起。

基地老库

　　几排低矮灰白的平房坐落在草木葱茏的半山腰，阳光下，远远望去，就像男人乌黑茂密的头发被硬生生剃了一角，贴了一块白胶布一样，特别显眼。

　　对住在半山腰的女人来说，幸福的日子，莫过于男人们从野外找矿回基地休息的头几天。那几日，到处充斥着男人天震地骇的说话声，女人们的脸上则都洋溢着笑，孩子们少了女人们的呵斥，似乎也变得特别乖。基地里，一到饭点，家家户户像过节一样厨房飘香。

　　男人们平日里出去为国家找矿，跋山涉水，风餐露宿，三几个月甚至是一年半载回不了基地。用队长的话讲，男人在野外干活久，回到基地，个个都是刺。老库是刺头，更是惹不得。

　　接到为国家找钼矿的任务时，老库看着身后高矮不一的一排孩子，转身千叮咛万嘱咐库嫂，家里添人不添米，加个人，煮饭只能加瓢水。

　　老库说完快步走出平房，门外风起，老库眼里似乎进了沙子，揉了揉，通红着眼，到基地门口坐车出发。

　　半年后，老库回到基地时，库嫂的肚子瘪了，又为老库生了个儿子。

　　生活是柴米油盐酱醋，女人幸福的日子，就像男人的激情一样短暂。幸福的日子过后，生活又恢复成生活。

　　"你这头猪，吃了睡，睡了吃，也不知道帮忙干点活。"库嫂忍了几天，一早起来开始数落老库，骂他是，"地里一条龙，家里一懒虫。"

老库在床上翻了个身，没吭声，继续睡。

"你看人家副队长老许，一早起来帮老婆洗衣做饭，你呢？就是条死狗。"库嫂从乡下出来，没多少文化，一骂人就猪啊，狗的。骂了一通，见老库不搭理，越说越起劲，越骂越大声。

基地平房里一家挨着一家，前排贴后排，大点声说话，家家户户都听得清清楚楚。

"妈妈，可以吃饭了吗？"

"就知道吃，吃，吃。"库嫂大声骂小孩。

最小的孩子先哭起来。哭像传染一般，紧接着，孩子们一个接一个都哭了起来。

"吵吵吵，吵个鸡巴毛。"老库一把将床头被他扔了无数次早已用不了的闹钟，扔到了地上。

"砰"的一声，老库家里立即安静了下来。

隔壁屋里正在客厅洗衣服，正准备悄悄把洗衣盆端进卧室继续洗的副队长老许，被砰的一声唬住了。端着的一盆衣服不知该放下，还是继续洗。

第二天基地开会，副队长感受到了老库一伙从野外回来的男人，眼里齐刷刷喷出的怒火。

副队长是个知识分子，对同样是知识分子在基地上班的老婆很好，但不知咋整，副队长居然整不出一儿半子。

"队长给娘们洗衣服，让我们咋整？"

"真体贴啊！"

"队长他娘们的裤头香。"

会议一结束，一伙人就围着副队长老许，酸他。

"再给你娘们洗衣服，看我敢不敢揍你。"刺头老库居然威胁副队长。

众怒难平，副队长突围出愤怒的人群，灰溜溜地走了。

往后，副队长老许再也没在自家客厅里洗衣服。

在基地的日子里，男人没事干，闲得慌，也没啥东西吃，嘴又淡出个鸟。

那日中午，一班工友在门外抽烟闲聊，老库正说起某次在野外，他们收拾了一只流浪狗，可香了时，基地突然飘来了狗肉香。

"谁家焖狗肉？"

"找找去。"老库深深吸了一口，口水都馋了出来。

在老鬼家，老库一伙人停下了脚步。

"老鬼，今天焖狗肉吃？"老库不打招呼，带着一伙人，径直进了老鬼家。

"没……没呢。"老鬼慌里慌张的。

"没焖狗肉，咋这么香？"老鬼的饭桌上，有菜不见肉，老库说着，揭起了老鬼家里的锅盖。

锅洗得干干净净的。

"哪有狗肉吃呢？"老鬼的老婆从卧室里走出来，讪讪地说。

"奇了，怪了，狗肉香味就在你家。"老库盯着老鬼。

老鬼始终不敢看老库的眼睛。

"都散了吧，都回家吃饭去。"老鬼的女人下了逐客令。

老库一伙人悻悻地离开了老鬼家。但没隔多久，老库带着一伙人杀了个回马枪。

见到老库一伙人又进来，老鬼的女人急急忙忙端着一盘东西，想进卧室，被老库堵住了。

盆里果然装着大半盆焖得黑红黑红的狗肉。

所有的手都齐刷刷伸到了老鬼的老婆端的盆里。

"你们这是抢啊！"老鬼的女人咋呼着。

老鬼却低垂下了头。

休息的日子总是那么短暂，那年夏天后，老库他们接到了秘密任务，随即出门去当"野人"。

夏日的深山，草深林高，密不透风，老库和工友们，在深山野岭安营扎寨，住草棚，点油灯。每天出门，头上一顶草帽，肩上扛一台钻机，斜挎一个背包，一壶水，手上带着地质锤、辐射仪和放大镜，分成小分队，钻山沟，爬山脊，穿行在崇山峻岭间。

这里的山，虽不是高耸云天，却是沟壑纵横，峭壁林立，荆棘丛生，走在人迹罕至的地方，常有野猪做伴。

那天，老库带着老鬼，爬了两个山脉，干粮和水都用完了，队员们又累又饿又渴，快走不动了。老库带头唱起了《勘探队员之歌》：

> 是那山谷的风，
> 吹动我们的红旗，
> 是那狂暴的雨，
> 洗刷我们的帐篷，
> 我们有火焰般的热情，
> 战胜了一切疲劳和寒冷，
> 背起了我们的行装，
> 攀上了层层的山峰，
> ……

沙哑的歌声不乏雄壮，在莽莽群山中回荡。

歌声提起激情，老鬼似乎忘记了劳累和饥渴，远远跟着老库下山。

"啊——"回到半山腰，老库身后突然传来老鬼的惨叫声。

老库立即往回跑。原来，老鬼的左脚踩到狩猎的农民埋在路边捕捉猎物的铁夹子，被牢牢夹住了，动弹不得。

老库俯下身，双膝跪在地上，小心翼翼地帮老鬼拆铁夹。

路是走不了了，老库二话没说，背起老鬼就走……回到驻地，老库一躺下，就和老鬼一样动弹不得。

大半年后，老库他们的秘密任务完成了——为国家找到了铀矿！可老库他们来不及欢呼，上面要求他们就地炼铀。

没有技术，没有设备，怎么炼？队长和总工程师商量后，自创了土法炼铀——把矿石放在铁锅里煮，就像打豆腐一样，炼粗产品铀。

办法有了，谁去炼呢?

大家都清楚，这种土法炼铀，辐射防不胜防，着实危险。

没人吭声。

"既然没人愿意去，那就抽签，抽到谁，谁去炼。"队长黑着脸说。

"都是怂包，没人去，我去！"一听要抽签，老库骂了一句。

"我也去吧"。老鬼左脚被铁夹子夹坏了，瘸着个腿，一时半会上不了山，见老库要去炼铀，主动请缨和老库一起去。

"你他妈还嫩着呢，儿子还没生一个。我都这么大年纪了，不立功混个一官半职，对不住我那一排儿女。"老库瞪着老鬼，坚决不同意他参加。

最终，老库胸前围着一块当防护的铝板，独自一个人去炼铀。

功夫不负有心人，粗产品铀炼出来了。大队领导及时赶到，当场宣布，大家为国家找铀炼铀立了功，每人奖励一百元。老库带头炼铀，额外奖励一百元。

胜利完成任务，老库一行人买了几只土狗，杀了平分，带回基地家里。

老库他们回到基地的当天，家家户户狗肉飘香。

"库哥，你家人口多，这盘给你。"晚上，老库一家人正在吃饭，老鬼端着一小盆狗肉进来。

老库想拒绝，但看到桌上自己才吃了一块，两大盆狗肉都不见了的空盆，没推。拉过一张凳子，招呼老鬼，"坐，坐。喝一杯。"

库嫂适时递上了一个酒杯。

一瓶基地自酿的土酒很快见底。老库好酒却不胜酒力，大着舌头嚷着叫老婆再开一瓶。

"谢库哥，回头再喝。"老鬼及时制止了。

老库回头却喝不了——土法炼铀没多久，老库被查出患了白血病，再也喝不了酒，再也出不了基地去当"野人"了，每天守着基地里几排低矮灰白的平房，晒太阳。

基地阳光正好。

第六辑

葬石记

老李头一生只打过一次仗，在一个遍布雨花石的山头上打了一次惨烈无比的仗。

那一仗回来，老李头左裤袋里装了大小不一的20块雨花石，右裤袋也有16块。

几十块雨花石中，有扁圆、椭圆、鼓圆、鸭蛋圆，形状各异；有桃红、柳绿、杏黄、青紫，五彩斑斓。

这些雨花石伴随着老李头走过辉煌的几十年。老李头带着这些雨花石，一次次去演讲，感动了无数的人。

"一个山东兵，大大咧咧地攻上山头来。我斜靠着一棵松柏树，举枪瞄准他的大脑袋……"老李头从左裤袋里掏出一块圆圆鼓鼓紫罗兰色的雨花石，"枪响人倒，这个山东兵立马见阎王去了……"

"矮个子湖南兵，不怕死，往山上攻了几次，都被打回去后，想从侧面偷袭……"一块扁平的桃红雨花石被老李头拍到桌子上，"姥姥的，再狡猾的狐狸也逃不出猎人的手心。我掉转了枪口，屏住呼吸，看着他慢慢上来……近了，近了，近得不能再近了，我扳动了机枪……"

……

左裤袋里20块雨花石一一被老李头摆到了讲演的桌子上。一块雨花石代表一个被老李头击毙的敌人。

台下，热血沸腾。

"这个是敌人的探子，贼眉贼眼的，趁我们歇息，偷偷出来打探情况。我发现时，探子正往山下跑……"老李头从右裤袋掏出一块三角形的黄褐色雨花石，"说时迟，那时快，我举起了枪。可惜了，那一枪只击中他的左肩。我再次举枪时，埋伏着的敌人向我反击了……让他捡回一条狗命！"

"总攻开始了，我们像猛虎下山，见一个打一个，子弹打光了，我就用枪托砸……一个正在逃窜的敌人被赶上了，我二话没说，冲上去就是一枪托。"老李头从右裤袋里掏出一块色彩斑驳的雨花石，"一枪托下去，敌人在地下打滚。顾不了结束他了，我们一路冲山下……胜利了，我们胜利了！"

……

右裤袋里16块雨花石也一一被老李头讲演过后摆在桌子上。一块雨花石代表一个被老李头击伤的敌人。

台下，掌声雷动。

那次战斗，老李头以击敌20，伤16，名噪全军。这次战斗，老李头也付出惨重代价，身中三弹……

老李头从医院出来，全国解放了，没仗可打了。

没仗打的战斗英雄老李头一次又一次被请去演讲报告。老李头和他的雨花石名扬天下。

多年后，请老李头演讲报告的越来越少了。

少作演讲报告的老李头每天仍然把雨花石分装在两个裤袋里，到处走。石头把草绿色的军装撑得鼓鼓的，老李头一有空就把雨花石掏出来，一遍又一遍地看，一遍又一遍地数。

一次，数着数着，老李头突然发现福建兵——一块拇指大的杏黄色雨花石不见了。老李头那个急啊，恨不得挖地三尺。最终，老李头发现福建兵个子小从左裤袋脱线的地方掉出来，躺在了沙发上……老李头把失而复得的福建兵握在手心里，久久不放。

丢失福建兵之后，老李头亲自把裤袋严严实实缝了三遍。

看雨花石，数雨花石。看完数，数完看，然后自言自语，这是战斗英雄老李头不作演讲报告的全部生活。

生活虽然单调，老李头却感觉幸福无比。就是在中风最严重的日子里，老李头讲话异常艰难，也每天看雨花石，数雨花石，一脸满足。

老张头从台湾回来，专程到干休院找老李头。两个老头相见，抱头痛哭——老李头和老张头是光屁股长大的兄弟，老李头大老张头三岁，老李头参加革命后，两人就失去联系。新中国成立后，老李头到处查找老张头的下落，无果。

"你参加革命走后，我继续在村里放牛。有一次，走丢了一头黄牛，为寻找黄牛，我被国民党抓去当壮丁。我那一批被抓壮丁的，有二十多人，都是穷苦人家。苦啊！一路上跑了两个，一个被抓回来打断了腿，其他糊里糊涂上了战场，最后只剩下两个活着到了台湾……"老张头老泪纵横。

老张头走后，老李头很长一段时间不看不数雨花石。后来，他把雨花石从裤袋里掏出来，堆在了房间的角落里。

大病了一场，老李头出院后，行动不利索了，每天靠着干休院的北墙晒太阳。阳光下，裤袋里空空的老李头更显干瘦。

秋风把院子里的落叶一片片吹落。黄叶随风四处飘，好像在寻找自己的归宿：有的飘进水沟，东流去；有的飘进花丛草丛，化作春泥……

看着落叶飘飞，老李头眼角潮湿。

"回……回……房间。"老李头让护士推他回房间。在房间角落里，看着两小堆雨花石布满蜘蛛网，一只细小的蜘蛛还在辛勤地织网，"装……装……起……来！"

新来的护士不知道老李头要装什么。

"装……装……石……"老李头憋得满脸通红。

护士好不容易才弄明老李头要把房间里的这两小堆雨花石装回裤袋，"首长，您装这些石头干吗？"

"埋……埋了……"老李头示意护士推他出房间，"生……生命……"

在干休院南边的一杂草丛里，老李头让护士扶他坐到草地上。

重重坐到草地上，老李头用手一丝不苟地刨开两个深深的土坑。

刨完了坑，老李头哆嗦着手先从左裤袋里一块块掏出雨花石，然后异常庄重地放进坑，填土，压实……完了，又把右裤袋的雨花石掏出，放进另一个土坑……

两个裤袋的雨花石分别放进了土坑，埋成了两个小土堆。

做完了这一切，老李头呆呆坐着一动不动，泪流满面，"生……生命……"

一阵北风横吹，飞沙走石。护士担心老李头受凉，劝他回房间，老李头还是呆呆坐着不动，眼角，不易察觉的泪缓缓流下……

"忽如一夜春风来，千树万树梨花开"。夜晚，下起了冬天的第一场雪。早上雪停，干休院银装素裹，阳光把两个雪白的土堆照得异常耀眼。

老李头随着冬天的第一场雪走了。

龙须巷

巷是古巷，又宽又深，路面清一色的油麻石，光脚走着，唿唿响。

往里走，巷像大树，不断分叉，主巷分叉出小巷，小巷又分叉出若干小巷。

据说，一日来了个先生，先生在巷里走，走着走着，就走迷糊了。先生一出来便问，"这叫什么巷？"

"树巷。"族长解释，"因像大树一样分叉。"

先生沉吟不语。

族长递烟上茶。

"此地为龙地，龙地树巷，树阻龙腾，可惜了！"先生捻须道。

"何解？"族长追问。

先生只捻须，又不语。

族长递上银子。

"叫龙须巷吧！"先生解释，此地衙门所在，衙门对面有一大照壁，左右各有冷巷一条。衙门为龙，二冷巷即为龙须。

"龙须巷？"族长醍醐灌顶，"须树音通，须前加龙，好！"

"龙须龙须，飞龙在兮！"先生赶紧收了银子。

叫了许多年的树巷从此改名龙须巷。

改名的巷虽然数百年出不了龙，却因县衙所在，永不贫瘠。龙须巷里的人也多得教化，民风淳朴。

衙门解放后改成了县政府。县政府在我很小的时候就搬走了。搬走后的衙门里面是公社，外面是派出所，一般人轻易不会到。1960年的夏天，我和几个小朋友却齐齐进了衙门里的派出所。

1960年的龙须巷，路面还是清一色油麻石，走在上面哪哪响。但那时，更响的是肚子，一天到晚，我们肚子咕咕响。见了路上像番薯一样的石块，眼睛都发直。

可石头就是石头，填不了肚子。巷子里的大人开始有人脚浮肿如水桶，我们小孩子个个皮包骨，面黄肌瘦。

"我找到吃的啦！"那天，高个子猴神秘兮兮地把我们几个叫在一起。

猴是我们这群孩子的头，能吃饱肚子的时候带着我们在龙须巷里"抓特务"。后来，没东西吃了，便带着我们到乡下山里摘野果找东西填肚子，到路上捡龙眼核带回家磨成粉蒸成粿——尽管很涩很涩，难以下咽，可还能填肚子。再后来，实在找不到东西吃了……

"在哪？"我们都伸出了手，搜猴的身。

"搜啥？找到了，关键还要看你们配不配合。"猴急了。

"配合！"只要有吃的，谁傻的不配合，大家异口同声。

猴告诉我们，每三天有个外地人挑着两筐东西经过龙须巷，"我侦察过了，他挑的可是豆箍，能吃！"

猴讲的豆箍，是我们这里把花生压榨炼油后遗下的花生渣，箍成一个个圆饼状，晒干，用来当肥料或猪饲料。

"怎么才能弄到他豆箍？他可警醒了。"猴这一提醒，大家都记起了这么一个人，可挑担的是个机灵的壮小伙，不好下手。

"大家听我的。"猴成竹在胸，咬着大伙的耳朵详说。

煎熬的两天后，是挑担人经过龙须巷的日子。我们按照猴的部署，早早到位。

　　大约后晌午，挑担人挑着担子来了。当他进入我们的预定区域后，猴给山羊使了个眼色。

　　山羊是我们这群人里跑得最快，也最能跑的一个。按照猴的计划，山羊在这时要及时出现，跟在挑担人的后面，找到机会，从挑担人筐里抽出一柄豆箍，然后狂奔——利用让外面的人走迷糊的龙须巷，甩开挑担人。万一，挑担人追得紧，山羊则扔下得手的豆箍，趁挑担人捡回豆箍，脱身……在挑担人追赶山羊的时候，其他人一哄而上，每人拿走一柄豆箍，分散跑开……

　　不得不说，猴的计划是一个完美的计划。我们埋伏在不同的巷子，等待山羊得手，挑担人中计。

　　山羊得手了，挑担人果然中计，放下担子，狂追山羊。

　　我们一哄而上，拿了东西又一哄而散。

　　我们得手了！山羊却未能脱身：挑担人一路追赶山羊，你左转他转左，你右拐他拐右……被追得紧的山羊只好扔下豆箍，以求脱身。挑担人却不按常理出牌，不去捡山羊扔下的豆箍，只追赶山羊。

　　山羊被"俘"了——被挑担人送到龙须巷派出所。

　　失手的山羊，供出猴的全盘计划和全部参与人。

　　我们全都落在了迷瞪眼的手里。

　　迷瞪眼是派出所的一名胖警察，话不多，长着个刀疤脸。据说是打日本鬼子时落下的伤疤。迷瞪眼是个有名的狠角色，他的狠招，龙须巷里传得很神乎。即抓住了人，先是一瞪。迷瞪眼的一瞪，眼里放青光，就像一把利刃，能把被抓的人剜得心虚发毛。再是一吼，"老实从宽，抗拒从严！"这八个字，从迷瞪眼的嘴里吼出，字字如炮弹，打得屋里的蜘蛛网都会乱颤。当然了，被吼的人，很多腿脚也颤抖。一瞪一吼还解决不了问题，那就一拍。迷瞪眼拍烂过好多桌子，后来桌子都封上了铁皮，迷瞪眼一拍，简直是地动山摇，胆子小的当即尿裤。这三招都还不行，那就用最后一招——上手段。龙须巷里传他的手段很多，但谁也不知道迷瞪眼上的什么手段——没人经历过。

狠角色的迷瞪眼，不仅小偷小摸犯罪分子怕他，龙须巷里的小孩子也惧怕他。小孩子半夜久哭不睡，大人们常常用"迷瞪眼来了"这话吓小孩。

许是有狠角色迷瞪眼在，许是龙须巷本就民风淳朴，迷瞪眼一年到头没多少案子可办。

落到了迷瞪眼手里，我们料想一定没有好果子吃，吓得面如死灰。

"把拿走的豆箍都交回来！"迷瞪眼一瞪，我们个个都把头垂到了裤裆里。

"同志，他们是抢不是拿！"挑担人纠正迷瞪眼。

"是你办案还是我办案？"迷瞪眼瞪了挑担人一眼。

挑担人嘴张了张没再说，脸却憋得通红。

"听到没有？赶紧把拿走的豆箍交回来！"迷瞪眼不看挑担人，朝我们吼，"再等待处理。"

除了山羊，我们赶紧离开派出所，去找刚刚藏起来的战利品。

六柄黑黑硬硬的豆箍完完整整交回派出所。

"还有这个。"迷瞪眼指着挑担人刚才连人带赃带回的一柄豆箍，"点点数，齐了没有？"

"齐啦。"

"齐了还不走？"迷瞪眼吼叫挑担人。

"他们，他们……"看着吓人迷瞪眼，挑担人欲言又止。

"他们会得到处理的！"迷瞪眼不耐烦了，转过身对着站了一墙的我们，"罚你们一周劳动改造。一周后回来派出所报到！"

挑单人满意地挑着担子走了。

一墙的芦柴棍齐刷刷低垂着头。

1960年的夏天，这是我第一次进衙门里的派出所，第一次和小伙伴们接受劳动改造。这一年，我六岁。

迷瞪眼给我们安排的劳动改造是，到一片旱地，帮派出所拔花生。

那是一周幸福的劳动改造，尽管头上烈日炎炎，每个人都汗流浃背，衣服湿了干，干了湿，但我们像掉进油缸里的老鼠，每天花生吃得饱饱的——当然了，花生壳都就地埋了，美其名曰积肥。

一周后花生拔完了，我们的劳动改造也到期了。我们齐齐到派出所，向迷瞪眼报到。

"滚！"迷瞪眼好像忘了我们的事，迷瞪着眼，大声喊着，赶我们走。

清一色的油麻石，哪哪声四起。

"您还记得我们当年偷豆箍的事吗？"多年后，我退休回到龙须巷，专门去看迷瞪眼。

衙门里面的公社改成了镇政府，派出所还在外面。古巷却依旧，走在清一色油麻石路面，哪哪响。

"是拿。"迷瞪眼很老了，眼睛更加迷瞪，人却异常清醒，一会反问我，"花生好吃吗？"

我双手紧紧握着迷瞪眼的手，一个劲点头，"是您老当年可怜我们饿肚子，刻意安排幸福的劳动改造？"

"龙须巷民风淳朴！"迷瞪眼答非所问。

温煦阳光照进古朴的龙须巷，斑驳迷离，我瞬间泪眼蒙眬。

一群小孩远远从阳光中走来，龙须巷里哪哪的响声十分清脆。

千层花开

秀来时，门口的白千层花开正盛。站在高大的白千层树下，尽管看不到密集于枝顶的团团白花，秀却闻到了浓郁的香味。

真香！秀贪婪地、夸张地深深吸了一口这浓郁的味道。

男人身上也有股浓郁的味道。一想到男人，秀心里有小鹿猛撞，脸红了一下。

男人上着班还没回来。打了男人电话，良久，男人才接。电话里传来叮叮当当的响声——站在白千层树下的秀也听到了叮叮当当的响声。秀知道，男人就在附近的工地上。

男人告诉秀，正对着白千层树的那排板房，就是宿舍，一层左边第一间便是，"门虚锁着，先进去休息吧。"

左边第一间的门果真虚锁着，秀用力一推，门便开了。

板房隔成的房子，尽管四壁还是光滑齐整，屋内却杂乱无章：衣服袜子，碗筷杯子，你中有我，我中有你。床上，更像是打过仗般。

一想到打仗，秀又脸红了。在老家，男人和秀常常在床上打仗……仗打完了，秀便幸福着收拾，把战场收拾成温暖的小窝。

女人不在身边的战场永远是战场，成不了温暖的小窝。秀笑着放下行李收拾战场般的屋子。

叠了床被，收了衣袜，洗了杯碗，屋子里床、桌、凳终于露出真容。

接着，秀又把男人东一只西一只脏兮兮的鞋子小心擦洗，齐整摆放。

忽然，角落里一双小号红拖鞋让秀心里咯噔了一下。

谁的红拖鞋？！

秀仔仔细细查看这双红拖鞋：鞋面留有压痕，显然穿过；鞋帮结着蛛网，应该有段时日没用了……

难道是男人给自己准备的？

秀想了想，摇了摇头。

谁的红拖鞋呢？

秀整理房间的动作迟缓了下来。

板房离工地近，满屋的尘。真不知男人多久没扫过地了，秀又摇了摇头。

朝地下撒了水，秀拿过门边一把缺了一半的扫把扫地。

扫着扫着，秀的心猛烈地咯噔一下：床底扫出一个绿色的避孕套外包装袋子。

秀想捡起来检查，又嫌脏，便用扫把翻了翻——袋子撕开了口，空的。

秀的头一下子炸了，挂着扫把，呆呆站着，六神无主。

手机响了一遍又一遍，秀一次也没接。

板房陆续有人回来了。大家经过时都探头朝屋里望了望，见是不认识的秀，又走了。

“给你打了很多次电话，咋不接？我以为你进不了屋呢！”高大的男人就像门口的白千层，提着两盒饭，一身土一身汗风一样进了屋。

带着一身味道的男人就在跟前，秀心里的小鹿却不撞了。

“今天工地忙，吃饭吧。吃完我还要去消防大队办事。”男人取出盒饭，递给秀一盒，自己打开一盒，立即狼吞虎咽起来。

"头，水电组管线跟不上了。"

"头，最近进的这批钢材标号不一致啊！"

"头，泥工班人手不足，要拖工期。"

……

吃顿饭都不安乐。一份盒饭没吃完，就有好几个过来找男人。男人是工头，工地上啥事都得管。

男人边吃边吩咐这交代那。

看着辛苦的男人，秀心疼了，打开自己那份饭，扒拉了一大半给男人。

"你也吃！"男人吃得津津有味。

女人却一点胃口也没有。

吃完饭，男人抹抹嘴，看了一眼秀，出门。走到门口，忽然又折回来，猛地抱住了秀。

秀挣扎了一下，男人用脚后跟重重地推上了门，把挣扎着的女人抱到了床上，三下两下解除了女人的武装，压了上去……

平静下来，男人起床，出门。屋子里静极了。躺在床上的秀心却平静不下来。

下午，工友们都上班了。想了一中午的秀懒洋洋起床，坐了很久，才把男人的脏衣服一盆盆地洗，然后挂了一树。

男人下午很早回来了。回来时，带了两大袋肉菜，"事情办得顺利，顺便去市场买点菜。今晚多煮点，让他们也尝尝。"

男人放下东西，转身出门又去了工地。看着男人高大的背影消失在工地脚手架后面，秀默默拎起两大袋肉菜，去门外白千层树下忙碌。

高大的白千层，树皮一层层的，仿佛新裳换旧衣一样。白千层树下的秀，心思也像白千层树皮一样，过去现在一层层变换着。

晚上，香喷喷的饭菜召唤来很多工友，把屋子挤得满满的。

"这班家伙，鼻子特长！"男人骂着，却打开了酒，给工友们倒上。

拥挤的屋子就像过节，兴奋的话差点把板房掀翻。

经不住大家的劝酒，豪爽的男人喝倒了。秀把男人扶到床上休息，工友们却喝得正起劲。

"嫂子真漂亮！"

"嫂子能干！"

"咱头有福！"

……

男人喝倒了，工友们的话随意了很多。

秀听着，没答话，默默坐在男人身边。

"大家明天还要开工吧？"夜深了，工友们还不肯散。坐了一天车的秀哈欠连连，委婉地提醒工友们。

"还早！还早！"没人理会秀的提醒。

一句"都散了吧"的话，秀讲不出口。

"水。"男人在睡梦中讨要水喝。

秀站起来给男人找杯子倒水。

"这个嫂子咋跟上次来的不一样？"两个中年工友神神道道地看着秀，一个咬着另一个的耳朵说。他们生怕秀听到，却又说得很真真切切，让秀听得清清楚楚！

秀的心一下子沉到了底。杯子没拿，水也没倒，径直走回屋子角落，呆呆坐着。

工友们把几瓶酒都喝完才散。

秀呆坐了一晚。

第二天一大早，秀把红拖鞋绿袋子摆在屋子的正中央，走了。秀走时，男人睡得正香。门外的白千层嫩嫩的新枝，一团一簇的白花开得正盛。

"哎——"男人酒醒起来，看到地上显眼的东西，狠狠捶了自己一拳，急急忙忙穿衣出门。

门外，两名中年工友低垂着头，欲言又止。男人没理会，狂奔到白千层树下，拉开车门，跳上汽车，发动。

"头，昨晚我们玩笑开大了。我们去跟嫂子解释。"两名工友也拉开车门，爬进车里。

"看我回头怎么收拾你们！"男人一脸黯然，狠狠地瞪着两名工友，挂挡，踩油门，倒车。

汽车疯了般从白千层树下倒出来。

车倒出来后，男人却一把拔了车匙，停了车。

工友发现，车子前面不远处，秀拎着一袋子菜，嘟着嘴，缓缓朝白千层树这边走来。

男人跳下车，摔上车门，大步朝秀跑去。

重重关上的车门，把昨夜落在车顶上的千层花惊得纷纷扬扬飘散开来。

半边楼

半边楼，不是只有一半的楼，而是一半有生命的楼。当然，这种说法或许不大确切，反正人家就在我搬来前管这叫半边楼。

我刚搬来时，确实以为只是半边有生命，东边——有生命的这边连我统共五户人家，每天上班下班一致，晚上做饭也几乎同步，围着自家门口，争抢一个公用水龙头，那景象，也真热火朝天。西边，是五个关闭的门，门前虽也有锅碗瓢盆，可这些锅碗瓢盆是没生命的，冷不伶仃的。

每天踩着时间上班下班，一个月下来，我没发现西边有什么异样，冷冷清清的锅碗瓢盆，冷冷清清的走廊，我相信西边楼没生命无疑。

腊月的一天，北风呼啸，吹打着玻璃窗让人心惊胆寒。我一觉醒来感觉踩不着平时的钟点，索性又钻回被窝。

我睡足了觉起来打开门时，听到风声中若隐若现有音乐声。我抬起头，发现西边有一穿白衣服，小个头，头发稀稀疏疏的老头挺着背侧对着我在走廊上，左手伸成"V"形，肩上搭着一张小提琴，右手一拉一扯。

风中分辨不出旋律，只感觉那老头拉得异常专注，好像是学生面对考官。

一阵，音乐声戛然而止，老头取下小提琴，转过身，弯着腰进了门。

我猛然清醒过来，西边楼有生命！

我赶紧走到半边楼的西边。我面前的一扇木板门紧闭着，宁静、平和，不，是阴森、沉闷、死寂，哪来的生命？可我明明看见那白衣老头弯着腰踉踉跄跄走进这木板门！

我好奇于有生命的西边楼。后来有一次，我特意在听到音乐声的时间回半边楼，躲在一楼的楼梯口窥探那白衣老头的出现。老头又出现了，还是一袭白衬衣，挺着那早已伛偻的背，开着木板门，面对门口，拉起小提琴。

看不清老头的脸，我感觉老头打醒了十二分精神。我不忍心打破这美妙的气氛，一动不动地躲着听。音乐重复完我第一次听到的便又戛然而止，白衣老头依然弓着背进屋，然后轻轻拢上木板门，一切恢复平静。

我第三次听白衣老头拉小提琴时，我的忽然出现，惊着了他。

那是夏天的一个上午，我补休在家。熟悉的音乐声一响，我便轻轻开了门，探出半个脑袋朝西边走廊张望。

老头子又出现了。不过，他不再穿着一袭白衣服，他上身穿着一件发黄的白背心，下边是黑长裤，光着脚，裸着双骷髅般的手，在门口站好架势，异常专注地拉着小提琴。

我身不由自主地慢慢往西边挪，当我到了老头背后时，老头的音乐戛然而止，他转过身那一瞬发现了我。他赶紧羞涩地低下了头，旋即弯着腰进屋。

"您拉得真好！"我尴尬地说。

"不，她爱听。"老头指了指屋子。我顺着老头的手指往屋里望，狭窄的屋子里，一个老女人几乎脱光了头发，虾米一样侧着身子弓在床上，一动不动。老女人望着进屋的老头，脸上绽出笑容。

"吱……"木板门轻轻合上了。

我呆呆立在门口，想着那背影，那曲子，泪流满面。

橙　说

佳爱橙，红的绿的，大的小的，甜的酸的，无缘由地爱。一人吃饱全家不饿的佳，家里可无米无面，却断断不可无橙。

那日周末，佳一觉醒来，太阳早就晒屁股了。弄了点隔夜的剩饭剩菜，佳早午两餐并作一顿吃完，在家无所事事。坐着坐着，佳便嘴淡成了个鸟。嘴一淡，佳就想吃橙。翻箱倒柜，屋子里找不到一个橙。佳赶紧换衣服出门。

正是隆冬时节，南方产的黄灿灿、圆滚滚的大脐橙在超市货架上堆成小山，把进口的新奇士橙踢下了"神坛"。

偌大的超市里，佳目标明确，直奔脐橙货架。

新鲜的脐橙，散发出阵阵淡淡的果香，让佳陶醉。几乎一模一样的橙子，每个都带有两片绿叶，黄橙绿叶圆果，美得让人惊叹。

佳瞄了一眼脐橙价格，不贵，每斤只要4.8元。佳赶紧找保鲜袋，细细挑选，装了满满一大袋脐橙。

排队等候过秤收费时，佳无意回头，发现跟在身后低着头的姑娘也拎着半袋子脐橙。

看来也是一个爱橙的人，佳微微笑了。

走前几步，再回头，低着头的姑娘恰好抬起了头。四目相对，佳忽然有了心悸的感觉，恍惚起来。

再朝前走，心悸着的佳不时回头，却不见姑娘再抬头。低着头的姑娘留着一头秀发，任其轻舞飞扬。

"先生，公司促销，中午12点起，脐橙五折。这不，工作人员正过去换价格牌了！"收银小姐笑容可掬，"到您了，刚好12点！"

"什么？"爱橙的佳还在恍惚，问收银小姐，"橙子五折降价？"

"是的！从现在起，脐橙一斤只要2.4元。"收银小姐不厌其烦，笑着再次说。

佳怔了怔，看着笑靥如花的收银小姐，二话不说，拎着脐橙离开收银处，走回堆成小山般的脐橙货架。

佳发现，身后一直低着头的姑娘抢在佳前面，已经拎着脐橙快步回到了脐橙货架。

姑娘把半袋子脐橙装满后，又撕开一个保鲜袋，挑橙装橙。

佳却把刚才细细挑选的一袋子脐橙小心地倒回货架。然后，毅然决然地向卖甜橙的货架走去。

正在挑橙装橙的姑娘抬头看了一眼从身旁莫名其妙离开的佳，复又低头挑橙装袋。

在买了橙回家的公交车上，佳又遇见了买橙的姑娘。她买了两大袋黄灿灿的脐橙。姑娘抬头瞬间，发现了佳。姑娘这回没马上低头，看了看佳，又看了看佳买的一大袋子甜橙，一脸疑惑。

和姑娘再次四目相对，佳却竟然又有了第二次心悸的感觉。

多少年了，佳总觉得曾经沧海难为水，对姑娘，不会再有第二次心悸的感觉，可今天，居然有了！

这难道就是一见钟情？！

佳轻轻晃了晃头，想清醒一下自己恍惚的头脑——从对姑娘第一次有心悸的感觉开始，佳感觉一直恍惚着。

头晃过了，佳感觉恍惚得更甚，心跳得更快……

公交车人上人下，越来越拥挤。隔着人群，佳一直盯着姑娘。看那轻舞飞扬的秀发。

看着看着，佳忽然反应过来，赶紧掏出手机，打开微信，寻找微信里附近的人，有选择地请求加为好友。

在佳的轮番请求下，一个微信名叫"我也爱橙"的美女最终同意添加佳为好友。

佳确信，"我也爱橙"就是那日买橙时，让他有了两次心悸的姑娘。

可尽管添加成为好友，"我也爱橙"却一直不搭理佳——不回复佳的问候，不理会佳的评论点赞……

直到有一天，佳在微信朋友圈里发了一篇《不为爱橙折价》的文章，"我也爱橙"终于来点赞了。

佳在那篇文章里写道："生活中，我买过降价的鱼，却不料鱼是受污染的，蒸熟后油味浓烈，根本进不了口；买过打折的猪肉，拎回家发现是隔夜又隔夜的剩肉，已然开始变质；买过'买一送一'的萝卜，切开了，心都是空的……我爱橙，却不容橙折价。我爱生活，断不允生活降质！"

佳朋友圈里这篇文章的结尾不仅引起了很多朋友的点赞评论，也让佳和"我也爱橙"开始了交流对话。

随着佳和"我也爱橙"在微信里交流日盛，两人走出微信，从线上交流到了线下，相识、相交并诗情画意地相恋了。

"我也爱橙"名叫娜，也是一个很生活化的名字。

为纪念这诗情画意的恋情，佳写了副对联送给娜。

上联：有米有盐能过日。

下联：无橙无信难生活。

横批：我也爱橙。

佳解释说："信者，不是信义之信，乃微信也！"

诗情画意的恋情里，佳爱橙，娜也爱橙。

诗情画意的恋情过后，佳和娜谈婚论嫁，却终要回归过日子的生活。

过日子的生活里，佳依然不要打折的橙，娜却常买降价的米。

佳和娜为此经常发生争执。

爱橙的佳也常常为能过日子的米、面、车、房奔波，吃不上橙。

爱橙的人怎能无橙？

佳苦闷。

娜也抑郁。

最终，佳和娜诗情画意的恋情无疾而终。

分手后，娜改了微信名。

佳依然一日不可无橙。

"橙也，情也。在我的家乡，橙、情同音。"佳在微信朋友圈写道，"宁可一顿无米炊，不可一日无橙吃。"

送你一片阳光

雨扯长线般没日没夜地下，太阳早躲起来避雨。

欧阳光呆坐在案前，案头上的纸落下"没有太阳的日子"便断了墨水。"没有太阳的日子"黑黑的，大大的，如同七个面目狰狞的黑兽在吼叫，在飞扬跋扈。

欧阳光清清楚楚听见七个黑兽在吼：工作没了，要待岗，要重新就业……

欧阳光掩起耳朵还清清楚楚听见七个黑兽在吼，在不耐烦地吼：要买菜，要买房，要买儿的奶粉妻的衫……

欧阳光索性把案前的纸揉成团，扔进扯长线的雨中，欧阳光仍然清清楚楚看见那七个黑兽在雨中飞舞，在雨中怒吼：江郎才尽、江郎才尽……

欧阳光强忍着孤苦与不耐烦，点了一支烟，猛吸猛吸，一支连一支。

烟灰盅里堆满了烟屁股，一缕轻烟从最上面的半截烟屁股上飘起来，缭绕着。欧阳光又摊开纸，又在纸上落"没有太阳的日子"。

"没有太阳的日子压抑、苦闷。"

欧阳光在纸上落下了第一句，欧阳光满脑子里只有"压抑、苦闷"这四个字。

妻进来，拉开了窗帘门帘，推开了窗，让浓烟散发出去，让雨丝溅进来。

"还在写？歇歇吧。"妻走近欧阳光。欧阳光闻到了极其温柔极其温柔的味道。

欧阳光极不自然地握着笔。

"陪我会儿，好吗？"妻的手掠过欧阳光的硬钉钉头发，欧阳光感觉整个头麻酥酥的。

"人生就如打牌，有赢必有输。赢了开头不一定赢得全局，输了开局，也并不见得就追不上。"妻平时能陪欧阳光打几圈"拖拉机"，妻抚着欧阳光苦皱的脸说，"其实，这一回牌运不好，还可希望下一趟牌好转，你说是吗？"妻抱住欧阳光的头，撒娇。

欧阳光望着妻一双养在水潭里的汪汪眼，嘴嚅动着，却说不出来。

"没有太阳的日子？"妻看见了案前欧阳光粗大的字，"是阿，没有太阳的日子会使人压抑、苦闷，可太阳终归是要出来的吗！"妻俯下身，在欧阳光的脸上啃了一口。

"可实在是太久太久没有太阳了，什么时候才会有太阳呢？"欧阳光又听到黑兽的吼叫。

"我现在就送你一片阳光，真的！"妻兴奋得满脸绯红。

"送我一片阳光？！"

"是的，你闭上眼睛，我数到三你才能张开哦！"妻带着激情，欧阳光感觉到。

"一……二……三。"闭着眼的欧阳光感觉妻就像一片阳光，在阴沉的屋子里。

"张开眼。"

"哗！"欧阳光不禁叫了出声，极不起眼的小小的野菊花，被妻扎成一束，金黄灿烂，就像几十个小太阳积聚在一起，发出灿烂夺目的光……

　　"阳光！阳光！久违了，久违了……"欧阳光陶醉着，自言自语。

　　"把阳光养起来，留到永远，永远。"妻拿来了瓶子，打断了欧阳光的喃喃自语。

　　"对，把阳光养起来，存起来，直到永远，永远。"欧阳光揽过妻，在妻的脸上满脸开花。

　　……

　　雨不知不觉停了，一丝不易察觉的阳光从重重叠叠的云缝里挤出来了。

戏痴李老三

城不大，如一大铁锅平放地上，锅沿四周是高高的山，锅底略略平缓的地方便是城。城人戏称为锅城。

锅城人好戏，由来已久。城志载曰："梨园婆娑，无日无之……举国喧阗，昼夜无间。"

早年，举凡城里庙会、祭祀或富人家红白喜事，无不搭台唱戏，热热闹闹。当年的锅城，戏是无日不演，看戏呢，则是通宵达旦。

可自锅城人热衷于办企业挣大钱，过上快节奏的生活，锅城演戏几近销声匿迹，慢节奏的戏也几乎无人问津。

城南李老三却是热衷依旧，不仅爱听，更爱唱。

李老三，原名李阿山，独喜潮剧《柴房会》，因钦敬戏里正直、善良、诙谐、幽默的李老三而改名。

《柴房会》是一出经典潮剧，讲的是和锅城一样的小城一小商人李老三夜宿客栈柴房，半夜遇鬼魂莫二娘，正直善良的李老三怜悯莫二娘的悲惨遭遇，毅然助其复仇的故事。

为生计，走四方，肩膀作米瓮，两足走忙忙……

这是《柴房会》主角李老三的开场白，李老三念得声情并茂、抑扬顿挫。

年轻时，李老三唱《柴房会》，身兼二角。一会是声音洪亮朴实、字正腔圆的男声念白：

　　　红眠床白蚊帐，有被又有褥，今晚真享福。

一会又是悲戚戚、哭啼啼的女声唱：

　　　可怜奴有冤仇未雪，死为冤鬼目不暝。求大哥助一臂，替我申冤感恩义。

爱戏的李老三早年听遍了四邻八乡演出的《柴房会》，每每听完看完，回家又学又评，十足一个戏痴。

戏痴李老三足足等了30年，找了一个同样是戏痴的女人。女人喜听喜看却不会唱。闲暇时，李老三一字一句教女人学念学唱。

低矮的泥砖房里，常常传出《柴房会》精彩片段。

　　　女声：奴本是太平县莫家庄人氏，莫二娘是妾的名字。幼年不幸双亲丧，丢下奴孤苦无依。投身富家为奴日，为奴为日受尽鞭打度日如年。

　　　男声：在富家为奴不如牛和马，我也曾尝过这辛酸苦涩味。

　　　……

清汤寡水的日子里，女人和李老三夫唱妇随，常引来邻居驻足听戏。夫妻俩纵使生活艰辛，生活却因戏而精彩。

即便到后来，锅城人不再爱戏，李老三和女人却如故，在低矮的泥砖房里一唱一和。

日子就在这一唱一和中悄悄流逝。

一日，农闲在家的李老三夫妇又在家拉开架势。

女声：不怕，奴自藏于大哥伞下，便能去得。

男声：天地不公，世道崎岖，恶人自在，屈死无事，我老三越思越想，就是身无盘缠，一路上我求爹爹拜奶奶，忍饥受饿当花子，哪怕是剥破脸皮风霜苦，定教冤魂吐气把贼诛。

女声：大哥仗义恩德难忘，等候来生大马报还。

……

夫妻二人边走边唱。

走着，唱着，女人忽然软绵绵地靠在了李老三的肩臂上。

女人走了。

李老三右手持着一把红伞，一直为女人撑着。

送走了女人，李老三收藏了红伞和黑戏包。伞是女人先前买的道具，戏包是李老三和女人手牵手逛街时一起看中买的。李老三相信，女人自藏于伞下。李老三也自此只听戏不唱戏。

在锅城，李老三靠着录音机，一个人孤零零地听了几年戏后，经不住儿子劝说，进城了——那是一个锅城根本无法比拟的真正的城。

在城里，李老三先是靠录音机听《柴房会》。录音带换成了光盘，李老三不仅有声听，还有得看。

莫二娘：（入室，见室中有异，又闻蚊帐内鼻鼾之声，揭帐探视）啊！是何方狂汉，酣睡在帐中？（莫用手一拂，老三翻身下床）

李老三：哎呀！怎么静静跌落眠床下？（老三坐地搔首狐疑）

......

看着电视里李老三初遇鬼魂莫二娘，戏中的李老三在二丈高的竹梯上蹿下跳，欲逃无路，惊恐万状……李老三目不斜视，看完，想唱又不张口，一动不动，呆呆坐上半天，恍若隔世。

一日，李老三在报上看到城里大戏院请了一著名潮剧团，连演三天，戏目有《陈三五娘》《苏六娘》《柴房会》……

看到《柴房会》三个字时，李老三的眼直了。

《柴房会》开演那晚，李老三收拾齐整，带着收藏多年的红伞和黑戏包，一人持两票早早到大戏院。

"还有一位呢？"李老三进场时，服务员问。

李老三看了看年轻的服务员，笑笑没吭声，径直入场往戏院中间走。

偌大的戏院，李老三第一个进场，显得空空旷旷的。

走到8排正中1、2号位置——那是看戏的最佳位置，李老三在1号位坐下，把红伞和黑戏包小心翼翼地放在2号位置。

红伞和黑包在空无一人的大戏院里格外显眼。

戏开演了。

　　　　为生计，走四方……

戏里，李老三朗朗上口的开场白震慑了满满一戏院的"潮粉"。

李老三在空位上身体微微前倾，聚精会神，竖耳聆听，右手却不忘抚着2号座位的红伞黑包。

　　　　莫二娘：尊一声，我的我的……大恩人！

　　李老三：叫一句，我的我的……冤鬼魂。
　　……

　　台上，李老三和莫二娘边走边唱。
　　台下，李老三听着看着身子忽然一软，斜靠在了2号位上。
　　戏痴李老三走了。李老三是伴着他带来的红伞和黑包里自己画的一张工笔老妇人像安详走的。
　　戏还在唱。

老　街

温煦的阳光横斜在老街上，光影斑驳，光怪陆离。

老街不大，两排骑楼间石板铺就街面，狭长而逼仄。老街也不老，仿古建造，建成没几年。

老街大多卖字卖画，客不多，甚是冷清。

这年中秋前，冷清的老街来了一男一女，租住街尾。男的光头，60岁光景，卧蚕眉下一对虎眼，给人感觉很强悍，很精干。女的30出头，长得粉嫩，如画里人一样。这一男一女，看似父女，又像夫妇。住在老街，不卖字画古董，倒是弄来了京胡、二胡、月琴、三弦等唱戏的家当。

> 海岛冰轮初转腾，
> 见玉兔，玉兔又早东升。
> 那冰轮离海岛，
> 乾坤分外明，
> 皓月当空，
> 恰便似啊嫦娥离月宫……

月圆中秋，老街如洒水银，一地雪白。寂静的老街街尾突传《贵妃醉酒》，余音袅袅，情真意切，如听天籁。

　　翌日，街尾再传京腔：

　　　　奉王旨意到秦邦，
　　　　登山涉水马蹄忙，
　　　　耳听得金鼓咚咚震天响，
　　　　不觉来到了秦国边疆。
　　　　看关口旌旗招展刀枪明又亮，
　　　　儿郎个个逞豪强……

　　一曲《将相和》让整条老街人屏声静气。

　　说也怪，往后每日阳光横斜时，这一男一女必唱一曲。唱毕，收拾唱戏家当关门，不做生意，不与人往来，甚是神秘。

　　神秘的男女却用京剧征服了一街人。每日阳光横斜时，老街骑楼下，男男女女自挑板凳，从街尾排到街中，候戏。听毕，起身，掸掸衣服，挑起板凳，开铺的开铺，干活的干活。

　　如是数月，老街人听戏，看如画的女人，却不知这一男一女的来历。

　　冬日横斜在老街上的阳光被北风吹得软绵绵的。正当一街人沉浸在《空城计》里万马围困的惊险中，不知谁喊了一句，"着火了！"

　　一街人凌乱成泥。一句"请上城楼把酒饮"咽回了肚子，男人提起水桶，女人端上脸盆，冲向火场。

　　火借风势，势不可挡。有人啼哭，有人喊叫，"里面有人！"男人扔下水桶，冲进火海。不一会，男人背着一女孩冲出来，男人的卧蚕眉烧光了，女孩眼睛睁得大大的一动不动……

　　冬日老街上的这场火，让老街人再次听戏时，对这对男女多了几分敬佩。男人女人却神秘依旧，每日阳光横斜时开门唱一场，什么《长坂坡》《霸王别姬》《定军山》，天天不重复，唱毕关门。

老街人的日子就在这听戏唱戏中悄悄流逝。

一日，一街人守到日上三竿，男人女人还没开门唱戏。

两年了，男人女人天天准时唱戏，一街人也天天排排坐听戏看人，今天怎么啦？！

一扇漆黑紧闭的铁门静静伫立在街尾，像个大大的问号，吊起一街人的疑问。等不及的恋恋不舍起身走，一天里却如丢了神般。坐在漆黑大门对面的大眼睛女孩却一直守到日上中天。

如是数日，街尾少了唱戏听戏，老街恢复先前的冷清。大眼睛女孩却天天守到日上中天。

约十日后，街尾再传戏声：

> 人呐喊、胡笳喧、山鸣谷动，
> 杀声震天，一路行来，
> 天色晚，不觉得月上东山。
> ……

老街人如战士闻号角，急急奔向街尾，听个真切！

戏如旧，靠近街尾的却看到昔日粉嫩如画中人的女人数日不见，苍老如家中女人。

听戏的知足，看人的却惆怅了。

半月后，那扇漆黑紧闭的大铁门又锁住了门里如画的女人和婉转动听的戏。

往后半年，漆黑的铁门开了关，关了开，一街人的心情如铁门开关，一时欢愉一时惆怅。

又是一个月圆中秋，明月却躲进黑云里，无情无义。

　　黑漆的老街，突然从街尾传来男人的唱戏声。多日未闻戏声的老街人兴奋异常，纷纷赶往街尾，漆黑的大门打开了。

　　戏是好戏，却声声如泣。女人还是那如画女人，却已是白布裹身，没能和男人对戏了……

　　漆黑的大门对面，大眼睛女孩泪流满面。

　　送别了女人，男人收拾东西准备要走。老街人始终不知道男人女人从哪里来，男人要到哪里。只知道男人曾经是教授，女人是他的学生。男人有才，女人多病，他们到过很多很多地方……

　　男人离开时，天蒙蒙亮，下着小雨。背着背囊的大眼睛女孩急急赶来，紧紧跟在男人身后。

　　没了戏听。老街冷清如初。温煦的阳光横斜在老街上，光影斑驳，光怪陆离。

一个人的专场

"大家提前做好散场准备。"演奏会还差两支曲子结束时，戏院经理哭丧着脸吩咐。

电视、网络传媒的发达，早把我们这些昔日风光无比的乡村戏院扫进了角落，和灰尘蛛网结伴寂寞。

经理好不容易请来一个演出团，虽然人家是搞高雅艺术的，可他们是国外团，在罕见外国人的乡下还有一点点吸引力。

做了一番宣传后，戏院就指望着这个团的演出来解决我们下半年的吃饭问题。

谁知道这是一场赔本挣吆喝的买卖。辛苦了一大阵，票卖出不多，连送带贱卖，才勉勉强强把演奏会开起来。

演员很敬业，表演很卖力，虽然戏院里观众稀稀落落，他们还是一丝不苟全神贯注地演出，一点也不打折扣。

组织不成功，上座率低，解决下半年吃饭的希望落空，我们很失落，心情可想而知。哎！说到底，还是人的需求层次作怪。我们现在最需要的是解决吃饭问题，我们没有更多心情去关心关注演奏会的演出。这个时候如果说有，那就是巴望着演奏会早些结束，于公，节省点水电费；于私，少些吆喝早点回家睡觉。

得到经理的指示后，我们迅速行动，拉开窗帘，打开大门，随时准备送客关门大吉。

我们夸张的动作提醒了一些观众，演出要结束了。稀稀落落的戏院里，有些观众开始起身退场了。

演员还在全神贯注地演出。

好不容易挨到最后一支曲子。这时，戏院里的观众已经走了一大半。

全体演员鞠躬，谢幕。

稀稀拉拉的礼节性的掌声淹没在退场的嘈杂中。我们也鼓起了掌——赔本挣吆喝的买卖终于结束了，我们解脱了。

观众如退潮的水一样急急走出戏院大门，消失在灯火阑珊中。

"啪——啪——啪——"

几乎所有人都走光了，空荡荡的戏院中区站着一个中年男人，一下一下地鼓掌，清脆响亮。

此时的台上，演员早谢完幕走了。

"啪——啪——啪——"

掌声有节奏地一下一下响起，清脆响亮。

掌声响得我们心里慌乱———赶紧结束了吧！

掌声足足响了三分钟，一下一下，清脆响亮。

演员马克在掌声中出场了。马克深深地向台下鞠了躬，然后弹起了吉他，为中年男人一个人边弹边唱。

尽管只有一个人，马克依然演奏得十分投入动情。

一曲完了，马克鞠躬谢幕，退了。

"啪——啪——啪——"

掌声依旧不屈不挠地有节奏地一下一下响起，清脆响亮。

难道是曲高和寡？这中年男人才是这场高雅演奏会的真正知音？！

看来高雅艺术不管是在哪里都有人欣赏！中年男人的掌声响得我们脸红。

掌声一直响了五分钟。安娜款款走出来，深深鞠躬后吹起长笛。

笛声绵长悠扬，如高山流水，如闲云野鹤。中年男人是安娜的唯一听众。

又鞠躬谢幕，安娜退了回去！

"啪——啪——啪——"

掌声又固执地有节奏地一下一下响起，清脆响亮。

空荡荡的戏院，只有掌声在长长久久地响。

"谢谢您，中国朋友。您是我们遇到的最好的观众！"演出团团长狄罗斯上台后深深向台下鞠躬，用生硬的中国话向中年男人道谢！

团长狄罗斯用他的拿手好戏———口技演奏一曲《步步高》来答谢这位热心的观众的热情。

欢快，舒畅，轻盈，活泼，狄罗斯的口技扫去了我们阴霾了多日的心情，我们的心随着狄罗斯的精彩表演在欢腾跳跃！

"谢谢！谢谢！"演毕，狄罗斯鞠躬，连声道谢。

"啪——啪——啪——"

掌声再次响起，有节奏地一下一下，清脆响亮。

狄罗斯再次鞠躬，眼含热泪谢幕，退回去。

"啪——啪——啪——"

掌声一直在响，没有要停下来的意思。

我们感动中年男人的执着，也感动演出团的敬业和对观众的尊重。

良久，我们的经理悄悄走近还在一下一下鼓掌的中年男人，"谢谢您的捧场，他们已经破例为您连返了三次场了，请吧——"

我们经理不忍把"走"字说出来，做了个手势很客气很热情地示意中年男子退场。

"不再演了？不是说他们掌声不停不会走吗？"中年男人一脸的狡黠，"其实我搞不懂他们在折腾啥，可这么贵的票，不能便宜了这些大把大把挣钱的鬼佬！"

　　"走吧——"我们经理的脸霎时由白变红，由红变黑，由黑变青，毫不客气地把中年男人"请"出戏院。

青藏线上的偶遇

　　常年在外奔走，我最喜欢的交通工具是火车。坐着不仅舒服，而且看着车窗外飞驰而过或缓缓后退的风景，感觉是一种享受。

　　完成了在西宁的工作，我辞别众人，一个人登上了西宁开往拉萨的火车。车上人不多，正是欣赏沿途风景的好时机。列车缓缓驶出西宁站，车窗外湛蓝湛蓝的天空像水洗了一般，让人陶醉，也让人把心洗得一尘不染。

　　"老板，到哪个站下车啊？"

　　"拉萨。"我这才注意到，坐在我对面铺位的是一位穿着皮衣的中年男子，说着我熟悉的乡音。

　　"从青藏线进藏，风景在路上。"黑黑瘦瘦的皮衣男子长着一对小眼睛，眨巴眨巴地会说话。

　　一个隔间六个铺位，就我和皮衣男子两人。皮衣男子绘声绘色地介绍沿途的风景：8月的青海湖，热烈的阳光下，盛开的金黄油茶花和深蓝的湖水交相辉映，宛如油画；雄峻的玉珠峰，远眺如玉龙腾飞；可怕的唐古拉山离天近，伸手把天抓；无人烟的可可西里，藏羚羊在自由自在地奔跑……

　　"那是一条神奇的天路，带我们走进人间天堂……"说到兴奋处，皮衣男子站起来，挥舞着粗壮的右手，用十分粗粝的声音激情歌唱。

　　"喝水吧。"列车已离开西宁，海拔越来越高，车窗外，植被越来越少，人烟越来越稀，我担心男子高声歌唱，身体受不了。

"谢谢！"皮衣男子仿佛看穿了我的用意，"我经常跑青藏线，没事！"

皮衣男子嘴上虽是这么说，却坐下来喝水，"您到西藏公干？"皮衣男子坐下，嘴却停不住。

"随便走走。"我把目光从窗外收回，看着皮衣男子，应了一句，心想他怎么看出来我是去西藏公干呢？

"走走。"皮衣男子显然看出我在敷衍他，"我在北上广深和西藏都有生意，也是常年到处走走。"

"生意不小啊！"我点了点头，算是对他的肯定。

"现在实业不好做，贸易还行。"皮衣男子得到我的肯定，很高兴，"做生意一定要判断准时势。"

皮衣男子判断，国内经济目前尽管进入新常态，增长放缓，但形势依旧喜人，"中国的发展那是一日千里，中国的崛起也是势不可挡。"

至于外面的形势，皮衣男子说美国的川普不靠谱，一个不靠谱的人一定会把一个国家带进不靠谱的境地，"美国嘛，迟早会对中国臣服，中国才是中央之国！"

台湾局势，皮衣男子断言，那个空心菜迟早被美日那两只大肥猪拱了，"中国就像一个厨师，台湾问题就像厨师手里的鸡蛋，捏在手里，随时可做熟吃了，至于是煎、煮、炒，那由不得鸡蛋。"

挺有意思的一个人，我看着皮衣男子，笑笑。

列车穿过金银滩草原，车窗外，蓝天白云，牛羊成群，成片的白花和成片的黄花竞相盛开。

"在那遥远的地方，有位好姑娘，人们走过了她的帐房，都要回头留恋地张望，她那粉红的小脸，好像红太阳……"皮衣男子又站起来唱。

这回我陶醉于窗外美景，没有打断皮衣男子歌唱。

"写这首歌的王洛宾在金银滩放过电影。"歌毕，皮衣男子舔了舔干燥的嘴唇，跟我介绍，"他在这里有一段情。"

皮衣男子是个商人吗？我心里在嘀咕。

列车过了海拔近3700米的关角山隧道，荒芜的戈壁来了。

"要说做生意，时势判断是一方面，拥有关系最重要。"皮衣男子只休息了一小会儿，又开始说话了，"关系是生产力啊！"

皮衣男子说，他生意之所以能做这么大，全靠有铁的关系，"不要说镇里、县里、市里，省里和京城，我关系都好着呢！"

皮衣男子说，他们那个地方人杰地灵，要什么关系有什么关系，"我们那里还有好几个在北京当官呢！"

我微微笑着。

"告诉你，在北京当最大的是我铁兄弟，跟我从小一起光屁股长大。"皮衣男子自豪地说。

我还是笑笑没接话。

"这些年，我这兄弟老家有什么事要办，全是我张罗。我呢，生意上碰到什么困难，第一个找他，而且准能办成。"皮衣男子看我对这些不感兴趣，换了话题，"听你口音来自北京？"

我想摇头，却是点了点头。少小离家，进京三十几年，北京水喝多了，竟有了京腔。我其实想告诉他，我和他有一样的口音。

"你在北京要遇见什么难事，支吾一声，我兄弟热心着呢，能量也大着呢。"皮衣男子一脸豪气。

我笑着"嗯嗯"两声，算是领皮衣男子的好意。

列车继续前行，披着金色落日余晖，一望无际的茫茫戈壁消失后，车窗外依稀看到了连绵不断的茫茫昆仑雪山。

"你知道我兄弟为什么这么帮我？从小光屁股长大，见一回醉一回，一年在一起醉个十回八回，这只是一回事。"皮衣男子把脖子朝我这边伸了伸，压低了声音说，"实话告诉你，我和他还一起泡过妞，一起打过炮！你说，那是什么交情？"

我看见了皮衣男子一脸的狡黠。

天完全暗了下来，车窗外，黑乎乎一片。兴奋地讲了大半个下午的皮衣男子，兴许累了，躺在铺位上，沉沉入睡，呼噜声一起一伏。

没有了风景，我略感惆怅，也收拾休息。

半夜醒来，口干舌燥，脑门阵阵发痛。我悄悄坐起来喝水。

"没事儿吧？"看我蹙着眉在喝水，皮衣男子也坐起来，从包里掏出一瓶药片递给我，"进藏的列车到了唐古拉，多数人都会出现头痛症状，吃点药吧！"

"没事，谢谢！"我摆了摆手，"喝点水，睡着就好。"

"别紧张，多休息，少说话，动作慢。"皮衣男子提醒。

我朝皮衣男子感激地点了点头。

迷迷糊糊睡了一觉，天已大亮，醒来人晕乎乎的。

看我精神状态不好，昨天停不下嘴的皮衣男子这回和我一样，一直安安静静地坐着。

世界海拔最高隧道——羊八井隧道一过车，窗外的峡谷渐渐开阔，刷着白粉的石头房上，五色经幡随风摇曳。

"你进藏多久？"渐渐适应后，看着和我一样安静的皮衣男子，我有点过意不去，主动问他。

"说不定呢。"皮衣男子看来着实憋了很久，见我说话，很高兴。

"老家哪里的？"皮衣男子熟悉的乡音让我倍感亲切，我又问。

"漳州，出水仙的地方。到过吗？"皮衣男子问我。

"到过。漳州哪里？"果然和我是一个地方的，我继续问。

"云霄。我那里靠海，不出水仙。"皮衣男子似乎有点不好意思。

"你北京的兄弟叫什么？"居然还跟我一个县的，我追问。

"陈大庆，官当大着呢，人也好着呢！"一说皮衣男子在北京的兄弟，他一下来了精神。

"陈大庆？"我怔了一下，把皮衣男子仔仔细细打量了一遍。

"是陈大庆！"皮衣男子见我疑惑，赶紧掏出手机，打开通讯录给我看——

陈大庆，139×××××××

"这是他电话！"皮衣男子说。

看着熟悉的名字和熟悉的旧电话号码，我没吭声。

"不信？我现在就打给他！"皮衣男子见我不吭声，拿起电话，准备打。

"不用打，我信。"我轻轻应了一句。

皮衣男子笑了，狡黠地笑了。

列车过了堆龙德庆，宽阔的拉萨河谷在面前铺展开来，红白黄黑的雄伟布达拉宫在阳光下向我们招手。

"到北京，有难事，找兄弟！"下车时，皮衣男子豪迈地说。

"谢谢！"我礼貌地应着。

迎着灿烂的阳光，望着幽蓝的天空，在众人的拥簇下，我想告诉皮衣男子，我就是陈大庆啊！

皮衣男子已和几个穿着铁路工服的人有说有笑地消失在站台远处。